임대규 新무협 판타지 소설

소운평전기

招雲平傳記

5
완결

소운평전기 5

임대규 新무협 판타지 소설

초판 1쇄 찍은 날 § 2002년 3월 8일
초판 1쇄 펴낸 날 § 2002년 3월 18일

지은이 § 임대규
펴낸이 § 서경석

편집장 § 문혜영
편집 § 장상수 · 박영주 · 김희정 · 권민정
마케팅 § 정필 · 강양원 · 김규진

펴낸곳 § 도서출판 청어람
등록번호 § 제1081-1-89호
등록일자 § 1999. 5. 31
어람번호 § 제2-0063호

주소 § 경기도 부천시 원미구 심곡1동 350-1 남성B/D 3F (우) 420-011
전화 § 032-656-4452 팩스 § 032-656-4453
E-mail § eoram99@chollian.net

© 임대규, 2001

값 7,500원

ISBN 89-5505-216-2 (SET)
ISBN 89-5505-318-5 04810

임대규 新무협 판타지 소설

소운평전기

昭雲平傳記

5 완결

혜원지장(解願之章)

도서출판
청어람

목
차

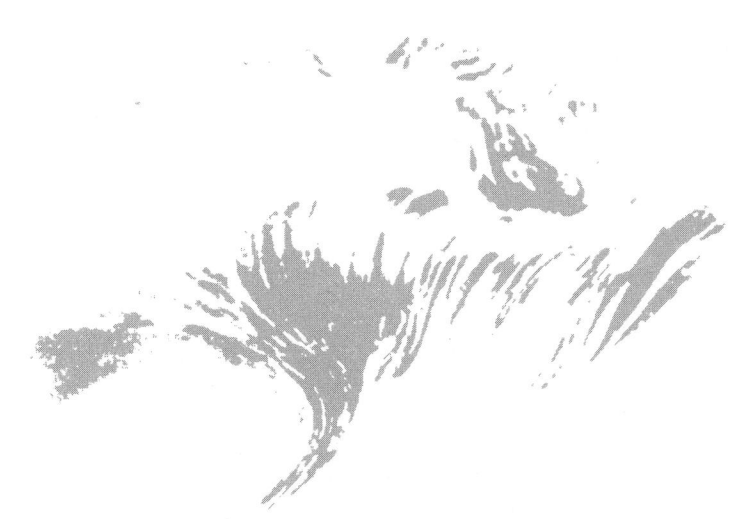

제25장

물은 다시 한곳으로 모이고 안드는 소운평에게 도를 가누다

1

어허—

일곱 살에 잡은 노는 성성하건만,

이내 몸은 어느덧 호호백발이 되었다.

철없는 손자는 밥 투정에 바쁘고,

늙은이의 주름진 손은 노를 젓느라 바쁘구나.

어허,

무심한 세월아!

끼익끼익!

구성진 노랫가락에 맞춰 노는 일정하게 움직였다. 그때마다 배는 물결을 헤치고 나아갔다.

낡은 배는 통나무를 파서 바닥을 만든 다음 그 위로 판목을 이어 붙여 만든 목선(木船)이다. 중앙에서 선미(船尾)로 이어지는 공간에 지붕을 올려 숙식(宿食)을 해결할 수 있게 만든 어선(漁船)으로 태호(太湖) 연안에서 손쉽게 찾아볼 수 있는 형태였다.

사공은 목선의 연륜만큼이나 늙고 초라해 보였다.

허연 백발에 주름진 얼굴은 적게 잡아도 육십은 될 것 같았다. 평범한 가정의 노인이라면 손자의 재롱을 받아주며 안락한 노년을 보내야 할 시기였다.

그래서였을까?

노인의 얼굴엔 수심이 가득했다. 살을 에이는 듯한 강바람에 시퍼렇게 얼어붙은 노안(老顏)도 고단한 삶의 무게를 가려주지는 못했다.

하지만 노인의 안색이 좋지 않은 것은 그것 말고도 다른 까닭이 있었다. 엄동설한(嚴冬雪寒)에 손자와 며느리를 남겨두고 노를 잡아야 하는 근본적인 이유이기도 했다.

일의 발단은 해가 떠오르는 어제 새벽 무렵이었다. 뜻하지 않은 방문객이 노인의 집을 찾아왔다. 한 쌍의 젊은 부부였는데, 손위 처남이 병에 걸려 급히 소주의 무슨 명의(名醫)를 찾아간다고 했다. 매번 다음 날 끼니를 걱정해야 하는 노인으로서는 이틀이나 걸리는 위험한 여정에 선뜻 동의할 수 없는 노릇이었다.

꽤 오랜 갈등이 있었지만 노인은 결국 배를 냈다. 섭섭지 않게 챙겨 주겠다는 노임 때문만은 아니었다. 며느리와 손자를 남긴 채 사십 줄에 떠난 아들, 부모보다 먼저 세상을 떠나는 불효자식이 또다시 생겨나서는 안 된다는 생각에서였다.

'중병(重病)이 아니어야 할 텐데……'

노인은 안타까운 눈으로 선실을 응시하다가는 이내 시선을 돌렸다.

뿌연 물안개 속에 보이는 육지, 이제 이십여 장이면 이틀 간의 여정이 모두 끝나는 셈이다. 느슨하게 풀렸던 노인의 두 손에 잔뜩 힘이 들어갔다.

끼익끼익!

안개인지 수증기인지 모를 자욱한 기체를 뚫고 움직인 배는 뭍에서 삼 장쯤 거리에 정지했다. 선착장도 없는데다 겨울이라 많이 수위가 줄어든 터라 더 이상 가까이 가는 건 위험한 일이었다.

노인은 노를 단단히 고정시키고 선실로 향했다.

"젊은이, 지금 도착했네."

노인이 막 선실의 문을 두드리는 찰나였다. 선미에서 시커먼 그림자가 연달아 솟구쳤다.

"노인장, 조심해서 돌아가시오."

낭랑한 음성이 이는가 싶더니 뭍으로 내려선 그림자는 곧 어둠 속으로 사라졌다.

일이 이렇게 되자 노인은 참으로 허탈했다. 애초에 대가를 바라고 시작하지 않았다는 그의 생각은 마지막 남은 늙은이의 자존심이었을 것이다. 돌아갈 이틀 여정이 참으로 힘겹게 다가오는 건 당연지사였다.

'허허, 정초에 좋은 일 한 셈 쳐야겠구나!'

씁쓸히 웃으며 다시 노를 잡아가던 노인은 문뜩 떠오르는 것이 있었는지라 선실로 들어갔다.

희미한 불빛 아래 그것이 보였는데, 때에 찌들어 꼬질꼬질한 이불 위에 물잔으로 눌려 있었다. 질 좋은 종이에 큼직하게 쓰인 글씨와 하단에 찍힌 주사 인장, 한눈에 무엇인지 알아볼 수 있었지만 그래도 일단은 확인해 볼 필요가 있었다.

'세, 세상에 이런······.'

조심스레 종이를 살피던 노인은 하마터면 뱃전에 주저앉을 뻔했다.

노인의 예상은 옳았다. 문턱 한번 넘어본 일 없는 대륙전장에서 발행한 은표였다. 그것도 은 백 냥이라는 상상을 절하는 거금(巨金)이었던 것이다.

기쁘기도 하고 놀랍기도 해서 한동안 제정신을 차리지 못하던 노인은 이내 선실 밖으로 달려나왔다. 그리고는 세 사람이 사라진 곳을 향해 거듭 허리를 숙였다.

"나리들, 고맙습니다. 고맙습니다요!"

노인의 눈에서는 쉴 새 없이 눈물이 흘러내렸다.

태호에서 고기잡이로 간신히 끼니를 연명하던 유 노인이 횡재를 한 날, 정월 열아흐레였다.

*　　　*　　　*

쿵쿵!

새벽 공기를 가르는 소리에 황노충은 선잠을 깼다.

새로 얻은 거처는 유흥가의 초입에 자리한 곳인지라 그는 늘 영업이 끝나는 축시(丑時) 경에야 잠자리에 들 수 있었는데, 그 잠이란 것이 묘해서 막 눈꺼풀이 감기는 시간을 넘기면 좀체 잠들지 못하는 것이다. 해서 그는 오늘도 엎치락뒤치락거리다 인시(寅時)를 넘기고서야 간신히 눈을 붙일 수 있었다.

한데 채 한 시진이 못 돼서 잠을 깬 것이다.

'개자식들! 적당히 처먹었으면 집에 가서 마누라나 달래줄 것이지.'

술 취한 작자가 문을 착각하는 일은 비단 어제오늘의 일이 아니었다. 필경 오늘 역시 다르지 않을 것이고, 시간이 조금 지나면 잠잠해질 터였다. 치미는 화를 삭이며 왕노충은 이불을 돌돌 말았다.

그러나 그것은 엄청난 착각이었다. 잠잠해지기는커녕 소리는 갈수록 강도를 더해갔다.

쿵! 쿵! 쿵!

그렇게 문 두드리는 소리가 서른 번이 넘어갈 즈음해서 슬슬 왕노충은 신경이 곤두서기 시작했다.

자신의 거처는 대문에서 가장 가까운 초라한 문간방이었다. 소란이 계속되면 안채의 인물들에게도 알려질 테고, 가뜩이나 안도에게 눌려 지내느라 죽상인 홍사독은 말 몇 마디로 넘기지 않을 것이 분명했다.

'넌 죽었다고 복창해라!'

뿌드득 이빨을 갈며 황노충은 침상에서 내려왔다.

붉게 달아오른 얼굴로 옷을 꿰는 모습이 심각하다 못해 숙연할 지경이다. 단잠을 깨운 침입자를 한 방에 작살낼 생각이라는 것은 누가 보아도 알 수 있을 것이다. 옷을 걸친 왕노충은 한달음에 마당을 가로질렀다.

꾸르룽―

육중한 소리를 내며 빗장이 벗겨지고 동가장의 낡은 대문이 부서질 듯이 열려졌다.

"어떤 개……."

'자식이야!' 라는 말은 끝내 이어지지 않았다. 문밖의 사람은 취객이 아니었고 더군다나 혼자도 아니었다.

"댁들은 누구요?"

조심스레 묻는 한편 왕노충은 행색을 살폈다.

전신을 털가죽으로 감싸고 눈만 내놓은 세 사람, 상당히 먼 길을 움직였는지 그들의 의복에는 허연 살얼음과 성에가 가득했다.

'이남일녀(二男一女)?'

신체를 가렸어도 남녀는 차이가 나기 마련이다. 왕노충은 그 사실을 금세 알아챘지만, 그뿐이었다. 다른 것은 점쟁이가 아닌 이상 알 수 없는 노릇이었다.

"뉘시오?"

그러자 한 사람이 입을 열어 대꾸했다.

"오랜만이오. 벌써 오 개월이 흘렀는데 왕 형의 풍모는 여전히 당당하구려."

'응? 오 개월?'

그제야 퍼뜩 떠오르는 게 있었다.

"설마… 위 가주시오?"

입으로는 묻고 있지만, 왕노충은 이미 상대의 정체를 확신한 상태였다.

"아, 사람이 왔으면 들어오라든가! 날은 추운데 자꾸 쓸데없는 소리만 늘어놓을 거야?"

누군가 짜증을 부리며 목에 두른 털가죽을 푸는데, 다름 아닌 소운평이다. 그렇다면 남은 여인이 누구인지는 뻔한 일이었다.

"위 가주, 죄송합니다. 소인이 그만 잠결에 경황이 없어서… 어서 들어오십시오."

왕노충은 허리가 부러져라 숙여대고는 꽁지에 불 붙은 곰마냥 대문

안으로 달려 들어갔다.

"곽 어른, 곽 어른!"

우렁우렁한 목소리가 울리자마자 안채에 훤히 불이 밝혀졌다.

"가주, 그간 무고하셨는지요?"

곽연은 공손히 허리를 숙이는 것으로 반가움을 대신했다. 이어 소운
평과 위청란에게도 인사를 건넨 후 그는 아래쪽에 자리를 잡았다.

"이렇듯 헌앙한 세 분을 대하니 실로 감격스럽기 그지없습니다. 꽤
여러 날이 소요되었을 텐데 불편한 점은 없으셨습니까?"

"그럭저럭 무사합니다."

위청후가 덤덤히 대꾸했다.

'쳇, 말은 그럴싸하게 잘한다. 한 사나흘 더 걸렸으면 분명 치질(痔
疾)이나 속병에 걸렸을 거라구! 그게 다 누구 때문인데?'

소운평은 두 번 다시 생각하고 싶지도 않다는 듯 절레절레 고개를
흔들었다.

일행은 황산을 내려오면서부터 난관에 봉착했었다. 사지가 멀쩡한
사람이야 되는대로 움직이면 그만이지만, 위청후가 그렇지 않기에 문
제였다.

아무렇게나 움직이다가는 관병에게 발각되어 참수되거나, 일반인들
에게 들켜도 돌에 맞아죽기 십상이었다. 그렇다고 마차와 같은 다른
운송 수단을 이용할 수도 없었다.

성읍과 성읍의 경계뿐 아니라 관도에는 일정 거리마다 초소가 있어
운신의 폭이 좁기는 그쪽이 더했다. 해서 인적이 드문 산길이나 그것
도 여의치 않을 시에는 낮에는 산속에 숨어 지내다 밤에만 이동하게

되었다. 소주 근교에 이르러 굳이 위험한 배편을 이용한 것도 다 그런 까닭에서였다. 이렇듯 조심스러운 행사 덕에 닷새면 충분한 길을 열흘이 넘게 걸렸던 것이다.

한겨울에 동굴이나 폐가에서 밤을 보내는 일이 만만할 리가 없었다. 혈라염을 익힌 뒤로 추위야 어느 정도 견딜 수 있게 되었다지만 참기 어려운 것은 음식에 있었다. 그간 먹은 것이라야 칡뿌리나 사냥꾼들의 초막에서 얻어먹은 구운 감자 몇 개가 전부였다.

지난 일을 떠올리며 새삼 치를 떨던 소운평은 문득 자신을 살피는 시선을 느꼈다. 고개를 돌려보니 곽연이 빤히 응시하고 있었다.

눈이 마주치자 곽연은 약간 얼굴을 붉혔다.

"허허, 소 공자께선 몰라보게 달라지셨군요. 미리 알고 있지 않았다면 다른 사람으로 착각할 지경입니다."

'역시 옷이 날개라고 그러더니!'

뿌듯한 마음에 소운평은 절로 미소를 지었다.

그가 걸친 것은 최고급 회의(繪衣:얇고 부드러운 상질의 비단 옷) 중에서도 최고로 치는 수의(繡衣:한 가지 색으로 자수를 넣은 고급 비단 옷)였다. 거기다 단정하게 빗어넘긴 머리칼이며 장신구 등은 혹시나 어려움을 당할 때를 대비해 명문가의 자제로 보이게끔 준비한 것이었다.

하지만 곽연이 의미하는 것은 그런 외모가 아니었다. 그는 느낀 것이다. 꼬집어 말할 수는 없지만 예전에 비해 무엇인가가 달라진 것은 확실히 느끼고 있었다. 굳이 말한다면 일종의 자신감이라고나 할까?

곽연은 찬찬히 소운평을 살피다가는 이내 위청후에게 시선을 돌렸다.

"다른 두 사람은 천도회주를 만나러 잠시 자리를 비웠지요. 낮에는

운신이 여의치 않아 아마도 저녁 나절이 되어야 돌아올 겝니다. 안도
는……."

곽연이 거기까지 말했을 때 왕노충이 들어왔다.

"먼 길 오시느라 요기도 제대로 못하셨을 텐데 이것밖에는 준비를
못해서……."

그의 손엔 삶은 닭 두 마리와 술병이 담긴 소반이 들려 있었다. 얼마
나 서둘렀는지 그의 몸엔 핏자국과 뽑힌 털이 군데군데 묻은 상태였다.

"벽두부터 네가 고생이 많구나."

곽연이 위로의 말을 건넸다.

"아뇨. 수고는 뭐… 전 이만 가서 자겠습니다요."

"그래, 그렇게 하거라."

"차린 건 부실하지만 많이들 드십시오. 네, 네!"

거듭 인사를 건네고 왕노충은 실내를 나갔다.

"받으시지요."

곽연이 일어나 위청후의 잔에 술을 채웠다.

위청후는 단숨에 술잔을 비웠다. 그가 술잔을 내려놓고 안주를 들고
나자 곽연은 재차 술을 따르는 한편 다른 사람들의 술잔도 일일이 채
웠다.

"드시지요."

곽연의 주청에 의해 한 순배가 이어지고 사람들은 저마다 술잔을 내
려놓고 물러앉았다.

곽연이야 잠자리에서 금방 일어난지라 식욕이 있을 리 없었고, 위가
남매는 원래 소식을 즐기는 사람들이니 이해가 가는 일이었다.

'음식을 앞에 두고 고사를 지내나?

무려 열흘 만에 접하는 제대로 된 음식이었다. 그렇지만 다른 사람들의 눈이 있는지라 소운평은 벙어리 가슴 앓듯 속만 끓일 뿐이었다.

남의 눈을 의식하게 된 것!

이것 또한 그의 달라진 점 중의 하나였다.

"소 공자, 시장하지 않으십니까?"

곽연이 은근히 말을 건넸다. 그는 음식이 들어오면서부터 소운평이 눈을 빛내는 것을 익히 알고 있었다.

"그러게. 식기 전에 들게나."

위청후까지 가세하자 소운평은 그제야 바짝 탁자로 다가앉으며 팔을 걷었다. 그러면서도 여전히 눈치가 보였던지 한마디 던지는 것을 잊지 않았다.

"벽두부터 고생한 사람의 성의를 생각해서라도 그냥 돌려보내는 건 도리가 아니겠죠?"

말소리가 끝나기 무섭게 소운평은 손을 뻗었다.

닭다리가 쭉 뜯기는가 싶더니 금세 허연 뼈다귀로 둔갑을 했고, 다른 손에 들린 술병은 따라서 마시는 시간이 아깝다는 듯 아예 통째로 입에 쑤셔 박았다. 닭 한 마리가 사라지는 데는 불과 반 각도 걸리지 않았다.

이 경이적인 광경은 다른 사람들의 식욕을 자극해서 곽연과 위청후, 심지어 전혀 관심이 없어 보이던 위청란까지 가세하도록 만들었다.

그들이 얼마 남지 않은 음식이 주는 기쁨을 만끽하는 동안 정작 소운평은 손가락을 빨며 물러났다.

"흐아— 암!"

소운평은 기지개를 켜며 등받이에 몸을 기댔다.

꽤 오랜 공복 탓인지 얼굴은 금세 벌겋게 달아올랐다. 술도 한잔 마셨겠다, 배도 부르겠다, 지난 열흘 동안 겪은 피로가 한꺼번에 몰려왔다.

'잠이나 실컷 잤으면 소원이 없겠다!'

그렇게 내심 간절히 바라고 있었는데 궁하면 통한다고 했던가?

위청후가 빙그레 웃으며 입을 열었다.

"먼저 가서 쉬게. 그간 이런저런 일 챙기느라 고생을 도맡아했으니 피곤도 하겠지. 난 여기 곽 공과 좀 더 얘기를 나눠야겠네."

"그래도 됩니까?"

"예끼, 이 사람아. 자네가 서너 살 먹은 어린아이라도 되나? 그런 것까지 일일이 허락을 받지 않아도 되네."

위청후가 핀잔 아닌 핀잔을 주었다.

"그러십시오. 부인께서도 쉬셔야 할 테니."

동조를 표하며 곽연은 걱정스런 눈초리로 위청란을 응시했다.

그녀의 안색은 유난히 창백했다. 더군다나 대문에서 처음 인사를 건네고 실내로 들어온 지금까지 단 한 마디도 말을 꺼내지 않았다. 원래부터 사람들과 어울리는 것을 꺼리는 그녀였지만, 왠지 느낌이 석연치 않았다.

그런 느낌은 비단 곽연뿐만 아니라 위청후 역시 마찬가지였다.

소주로 돌아오는 것이 결정된 그날부터 그녀는 묘한 변화를 보였다. 가뜩이나 적은 말수는 더욱 줄어들어 벙어리가 된 것으로 여겨도 좋을 정도였고, 표정에 변화가 생기는 것은 더 더욱 본 적이 없었다.

단순한 여자의 변덕 정도라면 모르겠는데, 이건 마치 폭풍 전야의 고요함이랄까? 도화선에 불이 붙은 화약을 보는 그런 기분이었다.

두 사람과는 달리 소운평은 천하태평이었다.

'젊은 여자라면 누구나 한 달에 한 번씩 마법(?)에 걸리는 거라구. 며칠 피곤하겠지만 좀 지나면 괜찮을 거라 이 말이지. 그 나이 되도록 그런 기초적인 것도 모르다니, 정말 한심스러운 사람들이야.'

혀를 차며 소운평은 몸을 일으켰다. 그러자 위청란도 그를 따라 자리에서 일어났다.

"쉬실 곳은 노충이 이미 채비를 갖춰놨을 겁니다. 건물을 돌아가서 우측으로 따로 떨어진 별채지요."

곽연은 이런저런 설명을 덧붙이고 나서 두 사람을 배웅하기 위해 자리에서 일어났다.

"두 분, 편히 쉬십시오."

"그럼 이만."

건성으로 인사를 하고 문을 나서던 소운평은 화들짝 놀라더니 이내 위청후에게 달려왔다.

"주시죠?"

불쑥 내미는 손바닥 위에 콩알만한 검은 환약 한 알이 놓여졌다.

벌써 오 일이 지난 것이다. 잠자다가 자칫 오늘을 넘기기라도 하면 영락없이 황천으로 직행하는 불상사가 생길 뻔한 것이었다.

'휘유~ 하마터면 큰일 날 뻔했네.'

소운평은 내심 안도의 한숨을 내쉬었다.

건물을 돌아서 오 장쯤 올라가자 곽연의 말대로 불이 밝혀진 별채가 눈에 들어왔다.

건물에는 방이 세 개가 있었다. 하나는 침실이요, 다른 하나는 서재

겸 휴식처였다. 온통 서책으로 도배를 한 곳이었는데, 한쪽에 작은 침상이 놓여 있는 것으로 보아 전에 이곳을 사용하던 사람은 무척 책을 좋아하는 인물인 것 같았다. 그리고 남은 곳은 오만 가지 잡동사니들로 가득 채워진 창고였다.

대충 구조를 살핀 위청란은 먼저 침실로 향했다. 말은 없었지만 역시 그녀도 피곤했던 모양이다.

"저기요, 잠시 드릴 말씀이……."

그녀가 뒤를 돌아보자 소운평은 잠시 머뭇거리더니 이내 입을 열었다.

"그러니까 제가 지금부터 운공을 좀 해야 하거든요. 한 반 시진쯤 걸릴 텐데, 그때 들어가서 부스럭거리면 아가씨가 깨실 것 같아서요. 요기 서재에 작은 침상이 하나 있던데 거기서 자면 어떨까 해서……."

'이게 다 너를 위해서야!' 라는 간절한 표정에도 불구하고 그녀는 별반 동요하지 않는 눈치였다.

"난 괜찮으니까 괜히 쓸데없이 일 만들지 마."

재고의 여지도 없다는 듯 그녀는 그대로 침실 안으로 사라졌다.

'여긴 떨어져 있어서 사람도 오지 않을 텐데 뭐가 신경 쓸 게 있다구. 들켜도 그래, 늦게까지 책 좀 보다가 거기서 잤다고 그러면 될 거고. 참, 난 글을 모르지?'

계면쩍게 웃고 나서 소운평은 주위를 두리번거렸다.

마땅한 곳이 눈에 띄지 않자 그는 건물을 돌아 후원으로 향했다.

동가장은 팔대를 이어온 유서 깊은 곳이었지만, 당대에 이르러 가세가 급격히 기울고 절손(絶孫)을 당해 동씨 일족은 몰락하고 말았다. 후원엔 넓은 정원과 연못이 있었는데, 동가의 쇠락을 말해 주기라도 하듯 정원석(庭園石)은 제멋대로 굴러다녔고, 눈에 보이는 곳은 온통 말라죽은 잡초로 가득했다.

소운평은 연못가의 반듯한 돌 위에 자리를 잡았다.

뒤쪽으로 둥글게 다듬어지고 가운데 구멍이 패인 돌이 사방에 박힌 것이 정자가 서 있던 자리임이 분명했다. 그가 앉은 곳은 댓돌이겠고.

어느새 뿌옇게 날이 밝아오고 있었다.

부랴부랴 가부좌를 틀고 자세를 잡을 무렵, 문득 연못 속의 잉어가 눈에 들어왔다.

모두 팔뚝만한 것들로 어림잡아도 스무 마리는 넘을 듯싶었다. 추워진 날씨 때문인지 바위 옆 제일 깊은 곳에 옹기종기 모여 꼼짝도 않고 있었다. 만약 어부에게 사로잡히지만 않았어도 태호의 푸른 물속을 비좁다 누비고 다녔을 놈들이었다.

'허, 네놈들 신세도 참 불쌍하다.'

절로 한숨이 나왔다.

잉어들에게서 그는 자신의 처지를 보았다. 이 년 동안 꼼짝없이 목을 매야 하는 현실은 연못에 갇힌 저 잉어들과 하나도 다를 바 없는 것이다.

막상 따라오기는 왔는데, 앞으로의 일이 걱정되지 않을 리가 없었다. 상대는 거물 중의 거물이었다. 열 명도 안 되는 사람들이 모여 기를 쓴다 한들 어찌할 수 없는 엄청난 세력을 가진 인물이었다.

딱 계란으로 바위 치기 아닌가 말이다.

솔직히 이미 죽은 사람의 복수를 한답시고 산 사람들이 떼거지로 죽어가는 것도 이해하기 어려웠다. 그건 다 배부른 자들이 지껄이는 투정이었다.

'명분? 도리? 한마디로 웃기는 소리지! 당장 내일이면 굶어죽는다는 소리가 나와봐, 그 딴 복수 따위는 개 발에 묻은 똥 찌꺼기만도 못할 걸?'

소운평은 세차게 코웃음을 쳤다.

어찌 됐든 그건 나중의 일이었다. 지금 당장은 코앞에 닥친 문제를 먼저 해결해야만 했다.

소운평은 서둘러 환약을 입속에 털어넣고 혈라염을 끌어 올렸다.

'까짓, 어떻게든 되겠지…….'

나직이 중얼거리며 그는 운공에 몰입해 들었다.

2

"엇, 형님! 식사 좀 하시지요?"

때마침 이른 저녁 식사를 하던 중이었던 왕노충은 커다란 솥을 내밀었다. 역시 덩치는 속일 수 없는 것인지 솥 안에는 퉁퉁 불은 장수면(長壽麵)이 가득했다.

"돼지죽은 돼지나 먹는 거지!"

신랄한 언사에도 불구하고 왕노충은 꾸역꾸역 먹는 데 열중할 뿐이었다.

상대가 별 반응이 없자 안도는 맞은편에 앉았다. 먹을 때는 개도 안 건드린다고, 아마도 식사 마치기를 기다릴 생각인 모양이었다.

이윽고 식사를 마친 왕노충은 벌컥거리며 냉수를 들이키고는 물러 앉았다.

"가셨던 일은 잘 처리된 겁니까?"

"그럭저럭."

"우리 노경이는요?"

"그 자식은 곽 노인네한테 보고하러 갔지. 좋은 소식을 달고 왔으니 한창 신나게 떠들고 있을걸?"

"좋은 소식요? 그게 뭔데요?"

"나도 몰라. 글로 써줬으니 알 수가 있냐? 노경이가 반색을 하기에 그냥 그런가 보다 하는 거지."

시큰둥하게 대꾸하던 안도의 눈초리가 은근해졌다. 생전 그럴 것 같지 않던 눈동자까지 부드럽게 풀리고.

"바쁘냐?"

"아뇨. 안 바쁜데요."

"험, 그럼 나랑 술 한잔할래?"

'그럼 그렇지······.'

왕노충은 이맛살을 찌푸렸다. 어쩐지 서방 만난 첩년마냥 군다 했더니 다 이유가 있었던 것이다.

아마 십여 일쯤 전이었을 것이다. 그때도 지금과 비슷한 상황이 벌어졌었는데, 당연히 말 꺼낸 사람이 사려니 하고 따라나섰다가 애꿎은 은 열 냥만 홀랑 날렸었다.

'내가 바보냐, 두 번이나 속게?'

"안 갑니다!"

왕노충은 단호하게 고개를 저었다. 솔직히 그것 말고도 다른 이유도 있었다.

그러자 안도는 그럴 줄 알았다는 듯 피식 웃었다.

"자식, 누가 너보고 돈 내라고 그랬냐? 전에 신세진 것도 있고 해서 이번엔 내가 산다니까!"

안도는 호기롭게 가슴을 두드렸다.

안 봐도 훤했다. 필시 누군가를 윽박질러서 몇 냥 후려냈을 것이다. 어제저녁 동생과 함께 나갔으니 필시 동생의 호주머니에서 나온 것이리라.

'망할 놈!'

왕노충은 내심 욕을 퍼부으며 대꾸했다.

"그게 아니라, 새벽에 위 가주가 도착했다니까요. 무슨 일이 있을지도 몰라서 자리를 비우면 안 된다니까요."

"그래?"

되묻는 안도의 눈빛이 날카롭게 변했다.

"그럼 그놈도 왔겠군."

뜻 모를 소리를 중얼거리는가 싶기가 무섭게 안도는 자리를 박차고 몸을 날렸다.

콰장장!

방문이 부서질 듯 요동 쳤다.

안도가 나는 듯이 사라지고 나자, 그제야 왕노충은 그가 말한 이가 누구인지 깨달았다. 세 명이 왔다. 한 명은 여자고 다른 한 사람은 대놓고 놈이라 부를 수 없는 신분이니 남은 사람이 그 '놈!' 임이 분명했다.

'근데 왜 소 공자를… 설마?'

머리칼을 긁어대던 왕노충은 저도 모르게 소스라치게 놀라 일어섰다.

아닌 게 아니라 안도의 모습이 이상했다. 아주 잠시였지만, 처음 만날 때의 모습을 볼 수 있었다. 일도에 세 명의 허리를 양단하고 목에 도를 들이대며 징그럽게 웃던 안도를 말이다. 그때처럼 두 눈에 흰자위만 가득해지는 것을 언뜻 보았던 것이다.

지금까지 잘 지내왔으니 무슨 일이 있겠냐마는, 모르는 척 넘기기에는 위험 부담이 너무 컸다.

'이럴 게 아니라 빨리 곽 어른께 알려야겠다!'

왕노충은 서둘러 방을 나섰다.

"대체 어딜 가는 겁니까?"

기어이 소운평은 짜증을 부렸다.

아침나절 운공을 마치고 잠자리에 들었다가 깨어보니 이미 늦은 오후인 신시(申時)였다. 위청란도 자리에 없고 부르는 사람이 아무도 없는지라 대충 식사를 챙겨 먹고 다시 잠을 자던 중이었다.

느닷없이 안도가 들이닥쳐 잠을 깨우더니 눈곱을 뗄 새도 없이 어디론가 끌고 가는 것이 아닌가 말이다.

"그야 가보면 알겠지."

안도가 뒤를 돌아보지도 않고 대꾸했다.

그걸 누가 모를까마는 이유를 전혀 모르기에 더 불안하기만 했다. 더군다나 안도의 허리에는 날이 잘 선 도(刀)가 달랑거리고 있으니 불안한 마음이 오죽하겠는가.

이윽고 성큼성큼 걸어가던 안도는 걸음을 멈췄다.

"여기가 좋겠군!"

주위를 살핀 안도는 만족한 얼굴이 되었다.

폐허가 다 된 정원 한 귀퉁이였다. 소운평이 운공을 하던 연못에서

멀지 않은 곳이었는데, 반쯤 무너진 돌담을 빼면 반경 십여 장이 훤히
트인 곳이었다.

"좀 볼 수 있을까?"

안도는 빤히 소운평을 응시했다. 번들거리는 두 눈엔 묘한 열기가
가득했다.

'보긴 뭘 봐? 이 자식… 설마 남자에게 관심이 있는 건 아니겠지?'

소운평은 저도 모르게 옷깃을 여몄다.

"뭐를 말씀인지……."

되물으며 소운평은 안도를 빤히 응시했다.

'모자란 건가, 아니면 나 정도는 안중에도 없을 정도로 대단하다는
얘긴가?'

언뜻 안도의 눈에 노기가 일었다.

"하긴, 이런 때 말은 불필요한 법이지. 손속을 나누다 보면 자연히
드러날 테니!"

쉬잇!

문틈으로 바람 새는 소리가 들리는가 싶더니 어느새 안도의 손에는
도가 들려 있었다. 우수가 움직이고 도가 쥐어진 것은 그야말로 눈 깜
짝할 새였다.

"헉!"

소운평은 기겁할 정도로 놀랐다.

병기를 빼는 속도가 빠르든 느리든 중요한 건 그게 아니었다. 병기
가 들려졌다는 사실 자체가 문제였다. 설마 잉어 회나 뜨자고 뽑지는
않았을 테니까.

"왜 이러십니까?"

소운평은 주춤 물러났다.

동시에 안도는 한 걸음을 내디뎠다.

상대가 물러나면 이쪽에서 다가서고, 다가서면 이내 물러난다. 마침내 소운평은 무너진 돌담 근처까지 후퇴를 거듭했다. 한 걸음만 가면 더 이상 물러날 곳도 없는 막다른 골목에 처한 것이다.

"자, 잠깐! 일단 정지!"

사력을 다한 부르짖음은 안도의 발놀림을 멈추게 하는 데는 성공했다.

"저기요, 이러는 이유나 압시다. 이유를 알아야 뭘 보여주고 자시고 할 것 아닙니까?"

"그걸 몰라서 물어?"

"아, 모르니까 묻는 것 아닙니까."

소운평은 답답한 마음에 가슴을 펑펑 두드렸다.

"혈수(血手)!"

속삭이듯 말하며 안도는 기억을 떠올렸다.

오 개월여 전 그날, 운애곡으로 침입해 온 손철기와 일단의 적마대와 접전을 벌이넌 그날 새벽, 연무종이 보여준 무위는 참으로 놀라웠다.

시뻘건 혈광(血光)!

갈기갈기 찢겨져 나가는 손철기의 육신!

자욱한 피안개 속에 굳건히 서 있던 연무종의 모습은 지울 수 없는 충격이었다. 칼을 든 자라면 누구나 가슴이 벅차오를 그런 광경이었다.

아직도 그날의 기억이 생생한 까닭에 안도는 가늘게 전신을 떨었다.

그것이 전설의 무예로 불리는 혈수라는 사실을 안 것은 소주로 돌아온 뒤 곽연의 입을 통해서였다. 그리고 누군가가 혈수의 주인에게서 무공을 배운다는 사실도 은밀히 전해 들을 수 있었다.

마침내 기다리던 자가 돌아왔다. 이제 안도는 지난 오 개월 간 학수고대하던 일을 치를 수 있게 된 것이다.

"내게 혈수를 펼쳐 봐!"

음성은 가늘게 떨리기까지 했다. 안도가 얼마나 흥분했는지 여실히 드러나는 광경이었다.

일이 이렇게 되자 소운평은 다급해졌다.

"저기요, 그게 어찌 된 거냐 하면… 혈순지 뭔지를 배우기는 배웠는데 아직 써먹지 못한다니까요."

익히기는 익혔으되 펼치지는 못한다?

언뜻 생각해도 잘 이해가 되지 않는 소리였다. 이해는커녕 발뺌으로밖에 들리지 않았다.

'싫다면 강제로라도 구경하는 수밖에!'

안도는 도파(刀把:도의 손잡이 부분)를 힘주어 잡았다.

원래 그의 도는 등소의 대제자인 임천행에게서 빌린(?) 것이었다. 원래 주인이 죽었으니 온전히 그의 물건이 된 바, 묵룡(墨龍)이란 새 이름을 지어주었다.

은회색으로 칙칙하게 가라앉은 도신을 자세히 들여다보면 희미하게 그림자가 드러나는데, 언뜻 보기에 용의 형상을 닮은 까닭이었다. 뚜렷하지 않은 것이 도를 만든 이가 의도적으로 만든 것으로 보기는 어려웠고, 아마도 담금질을 하는 과정에서 자연적으로 생긴 듯했다.

안도는 사슴 가죽을 잘라 도파에 감았다. 지난 오 개월 간 그의 손바

덕에서 흐르는 땀을 머금어 이제는 착 감기는 감촉이 그만이었다.

"난 꼭 혈수를 봐야겠다!"

쐐액!

묵룡이 허공을 갈랐다.

설마 진짜로 손을 쓰랴 싶어 마음을 놓고 있던 소운평이 기척을 알아차렸을 때는 벌써 정수리를 쪼갤 듯 지척에 이르고 있었다.

'이 미친놈이 누굴 잡으려고!'

소운평은 육합보를 펼쳐 주르르 미끄러지며 공세를 벗어났다. 의도적인 행동이라기보다는 그간 수련에 따른 반사적인 동작이었다.

"역시 이 정도는 쉽게 피하는구나!"

안도는 그럴 줄 알았다는 듯 소운평을 따라붙으며 연달아 묵룡을 휘둘러 댔다. 전력을 다하는 것 같지는 않았어도 상당히 날카로운 공격이었다.

파파팟!

눈부신 도광이 눈을 어지럽혔다.

묵룡은 서너 차례나 변화를 보이며 소운평에게 날아들었다. 심장과 두 눈, 그리고 사타구니까지, 노리는 곳마다 급소가 아닌 곳이 없었다.

"아이고, 누굴 죽일 작정입니까?"

소운평은 정신없이 두 발을 놀렸다. 덕분에 그는 자신도 모르는 사이 공세를 벗어날 수 있었다.

'오호라, 이거 봐라?'

소운평은 뜻하지 않은 사태에 몹시 놀라면서도 한편으론 몹시 기뻐했다.

"육합은 동서남북의 사방과 상하를 이르는 것이니, 이는 어떠한 공격도 능히 피할 수 있음을……."

사부의 말은 과연 사실이었다. 저 무서운 보도가 만들어내는 그림자 속을 누빌 수 있었다는 사실에 그는 내심 연무종에게 감사를 표했다.

십여 초의 연환 공격이 모두 수포로 돌아가자 안도는 잠시 공격을 멈추고 소운평을 노려보고 있었다.

짧은 시간이었기에 처음엔 그럴 수도 있겠거니 생각했다. 무공이라는 것이 단시간에 습득되어지는 것이 아니라는 사실은 스스로도 잘 알았다.

하지만 그를 가르친 이는 평범한 사람이 아니었다. 더군다나 팔 개월을 자신했음에야 뭔가 있음이 분명했다.

게다가 두 번째는 나름대로 성의를 다한 공격이었다. 그것을 코 풀듯이 피해낸 것이다. 이쯤이면 말끝마다 제대로 못 배웠다는 둥 펼칠 수 없다는 둥 늘어놓는 소리가 말짱 개수작이라는 결과가 나왔다.

받은 만큼 갚아준다!

오늘날 안도를 있게 한 신조였다. 이제는 혈수가 아니라 놈을 꺾어야 직성이 풀릴 상황으로 변해 버렸다.

"경고하는데, 이제라도 혈수를 보게 해다오. 아니면 후회할 것이다."

평소의 안도라면 백 번 죽었다 깨어나도 이따위 말은 하지 않았을 것이다. 경외감을 느끼게 한 무공의 소유자에 대한 마지막 예우였다.

말이 끝나기 무섭게 안도는 묵룡을 곧추세웠다. 목표는 소운평의 심장, 그 상태로 서서히 진기를 끌어올렸다.

문득 소운평은 안도의 등 뒤로 시커먼 구름이 물신 피어 오르는 환상을 보았다.

'그래 봐야 별로 달라질 게 없을걸?'

소운평은 코웃음을 쳤다.

과연 생각한 대로 이루어질지는 두고 봐야 알겠지만.

"관을 보고 싶다면… 보여주어야겠지!"

쾌액!

묵룡이 빛살처럼 뻗어졌다.

도는 베거나 때리는 병기로 생각하기 쉽고 대다수가 그렇게 생각한다. 하지만 묵룡의 끝 부분에는 뾰족한 돌기가 솟아 있어 검과 마찬가지로 찌르는 공격도 가능했다.

돌기가―안도는 이것을 용아(龍牙)라 불렀다―정확히 소운평의 심장과 일직선을 그렸다.

허를 찔리면 당황하기 마련이다. 속도 또한 전과는 판이하게 빨랐고, 이론을 벗어나지 못한 소운평으로서는 대응이 늦을 수밖에 없었다.

찌이익!

제 딴엔 혼신의 힘을 다해 움직였건만 기어코 옆구리가 길게 찢겨졌다.

"머리털 나고 처음 입어보는 비단옷인데, 이 귀한 걸 작살내? 당장 물어내!"

소운평은 잡아먹을 듯 안도를 노려보았다.

촌각만 늦었어도 심장이 뚫려 저승으로 직행할 판이었는데도 그깟 의복타령이라니… 연무종이 이 자리에 있었다면 기가 막히다 못해 쓰러졌을 것이다.

역시나 안도의 안색도 눈에 띄게 바래졌다. 그에 따라 공격은 더욱 사나워졌다.

스걱.

채 오 초가 지나기도 전에 이번엔 팔뚝에 가는 혈선(血線)이 그어졌다.

'젠장, 육합보? 개나 물어가라고 그래라!'

소운평은 애꿎은 연무종을 원망했다. 희희낙락하던 조금 전이 무색한 변신이었다.

육합보는 연무종이 자신할 정도로 뛰어난 보법이 분명하지만 걸음마를 갓 배운 아이가 아무리 빨리 뛰어도 어른을 따라잡지 못하는 것과 같은 이치였다.

'에구, 이러다 진짜 초상 치르겠다.'

견디다 못한 소운평은 바닥을 구르며 뛰어올랐다. 허공으로 도약한 그는 두어 차례 공중제비를 돌아 뒤쪽의 돌담 위로 사뿐히 내려섰다.

"내려와라!"

안도가 상기된 얼굴로 소리쳤다.

'힝, 내가 바보냐! 호굴(虎窟)에 자진해서 들어가게? 이대로 도망가면 그만인데.'

소운평은 몸을 날리기 위해 무릎을 굽혔다.

그가 서 있는 곳은 일 장이 약간 못 되는 돌담 위였다. 돌을 쌓고 진흙을 개어 틈을 메운 평범한 것으로, 아주 오래되어 군데군데 틈새가 드러난 낡은 돌담이었다. 위에 사람이 서 있는 것이 신기할 판인데 그 위에서 발까지 굴러댔으니 온전하면 이상할 일이다. 균열이 가기가 무섭게 돌담은 와르르 무너졌다.

"어엇—!"

비틀대던 소운평은 어쩔 새도 없이 아래로 떨어졌다.

자욱하던 흙먼지가 가라앉고 상황이 드러났는데, 소운평은 커다란 바위 틈에 왼쪽 다리가 끼어 꼼짝달싹도 못하는 형편이었다.

안도가 이 좋은 기회를 놓칠 리 없었다.

"죽기 싫으면 혈수를 사용해!"

쾌액!

묵룡이 수직으로 떨어져 내렸다. 일도에 정수리를 가르겠다는 의지가 고스란히 묻어났다.

'짜샤, 그게 말처럼 쉬우면 이러고 있었냐? 너 같은 건 벌써 한 방에 때려죽였지!'

소운평은 상황에 어울리지 않게 툴툴 웃었다.

그사이 묵룡은 정수리 근처에 이르고 있었다. 소운평이 할 수 있는 것이라고는 눈을 질끈 감고 돼지 멱따는 비명을 지르는 것이 고작이었다.

"우아아악―"

그때였다.

"그만 멈추게!"

창노한 음성이 들리는 것과 동시에 희뿌연 인영이 두 사람 사이를 가로막았다.

차차창!

쇠와 쇠가 부딪치며 연달아 불꽃을 튕겼다.

번쩍이는 불꽃 속에서 살기로 번들거리는 눈동자와 차분히 가라앉은 눈이 한순간 드러났다.

"이게 무슨 짓인가!"

연검을 거두며 곽연이 나무라듯 말했다.

왕노충의 전갈을 받자마자 달려오길 다행이지, 그렇지 않았다면 무슨 일이 벌어졌을지도 모르는 일이었다.

"보면 모르오? 비무(比武)요."

안도는 시큰둥하게 말을 받았다. 그간 이런저런 교류가 있어서인지 예전처럼 막돼먹은 반말은 아니었다.

"쓰러진 사람에게 도를 휘두르는 것이 비무임을 내 오늘에야 알게 되는군."

곽연히 싸늘히 말하고 등을 돌렸다.

"무사하십니까?"

"아, 네! 그런 것 같군요."

힘겹게 돌을 밀어내고 소운평은 몸을 일으켰다.

말처럼 멀쩡한 듯했다. 다리를 약간 저는 것 외에는 이상이 없어 보였다.

그럼에도 불구하고 곽연은 찬찬히 소운평을 살폈다. 탈이 없음을 확인한 연후 그는 안도에게 다가갔다.

"이유야 어찌 됐든간에 두 번 다시 이런 일이 없기를 바라겠네."

"솔직히 곽 노인의 생각을 모를 줄 아쇼? 저놈에게 꽤 기대를 걸고 있겠지. 혈수의 임자가 왔으니 모든 것을 되찾는 건 감 꼭지 따는 것으로 보일 테고."

"무슨 말을 그렇게 하는가!"

곽연은 벌컥 화를 냈다.

정곡을 찔리면 당황하는 것에는 나이가 많고 적음이 없는 듯했다. 어둠이 아니었으면 곽연은 제법 붉어진 얼굴을 들키고 말았을 것이다.

"곽 노인도 저놈 실력이 어느 정도나 되는지 궁금할 테니 구경이나 하는 게 어떻소? 난 혈수를 다시 보는 것으로 만족할 거요."

안도는 묵룡을 빙글빙글 돌리며 대꾸를 기다렸다.

일이 엉뚱한 방향으로 돌아가자 소운평은 다급해졌다.

'거절해라, 거절해라!'

마치 무당이 주문을 외우듯 간절히 빌고 또 빌었다.

곽연은 잠시 망설였다.

솔직히 말하자면 상당한 기대를 갖고 있었고 이곳에 오기 전까지 그 생각은 변함이 없었다.

하지만 방금 전의 상황은 그게 아니었다. 늦게 도착하여 이전에 벌어진 일은 알 수 없었지만, 결과적으로 안도에게 밀렸다면 최악의 사태나 마찬가지였다.

과연 소운평의 진실한 실력은 어느 정도나 될까?

그 역시 궁금했다. 만약 기대에 못 미친다면 나름대로 염두에 두었던 것을 모조리 포기하고 다른 각도에서 방법을 구해야 한다는 얘기였다.

결국 곽연은 결심을 굳혔다.

"좋네. 하지만 비무 이하도 이상도 아니어야 하네."

"물론!"

안도는 흔쾌히 동조했다.

그제야 곽연은 소운평에게 시선을 주었다.

"소 공자, 들으셨듯이 이것은 단순한 비무입니다. 이 곽 모의 말을 믿어도 좋으실 거외다."

'단순한 비무? 좀 전에 저 불한당 자식이 날 죽이려고 날뛰는 것을 보고서도 그런 소리가 나와?'

소운평은 어이가 없다는 듯 입을 벌렸다. 그렇거나 말거나 곽연은 멀찌감치 물러났다.

"이제 혈수를 보여봐!"

안도는 묵룡을 가슴께로 들어 올렸다.

'누가 말 좀 해줘! 대체 혈수가 뭐 어쨌다고 이 난리 굿을 벌이는 거냐고!'

소운평은 내심 부르짖었다.

하기야 그가 어찌 알까. 사내들의 이런 웅심(雄心)이 없었다면 어찌 무예가 생겨나고 나날이 발전을 거듭해 왔겠는가 말이다.

그때였다. 저쪽 별원 근처에서 누군가가 헐레벌떡 달려왔다. 산처럼 커다란 덩치의 소유자 왕노충이었다.

"가주께서 급히 모셔오시랍니다."

"무슨 일이라도 생긴 게냐?"

곽연이 묻자 왕노충은 잠시 머뭇거리더니 이내 뒤통수를 긁었다.

"저야 뭐… 잘은 모르지만, 이, 연 두 분도 돌아오신 것을 보아 중요한 말씀이 있을지도……."

"그렇담 가봐야지!"

옳다구나 싶어 소운평은 재빨리 뛰어갔다.

곽연도 잠시 뭔가를 생각하는 듯하더니 황급히 소운평을 따라 자리를 떴다.

안도는 그때까지도 묵룡을 들고 기수식을 취하고 있었는데, 왕노충의 눈에는 기이하게 보일 수밖에 없었다.

"큰 형님, 혼자서 칼은 왜?"

"아쉽지만 다음 기회로 미루어야겠군."

나직이 중얼거린 후 안도는 별안간 왕노충의 목에다 묵룡을 들이댔다.

"늘어진 턱살을 베어주려 그런다!"

3

"허허, 이것 참!"

원후숭은 난감한 얼굴로 산반(算盤)을 잡았다.

아무리 계산을 뽑아도 이미 모자란 것이 다시 채워질 리 없었다. 더도 덜도 아닌 꼭 은 오만 냥이 모자랐다.

'오만 냥, 오만 냥이라…….'

원후숭은 오만 냥을 되뇌며 등받이에 몸을 묻었다.

이번 달에도 어김없이 적자였다. 보름을 넘기면서 돈 걱정에 골치를 썩히는 것이 벌써 석 달째 이어지고 있었다. 그나마 이번 달에는 필요한 액수가 적은 편이었다.

그간 조세(租稅)를 올리고 이런저런 수를 써서 버텨왔지만, 편법을 동원하는 것에도 한계가 있었다.

소주의 유흥가(遊興街)는 이해할 수 없게도 겨울이면 불경기를 맞는

다. 금년에는 십여 년 만에 유래없는 흉작이 겹친 관계로 더 이상 상인들의 호주머니를 쥐어짜는 것은 무리였다. 그렇다고 무사들의 급료를 지불하지 않을 수는 없었다. 애초 금전에 고용된 자들이라 돈이 아니면 돌아서는 것은 불을 보듯 뻔했다. 한마디로 속 빈 강정 신세가 되는 것이다.

'이거, 괜히 쓸데없는 일을 벌여서…….'

원후승은 땅이 꺼져라 한숨을 불어냈다.

운영루로 대표되는 삼대기루를 재건하는 일을 꺼낸 이는 다름 아닌 그였다. 모든 업무를 맡은 이상 당연히 방법을 강구하는 일 역시 그의 몫이었다.

공기(工期)는 아직 석 달 이상 남은 상태였다. 겨울이라 가뜩이나 진척이 느린 데다 이런 상태로 가다가는 기한을 채우기는커녕 공사를 마무리 지을 수 있을지조차 의심스러울 지경이었다.

하늘에서 은 오만 냥이 뚝 떨어진다면 또 모를까.

아무리 머리를 쥐어짜 봐야 소용이 있을 리 없었다. 이렇게도 못하고 저렇게도 못하고… 결국 그는 마지막 방법을 택해야 했다.

원후승은 조용히 문을 열고 나갔다.

"그러니까 십 일 이내로 은 오만 냥이 더 필요하다는 얘기로군. 그게 무에 어렵겠나."

진무방은 피식 웃었다. 그리고는 뒤쪽에 놓인 문갑에서 무언가를 꺼내 탁자에 올려놓았다.

하나의 봉투였다. 유지(油紙)로 겹겹이 둘러진 탓에 내용물을 알 수는 없었지만 빛 바랜 모양새가 상당히 오래된 물건임을 느끼게 했다.

"열어보게."

'설마 안에 전표가 든 것일까?'

하지만 전표가 들어가기에는 크기가 너무 컸고 또한 얇았다. 원후승은 고개를 갸웃하며 봉투를 열었다. 안에서는 열 장이 조금 넘는 서류가 나왔다.

'아니, 이건?'

서류를 살피던 원후승은 크게 놀랐다. 서류는 다름 아닌 적검문 전체의 토지 문서였던 것이다.

"그걸 담보로 돈을 빌리되 공사를 마칠 때까지 부족함이 없도록 하게. 청명지일(淸明之日)의 행사를 치를 만큼 넉넉하면 더 좋겠고. 그리고 내 걱정이 돼서 하는 소리네만, 앞으로는 문제가 생기면 혼자서 끙끙 앓지 말고 곧장 내게 털어놓게. 알겠나?"

"예, 방주!"

원후승은 정신없이 고개를 끄덕였지만, 실상 그의 머리 속은 반쯤 혼이 나간 상태였다.

'이거야 귀신이 곡을 할 노릇이 아닌가?'

적검문의 심장부에 있어야 할 물건이 돌연 이 자리에 나타난 것만으로도 놀라운데, 진무방은 마치 자신이 찾아올 줄 미리 알고 있었다는 투가 아닌가!

놀랍고도 한편 두려운 마음에 원후승은 벌린 입을 다물지 못했다.

그러자 진무방이 농조로 말했다.

"설마 어디에서 얼마를 빌리는 것까지 일러주어야 하는 것은 아니겠지?"

                    *   *   *

"자네 소 공자와는 초면이 아닌가?"

곽연은 한 청년을 손짓해 부르더니 소개를 했다.

"이쪽은 왕씨 성을 가진 젊은이로 저기 노충이의 친동생이 되는 사람입니다. 그간 여러 모로 애를 쓴 사람 중에 하나지요."

"왕노경입니다. 편하게 노경이라 부르시면 됩니다."

왕노경은 공손히 허리를 숙였다.

"난 소운평이오."

소운평은 마주 인사를 하며 힐끔 상대를 살폈다.

'거 더럽게 잘생긴 자식이군. 계집깨나 후리겠는걸?'

첫 느낌은 그러했다.

희뿌연 얼굴색이며 가녀린 팔다리가 고생이라곤 쌀알만큼도 안 해 본 대갓집 외아들 같았다.

'나보다 좀 아래 같은데?'

두 번째 느낌이었다.

그러나 실상은 그렇지 않았다. 가지런한 이목구비에 동안(童顔)인 터라 나이가 들어 보이지 않을 뿐이지 그는 올해 정확히 스물일곱으로 소운평과는 일곱 살 터울이 지는 큰 형님뻘이었다.

"곽 어른을 통해 말씀은 많이 들었지요. 앞으로 잘 부탁드리겠습니다, 소 공자."

왕노경은 다시 한 번 정중히 인사를 건네고 원래 자리로 돌아갔다.

'정말 맘에 안 드는 자식이란 말야……'

곽연의 옆 자리에 앉으며 소운평은 고개를 저었다.

미끈한 얼굴과 단아한 몸가짐에 격조있는 어조, 무엇 하나 흠 잡을 데 없는 인물이었다. 금상(金上)인가 은상(銀上)인가에 첨화(添花)라 그랬던가? 한마디로 요약해서 말한다면 딱 밥맛없는 인간이었다.

'그래 봐야 사람 장사꾼이 그렇지 뭐.'

그가 용모에 어울리지 않게 사람을 팔고 사는 중개인 역할을 한다는 사실을 익히 알고 있는지라 소운평은 그나마 위안을 받을 수 있었다.

둘 이상이 모이면 서로의 관심사가 같거나, 혹은 말이 통하는 자들끼리 자연스레 어울리는 법이다.

왕노충은 홍사독과 곽연은 왕노경과 이환은 연좌기와 짝이 되어 두런두런 얘기를 주고받았다. 보일 듯 말 듯 미소를 짓기도 했고 가끔은 어울리지 않게 호탕한 웃음이 흘러나오기도 했다.

오직 소운평만이 달랑 혼자였다.

곽연 패에 끼자니 도통 알아듣지도 못하는 소리요, 홍사독 패는 선입관 때문에 어쩐지 꺼림칙했다. 그렇다고 이환 쪽은 택할 엄두가 나질 않았다. 들어올 때 잠시 눈이 마주쳤는데, 여전히 곱지 않는 기색을 보이는지라 말 한번 잘못 꺼냈다가는 본전도 건지지 못할 게 분명했다.

'사람을 불러놓고 이 인간은 왜 안 나타나는 거지? 할 일이 그렇게 없나?'

애꿎은 위청후에게 화살이 날아갔다.

위청후가 모습을 보인 것은 그로부터 일각쯤이 지난 후였다. 두 손으로 제법 커다란 다반(茶盤)을 든 채였다. 자리를 비운 것은 차를 마련하기 위함인 듯싶었다.

사람들은 일제히 자리에서 일어섰다.

"가주를 뵙습니다!"

"과례(過禮)는 감당하기 어렵습니다. 모두 그만 예를 거두시기를."

위청후는 답례를 마치고 모두의 앞에다 손수 찻잔을 내려놓았다. 그리고는 자신의 자리로 돌아와 두 손으로 찻잔을 받쳐 높이 들었다.

"위가에서 벌어진 불미스러운 사태를 해결하는 일에 동참해 주신 여러분의 호의에 불초 위 모는 진심으로 감사드립니다. 여기 따끈한 한 잔의 차로써 그간의 노고에 보답코자 하는 바입니다!"

차는 더할 나위 없이 훌륭했다.

모든 음식에는 만든 사람의 정성이 고스란히 드러난다고 하더니만, 그 말이 틀리지 않는 듯했다. 평소 차 하면 '아깝게 그 쓴 물을 왜 돈 주고 마셔?' 라 생각했던 소운평조차 입맛을 쩍쩍 다실 정도였다.

찻잔이 한 순배 돌아가고 모두가 잔을 내려놓자 위청후가 입을 열었다.

"갑작스런 통보에 의아해하시리라 생각합니다. 특별한 의미를 둔 것은 아닙니다. 그저 서로 간에 재회의 기쁨을 나눌 겸 앞일에 대해 논의하기 위함이지요. 자세한 것은 여기 왕 수재(秀才)께서 언급하실 겝니다."

"비천한 태생을 수재라 높여주시니 소생 몸둘 바를 모르겠습니다."

왕노경은 몸을 일으켜 감사를 표했다.

본디 수재란 단어는 결혼하지 않은 성인 남자를 지칭하는 말로 널리 쓰였지만, '머리가 좋고 재주가 빼어난 사람' 이라는 뜻도 있다. 그것을 서슴없이 뒤에 것으로 해석한 셈이었다.

그러나 누구도 이의를 제기하는 사람은 없었다.

왕노경은 확실히 뛰어난 사람이었다. 그가 자란 환경에서 익힌 학문치고는 상당한 경지였다. 또한 그에 어울리는 기품도 있었다. 만약 제대로 된 가문에서 태어나 어릴 적부터 본격적으로 수업을 쌓았다면 당대 이름을 날리는 학자가 되었을 것이다.

"본론에 들기 이전에 먼저 한 가지 사실을 밝히고 가주께 양해를 구하는 것이 순서일 것 같군요. 이러한 상황에서 꺼내기란 실로 민망하기 그지없는 소리이나 저희 소인배들에게는 평생의 성쇠(盛衰)가 걸린 일이니만큼 괘씸타 여기지 마시고 들어주시기를!"

왕노경은 찻물을 조금 들이키고 말을 이어갔다.

"이미 아시겠지만 그간 둘째 형님과 가형(家兄), 그리고 저는 국법(國法)으로 금하는 일로 생계를 꾸려왔지요. 제법 풍족한 생활을 누리기는 했어도 늘 관에 쫓겨야 하는 데다 마음 한구석이 개운치 않았습니다. 손을 씻으려 여러 차례 생각도 해보았으나 워낙 배운 게 일천(日淺)하다 보니 여태 굴레를 벗지 못했던 것이지요."

'암, 인신매매(人身賣買)는 중죄(重罪)지! 계집을 사고 파는 놈들이 설마 강제로 그 짓(?)은 안 했겠어? 찔리지 않으면 그게 사람이야?'

소운평은 당연하다는 듯 중얼거렸다.

개구리 올챙이 적 생각 못한다더니 아마 그의 과거를 아는 자가 있다면 이렇게 말했을 것이다.

—네놈은 별다르냐? 네놈 또한 순박한 시골 처녀를 농락하여 죽음에 이르게 했지 않느냐? 쯧쯧, 남 욕 하지 말고 네놈 몸에 묻은 똥이나 잘 닦아라!

"이렇게 말이 나왔으니 숨기지 않겠습니다. 솔직히 말씀드리자면 저희 세 사람이 이번 일에 끼어든 것은 자의(自意)가 아닙니다. 그렇지만 이미 발을 빼기에는 늦은 후지요. 이번 일은 너무도 험하여 저희로서는 목숨을 걸어야 할지도 모르는 일입니다. 해서 드리는 말씀인데, 만약 저희 중에 일부라도 살아남는다면 가신(家臣)으로나마 거두어주실 수 있겠는지요? 아직은 제 생각일 뿐입니다만, 두 분 형님께서도 반대하시지는 않을 겝니다."

그러자 모두의 시선이 한곳으로 집중되었다.

"저야 뭐… 동생이 그렇다면……."

왕노충은 뒤통수를 긁었다.

"전 좋습니다!"

그와는 달리 홍사독은 흔쾌히 수락했다. 어차피 누군가에게 소속될 거라면 안도보다는 위청후 쪽이 훨씬 나으리라 생각한 모양이었다.

남은 것은 위청후가 가부를 결정하는 일 뿐이었다. 왕노경은 이내 위청후에게로 시선을 돌렸다.

하지만 정작 위청후는 곽연을 바라보고 있었다.

곽연은 잠시 생각하는 듯 고개를 숙였다.

어차피 생각하고 자시고 할 것도 없었다. 되려 이쪽에서 청해야 할 형편이었으니까.

그는 내심 다른 것을 보고 있었다. 투명하게 자신을 바라보는 위청후의 눈빛, 그 눈빛에서 마치 사후(死後)를 부탁하고 있다는 느낌을 받았던 것이다.

주름으로 가득한 노안에 잔잔한 파문이 생겨났다.

"알겠네. 반드시 그렇게 하겠다 약조를 함세!"

내심과는 달리 곽연은 힘차게 고개를 끄덕였다.

그러자 왕노경은 한 사람 한 사람에게 일일이 허리를 숙여가며 예를 표했다.

이번에는 의미가 달랐다.

똑같은 일을 함에 있어서 주동적인 입장과 피동적인 입장에 따라 들이는 노력도 차이가 있고 결과는 더욱 판이하게 달라지는 법이다.

다른 두 사람이 어떻게 느끼는지는 몰라도 최소한 왕노경에게는 남의 일이 아니게 된 것이다.

이윽고 엄숙한 인사가 모두 끝나고 제자리를 찾은 왕노경은 본론으로 들어갔다.

"아시다시피 그간 여러 모로 사람을 모으려 한 일은 성과를 거두지 못했습니다. 무리를 한다면 지금에라도 어느 정도 가능한 일이겠지만, 이 시점에서는 오히려 득(得)보다는 실(失)이 클 겁니다. 급조한 조직은 위계 질서를 구하는 데만도 시간이 걸릴 뿐더러 배신자가 나올 가능성 또한 크지요. 따라서 여기 모인 사람 수 이상 인원이 늘어날지도 모른다는 생각은 당장 버리십시오."

일순, 실내의 공기가 싸늘히 식어갔다.

자리에 없는 안도와 위청란을 포함한다 하더라도 불과 열 명이 안 되는 숫자였다.

수천 대 아홉!

누가 봐도 말도 안 되는 짓이 분명했지만 말이 되게끔 만드는 것이 그들의 할 일이었다.

"혹시 '땅 따먹기'란 놀이를 아십니까?"

실로 뜬금없는 소리였다.

다른 사람들은 일제히 의문을 떠올리면서도 뭔가 뜻하는 바가 있을 거라 여기는 반면, 소운평은 신이 났다.

"그건 내가 잘 알지! 다른 건 몰라도 그거 하난 자신있거든. 왕년에 우리 마을에서 날 따라올 놈이 하나도 없었단 말이야."

의기양양(意氣揚揚)!

기세등등(氣勢騰騰)!

보무도 당당히 외쳤건만… 돌아온 것은 잡아먹을 듯이 노려보는 이환의 싸늘한 시선뿐이었다.

'저 인간은 나만 보면……'

소운평은 순식간에 자라목이 되었다.

"하하, 그러셨군요! 저 역시 일가견이 있지요. 언제 시간이 나면 한수 지도를 부탁드립니다."

왕노경이 재빨리 나서서 분위기를 아울렀다. 이윽고 소요가 가라앉자 얘기는 이어졌다.

"땅 따먹기를 하려면 우선 두 명 이상이 필요하지요. 우선 바닥에 둥글게 원을 그린 다음, 자기가 마음에 드는 곳에 자그마한 요새를 만들게 됩니다. 그리고 손가락으로 돌을 때려 자신의 요새를 조금씩 넓히는 그런 놀이지요. 아마 다들 아시리라 믿습니다. 여기서 중요한 것은 신중함과 끈기지요."

거기까지 말했을 때, 곽연은 왕노경이 말하고자 하는 요지를 알아차렸다.

"각개격파를 하자는 얘기로군."

"그렇습니다. 아무리 튼튼한 기둥도 하찮은 개미 떼에 의해 쓰러지는 법입니다. 현 상황에서 취할 수 있는 가장 현명한 방법일 것입니다."

"하면 최초 목표를 누구로 할 셈인가?"

여태 잠자코 있던 연좌기가 물었다.

왕노경은 이미 준비한 게 있었던 모양인지 여유있는 모습이었다.

"어제 새벽 적검문에 침투시킨 첩자로부터 두 가지 소식을 들을 수 있었지요. 그 첫째로 청명지일(淸明之日)에 맞춰 대대적인 행사를 벌일 것이라 합니다. 아시다시피 불탄 운영루를 능가하는 거대한 기루가 생기는 중이지요. 그것이 완공되는 것을 맞아 성대한 연회를 베풀 예정인데, 그 자리에서 문파 명을 개명함은 물론 소주를 일통할 것을 공식적으로 천명한다 합니다."

"저런 죽일 놈!"

탕!

참다못한 이환이 세차게 탁자를 내려쳤다. 드러내지 않았을 뿐이지 다른 이들도 표정은 마찬가지였다.

'막아야 해! 그전에 반드시 되찾는다!'

한순간 세 명을 제외한 모두의 뇌리에 공통적으로 떠오른 생각은 그러했다.

"그리고 두 번째는 종쾌의 신상에 관한 정보입니다. 영문을 알 수 없지만, 은밀히 화빈각(花玭閣)의 매향(梅香)이란 기녀를 불러들인다고 하더군요. 이전부터 사나흘에 한 번씩 기녀를 들인 적이 있었다 들었는데, 그때마다 사람이 바뀌었답니다. 한데 한 달 가까이 전부터는 아예 그 기녀만이 출입을 한다고 합니다. 아주 하찮은 일일지 모르나 무관심해서는 안 될 것 같습니다."

기녀를 불러들인다?

그의 말처럼 아주 하찮은 일이었다. 세도가의 연회에 이름난 기녀가 불려가는 일은 비일비재했다.

그렇지만 바늘귀만한 틈이라도 파고들어야 하는 상황이라면 얘기가 달라진다. 뭔가, 특별한 무언가가 기다리고 있을지도 모르는 일이었다.

"일단 목표는 정해진 셈이로군."

곽연의 눈에 점차 생기가 감돌았다.

"그렇습니다. 미약하게나마 구실이 생긴 이상 그가 첫 번째 목표가 되겠지요. 굳이 적검문의 인물로 정한 것은 활동이 용이하다는 이점도 들 수 있겠지요. 아무래도 알아보는 이가 적을 테니까요. 그리고 이것은……"

왕노충은 잠시 말을 끊고 품속을 뒤졌다. 잠시 후 그의 손에는 작은 옥패가 들려 있었다.

옥패의 존재를 이미 알고 있는 곽연과 이환은 눈을 빛냈다. 소운평이 황산으로 가져간 전표가 든 꾸러미 속에서 나온 그 옥패였다.

'가주께서 지녔어야 할 물건이 어째서 그의 품에서 나온단 말인가?'

두 사람은 적잖이 궁금해하는 눈치였다.

"이것은 가주께서 지니신 물건이지요. 몇몇 분은 옥패가 어떤 용도로 쓰이는 물건인지 대충 아실 것입니다. 우선 처리할 일은 옥패가 어느 정도 가치가 있는 물건인지 아는 것과 종쾌와 연결된 매향이라는 기녀에 대한 의문을 푸는 것입니다. 일단 옥패 건은 내일 중으로 소 공자님과 함께 알아보겠습니다."

'응? 나 말이야?'

딴짓에 열중하고 있던 소운평은 화들짝 놀랐다.

마냥 뒹굴거리며 시간을 죽이지만은 않을 거라는 사실을 짐작은 했지만 막상 이름이 거론되는 순간을 맞이하자 걱정이 앞서는 모양이었다.

"하면 그 기녀의 일은 누가 처리할 생각인가?"

문득 곽연이 묻자 왕노경은 낯빛을 굳혔다.

'실은 그게 문제입니다.'

'한낱 기녀의 입을 열게 하는 것쯤이야!' 하고 누구나 대수롭지 않게 여길 것이다. 실제로 다짜고짜 쳐들어가 칼을 휘두르면 술술 불 것이다.

그러나 문제는 전혀 흔적을 남기지 않고 깔끔하게 처리해야 한다는 것에 있었다. 종쾌는 엄연히 적검문의 주인이었다. 소주의 반을 흔드는 자의 구린 곳을 들쑤시는 일을 공개적으로 처리할 수는 없는 노릇이었다.

더 큰 문제는 이 자리에 있는 어떤 사람도 그 일에 적합한 인물이 없다는 사실이었다.

곽연을 포함한 세 사람은 아무래도 이런 일에 익숙하지 않을 게 분명했다.

친형을 보냈다간 당장 뛰어들어 목부터 비튼 연후에 물어볼 테니 소주 전체에 파다하게 소문이 나는 것은 불을 보듯 뻔한 일일 것이고, 가장 적임자일 것 같은 이형(二兄)은 의외로 말주변이 형편없었다.

'어렵구나, 어려워.'

왕노경은 고개를 절레절레 흔들었다.

그때였다. 문밖에서 걸쭉한 음성이 들려왔다.

"그 일은 내가 맡지! 계집이라면 내가 전문가니까."

동시에 요란스레 문이 열리더니 한 사람의 얼굴이 나타났다. 술 냄새를 풀풀 풍기는 안도였다. 왕노충에게 버림(?)받더니 기어이 혼자서 한잔 걸친 모양이었다.

"그렇다고 하인 취급은 말라구, 위 가주! 난 저놈들과는 다르거든. 끄윽—!"

별채로 돌아온 소운평은 먼저 조식을 취했다. 반 시진에 걸친 운공이 끝나자 시큰거렸던 발목은 거의 원상태로 돌아와 거의 통증을 느낄 수 없었다.

"간만에 혼자 되니 좋구나."

소운평은 침상에 벌렁 드러누웠다. 푹신한 침상의 감촉을 즐기기도 전에 한 사람의 얼굴이 떠올랐다.

'그나저나 이 여자는 어딜 간 거야?'

곁에 있어봐야 늘 불편하기만 한 존재였지만 막상 그녀가 자리에 없자 이빨이 빠진 것처럼 허전하게 느껴지는 것은 왜일까?

그래서 습관이란 무서운 것인가 보다.

안도 덕분에 잠을 설친 탓에 소운평은 금세 코를 골기 시작했다.

재입성 후 첫 번째 날이 지나고 있었다.

제26장

위정편은 겸손하고 소운평은 남해거상(南海巨商)이 되다

1

사삭!

만월(滿月)을 등진 그림자는 정원수(庭園樹)가 만든 어둠 속으로 빨려들듯 사라졌다.

착 달라붙은 시커먼 야행복(夜行服)으로 전신을 가린 자였다. 두건을 써서 용모는 알아볼 수 없었다. 다만 섬세한 굴곡으로 보아 남자가 아닌 것은 분명했다.

어둠 속에서 눈 한 쌍이 나타났다. 흰자위는 전날 밤을 샌 노름꾼의 그것처럼 핏발이 가득했지만 눈빛만은 더없이 맑았다.

눈동자가 주시하는 곳은 장원의 일부인 별원이었다.

원단이 이미 여러 날이 지났는데도 별원 전체는 갖가지 색의 등롱이 걸렸고, 기둥마다 장수(長壽)와 안녕(安寧)을 축원하는 글귀가 가득 붙어 있었다.

잠시 후 건물 끝의 문이 열리더니 열대여섯 먹은 시비 하나가 나타났다. 아마도 목욕 시중을 들던 중이었는지 그녀의 앞섶에는 물이 흥건하게 묻어 있었다.

"라라라라—!"

뭐가 그리 좋은지 시비는 연신 콧노래를 부르며 돌 계단을 내려왔다.

"어멋!"

돌연 뾰족한 비명이 일었다.

아마 발이라도 잘못 디딘 모양이던지 시비의 몸이 휘청하더니 맥없이 바닥으로 쓰러졌다.

순간, 정원수에 숨어 있던 그림자가 날쌔게 날아와 시비의 혈도를 짚었다.

"끄응!"

고양이 소리를 내며 시비가 혼절하자 복면여인은 주위를 살핀 연후 조심스레 실내로 들어갔다.

실내는 참으로 호화롭게 꾸며져 있었다. 진주, 호박에 산호 등등, 눈길이 닿는 곳마다 온갖 진귀한 보배들이 가득했다. 일일이 숫자와 품목을 헤아리자면 밤을 새도 모자랄 지경이었다.

양상군자(梁上君子)라면 평생 담을 넘어야 마련할 수 있는 금액을 단한 번에 취할 수 있을 터였다.

그러나 복면여인은 도적은 아닌 듯했다. 그 눈에는 탐욕의 기미라고는 전혀 없었다.

이윽고 여인의 손이 천천히 복면을 벗겨냈다. 드러난 얼굴의 주인은 놀랍게도 위청란이었다. 찬찬히 주위를 살피는 눈에는 형언할 수 없는 감정이 가득했다.

이화원(梨花院)!

이화원은 그녀가 태어나기 전부터 모친의 처소였다. 부친과 혼인하여 꾸린 신방이 이곳이며, 그녀가 세상에 나와 첫 울음을 토한 곳도 바로 이곳이었다.

시비가 혼절해 있는 정원에서 그녀는 날이 저물도록 뛰어놀았고, 가끔은 모친의 품에 안겨 잠을 자기도 했다. 이화원 구석구석 어느 곳에도 철없는 계집아이의 손끝이 닿지 않은 곳이 없었다.

네다섯 살쯤이었던가?

화장대 아래쪽엔 송곳으로 그은 자국조차 고스란히 남아 있었다. 그 일로 호되게 꾸중을 듣고 울음을 터뜨렸던 기억이 어제의 일처럼 생생했다.

모든 것은 예전 모습 그대로였다. 다만 변한 것은 그녀의 마음일 뿐.

이곳을 찾기까지 그녀는 숱한 시간을 고뇌했다.

무엇보다 두려웠다.

그간 그녀가 생각했던 모든 일들이 고스란히 현실로 드러날까 싶어 겁이 났다. 미치도록 두려웠다. 지금도 그것은 마찬가지였다. 할 수만 있다면 그대로 뒤돌아 서서 되돌아가고 싶었다.

그러나 마지막 남은 이성은 끊임없이 그녀를 부채질했다.

두렵다고 피해선 안 돼!

그랬다. 이제는 확인할 때였다.

위청란은 들어올 때처럼 조용히 침실을 나섰다.

'여섯, 일곱… 열!'

침실에서 정확히 열 발자국 되는 곳에서 위청란은 걸음을 멈췄다. 그리고 감았던 눈을 떴다.

욕실로 통하는 문이 그곳에 있었다. 다시 네 걸음을 더 가면 어릴 적 그녀가 가지고 놀던 장난감이며 잡다한 물건들을 보관한 창고가 있을 터였다. 눈을 감고 다녀도 지장이 없을 정도로 이곳의 위치는 몸에 익었다.

잠시 머뭇거리던 그녀는 조심스레 문을 열고 안으로 들어섰다.

안은 화끈하다 싶을 정도로 뜨거웠다. 갑작스런 열기에 놀란 피부는 붉게 상기되더니 가려움을 호소했다.

뿌연 수증기에 장미향(薔薇香)이 실려왔다.

장미는 모친이 가장 좋아하는 꽃이었다. 또한 수욕(水浴)도 좋아했다. 그 두 가지를 함께 즐기기 위한 방편으로 장미에서 추출한 화정(花精)의 일종인 장미수(薔薇水)를 푼 물에 수욕을 하곤 했는데, 그 습관마저 아직도 그대로인 듯싶었다.

그녀가 서 있는 곳은 욕실에 딸린 시설이었다. 작은 침상에 누워 모친은 안마를 받거나 달아오른 몸을 식히기 위해 향유(香油)를 바르고 누워 있기도 했었다.

침상을 지나 산호를 엮어 만든 주렴이 보였다.

수증기는 그 안에서 계속해서 흘러나오고 있었다. 거기 욕조가 있을 것이다.

위청란은 서서히 주렴을 향해 다가갔다.

그녀의 시선은 홀린 듯 주렴 안쪽을 향하고 있었다. 그 덕분에 바닥의 물기에 미끄러지고 말았다. 휘청거리던 그녀는 침상을 짚고 겨우 넘어지는 것은 면할 수 있었다.

덜컹.

소리는 작았다.

그러나 사방이 꽉 막힌 욕실인지라 벽에 부딪쳐 공명된 소리는 북소리처럼 길게 여운을 남겼다.

"유아(柳兒)냐?"

곧바로 목소리가 들려왔다. 수욕이 주는 나른함에 취한 여인의 음성, 바로 모친의 음성이었다.

하마터면 그녀는 주렴을 걷고 그대로 뛰어들 뻔했다. 그리고 묻고 싶었다.

어머닌 그자와 아무런 상관이 없는 거죠?

아니, 어쩔 수 없었던 거죠?

"유아가 맞니?"

또다시 목소리가 들려왔다. 대꾸가 없는 터였는지라 이번엔 약간 불안한 음성이었다.

위청란은 어쩔 수 없이 대꾸를 해야 했다.

"네, 마님. 저예요."

"어째 네 목소리가 조금 이상한 듯하구나. 어디 불편한 곳이라도 있는 게냐?"

"찬바람을 쐬니 목이 잠겨서……."

"저런… 그래, 시킨 일은 알아보았니?"

"아뇨, 아직……. 가다가 잊은 물건이 생각나서요."

"별일이구나. 늘 총명하던 너인데……."

음성이 길게 여운을 남기고 사라지는 것을 끝으로 욕실은 다시 침묵을 되찾았다.

어머니와 딸, 모녀(母女)는 주렴 하나를 사이에 두고 아무 말도 없었다.

이윽고 목소리가 들려왔다.

"어젯밤 꿈에 그 아이를 보았단다. 어릴 적 모습으로 '어머니!' 하고 달려와 품에 안기더구나. 어디서 어떻게 잘 지내고 있는 건지… 요즘 들어 부쩍 그 아이가 몹시 그립구나. 가끔은 후회도 되고. 다 그분이 내게 무심한 탓이야……. 발길이 끊긴 지 벌써 열흘이 넘었어. 이젠 싫증이 나신 걸까? 유아야, 어찌하면 좋겠니?"

"……."

"가서 전해주겠니? 마님이… 아니, 당신의 여영이 이렇듯 애타게 기다리고 있다고."

바르르!

위청란은 전신을 떨어댔다.

'당신의 여영이 이렇듯 애타게…' 그 한마디가 천둥 소리처럼 그녀의 귓속을 맴돌았다.

'아니기를… 그것만은 아니기를 바랬는데…….'

처연히 중얼거리는 그녀의 손에는 어느새 새파랗게 빛나는 비수가 들려 있었다.

남편을 버리고 정부를 택한 여자!

뱃속으로 낳은 딸을 스스로 버린 여자!

그 여자는 단죄받아야 마땅했다. 그리고 그 일은 세상의 누구도 할 수 없는 온전히 그녀만의 몫이었다. 어쩌면 이 같은 결과를 짐작했는지도 몰랐다. 그렇지 않았다면 비수를 준비하는 일 따위는 없었을 테니까.

스윽.

우수가 쳐들려졌다.

이제 그 손을 앞으로 내던지면 비명이 일 것이다. 그것으로 모든 번민(煩悶)은 끝날 터였다.

던져라!

위청란, 정부와 눈이 맞아 부친을 살해한 원수가 코앞에 있거늘 부친의 원수를 갚지 않을 셈이냐!

그저 손짓 한 번이면 돼!

하지만······.

그녀는 스르르 손을 떨궜다.

'용서한 게 아냐. 아버지의 위패 앞에서 참회하도록 만들 거야. 그런 다음 그 자식과 함께 죽여주겠어!'

주렴 안을 싸늘히 응시한 후 그녀는 등을 돌렸다. 문이 열리고 그녀는 차가운 겨울밤 속으로 사라졌다.

"하아~!"

욕실에선 여전히 한숨이 흐르고 있었다.

         *   *   *

"소 공자, 들어가도 되겠습니까?"

나직이 부르는 소리에 소운평은 눈을 떴다. 주위는 대낮처럼 밝았다. 벌써 아침이었다.

'어, 여긴?'

뜻밖에도 침상에 누워 있는 자신을 깨닫고 사방을 두리번거렸지만 어디에도 그녀의 흔적은 없었다.

"이 여자가 외박을 했단 거잖아?"

흡사 제 마누라 대하듯 하는 말투였다. 그렇게 말하고는 스스로도 놀랐는지 몹시 허둥대며 의복을 챙겨 입는 소운평이었다.

"들어오지 그래."

소운평은 허리춤을 추이며 침실에 딸린 접객실(接客室)로 나갔다.

곧 왕노경이 들어왔는데 그는 옷, 신발 등등을 비롯하여 온갖 잡동사니를 가득 안은 채였다. 별일이었다.

"소 공자, 이걸 좀……."

소운평은 쪼르르 달려가 물건을 받아 들었다.

"이게 다 웬 거야?"

"설마 그 몰골로 중원제일이라 불리는 대륙전장(大陸錢莊)을 찾아갈 생각은 아니시겠죠?"

"내 꼴이 뭐 어때서? 이 정도면… 응?"

팔을 돌려보던 소운평은 이상을 발견했다. 어제저녁 그놈의 혈수를 보이랍시고 달려든 안도가 옆구리를 길게 찢어놓은 것을 그제야 발견한 것이다.

"이것으로 갈아입으시지요."

왕노경이 질 좋은 금색 금의(錦衣)를 건넸다.

마다할 리가 없었다. 회의(繪衣)는 금세 한쪽 구석에 처박히고 소운평은 금의를 걸쳤다.

"어때?"

"정말 잘 어울립니다!"

왕노경이 탄성을 질렀다. 아닌 게 아니라 소운평은 눈에 띄게 달라 보였다. 옷감의 질은 전에 입은 회의와 별반 다를 게 없었지만 차이는 색(色)에 있었다. 금색은 실로 기가 막히게 소운평과 어울렸다.

"이게 다 바탕이 좋아서 그런 것 아니겠어?"

소운평은 짐짓 정색을 하면서 물었다.

'아니오!' 했다가는 안 될 그런 분위기였다. 다행이 왕노경은 눈치가 빨랐다.

"당연한 말씀이지요!"

"그건 그렇고, 아침부터 여긴 웬일이야? 설마 그 전장이란 곳에 당장 가는 건가?"

"그건 아닙니다. 일단 숙소부터 옮기셔야 됩니다. 과거 적검문과 대풍방의 경계 지점에 위치한 호계원(瑚溪院)이란 곳입니다. 그리고 소공자 역시 완벽히 다른 사람으로 변신을 해야겠지요."

"변신? 다른 이름을 쓰라는 소린가?"

"그렇습니다. 신분 또한 그에 어울리는 것으로 바꿔야 하겠지요. 우선 가시지요. 바쁜 하루가 될 터이니, 자세한 것은 호계원에 도착해서 아뢰지요."

왕노경은 옆으로 물러나며 길을 열었다.

"그래, 까짓 가자구!"

소운평은 힘차게 밖으로 걸어나갔다. 한 손은 뒷짐을 지고 팔 자(八字)로 걷는 것이 영락없이 '난 세도가(勢道家)의 후손이야!' 하는 식이었다.

*　　　　*　　　　*

대륙전장 소주지부장 모국충(牟國忠).

그는 자신의 이름보다도 항시 직함을 내세우기 좋아하는 자였다. 하기야 키는 오 척을 간신히 넘긴 데다 서른도 안 되어서부터 머리까지 반쯤 벗겨진 상태니 직함이 아니면 내세울 것이 없는 것도 이유 중 하나였다.

외모가 그렇다면 능력은 뛰어나냐?

천만의 말씀!

솔직히 그의 누이가 대륙전장의 주인에게 밤마다 최고의 환락을 제공하는 일이 없었다면 다섯 손가락 안에 드는 노른자위라는 소주지부를 관리하는 일 따위는 죽었다 깨어나도 불가능한 일이었다.

오늘도 그는 자신의 본분에 어울리게 대낮부터 기녀를 끼고 질펀한 색사(色事)를 즐기는 중이었다.

커다란 침상, 거기에 벌거벗은 두 남녀가 어울려 한창 실내의 공기를 달구고 있었다. 사내는 편안히 팔베개를 한 모습으로 침상에 누워 있었고, 여인은 사내의 가슴에 매달려 전신을 꿈틀거리고 있었다.

"아하—!"

달뜬 신음이 가슴과 복부를 지나 아래로 이어졌다.

구름처럼 흘러내린 수발이 전신을 쓰다듬는 그 기묘한 감촉이란… 사내는 곧 다가올 쾌락을 상상하며 전신을 부르르 떨어댔다.

인기척이 들려온 것은 막 사내의 얼굴이 기묘하게 일그러지는 순간이었다.

"대인(大人)!"

"음……!"

상반된 음성이 거의 동시에 울렸다.

막 하체가 녹아나는 듯한 쾌감을 방해받은 모국충의 기분이 좋을 리 없다.

"이놈, 이곳에 들었을 때는 그 어떤 일로도 찾지 말라는 명을 잊은 게냐? 썩 물러가라!"

"총관께서 꼭 모셔오라는 엄명이……."

'또 그놈의 총관!'

모국충은 이맛살을 찌푸렸다.

허수아비 지부장이란 사실이 알려진 후부터 이놈이고 저놈이고 수틀리면 총관을 팔아댔다. 웬만하면 내키지 않는 척 들어주겠지만 지금은 때가 때이니만큼 옷을 걸칠 생각은 눈곱만치도 없었다.

"시끄럽다! 목을 치기 전에 썩 꺼지지 못해!"

서슬이 시퍼런 음성에 기가 질릴 법도 한데 밖의 인물은 물러날 기미가 없었다. 잠시 뜸을 들이는 것이 아마도 결정타를 날리려는 듯싶었다.

"험, 총관께서 이르시기를 옥패(玉牌)를 지닌 고객이 찾아왔다면 아실 거라고……."

"뭐야? 옥패?"

모국충은 크게 놀랐다.

대륙전장에서는 옥(玉), 금(金), 은(銀), 동(銅)의 네 등급으로 나눠 고객을 관리한다. 최하위인 동패는 일반인들을 위한 것이고, 최상급인 옥패는 황금 십만 냥 이상을 예탁한 특급 고객에게만 지급되는 패였다.

옥패는 전 지부를 통틀어 마흔다섯 개가 전부였다. 그런 고로 옥패를 소지한 이가 방문했을 때는 이유 여하를 막론하고 최고 책임자가 직접 접견토록 명문화되어 있다. 어길 시에는 가혹한 체벌을 당하는 것은 물론이요, 자칫 자리를 보존할 수 없는 위태로운 지경에 처하기도 한다. 그러니 아무리 공사(公事)에 관심이 없는 모국충이라 할지라도 한 귀로 흘리지 못하는 것이 당연한 현상이었다.

'이럴 게 아니라 당장에……'

문득 하체에서 꿈틀대는 여인에게 신경이 돌려졌다.

여인은 이미 쪼그라들 대로 쪼그라든 물건에 새롭게 불길을 지피려는 심산인지 어느 때보다 격렬하게 움직이는 중이었다.

아쉬움보다는 짜증이 치솟았다.

"이년, 저리 비켜라!"

"꺄악!"

느닷없는 발길질에 얼굴을 맞은 여인은 침상 아래로 떨어졌다. 미동도 없는 것이 아마도 혼절을 한 듯싶었다.

모국충은 부리나케 의복을 걸치고 달려나갔다.

'제길, 벌써 반 시진은 지난 것 같구만.'

설마 벌써 반 시진이 지났을 리는 없었지만 이각 정도는 충분히 지났을 터였다. 참다못한 소운평은 짐짓 짜증을 부렸다.

"대체 얼마나 더 기다려야 되는 거요? 바쁜 사람을 이렇게 붙잡아두면 손해가 막심하다는 걸 모르나? 시간은 금(金)이라 했으니 금으로 변상을 하든가!"

"하핫, 잠시만 더 기다려 주시지요. 워낙에 공무가 많으신 분이라… 사람이 갔으니 곧 오실 겝니다."

염소수염을 기른 오십 대 중년인이 다시 한 번 정중하게 허리를 숙였다.

다름 아닌 총관 헌원광(軒轅洸)이었다. 수수한 황의(黃衣)를 걸친 이 평범한 인상의 중년인이 소주지부의 실질적인 업무를 손금을 보듯 꿰뚫고 있다는 자였다. 열여섯 명의 역대 총관 중에 첫손에 꼽힌다는 귀재의 용모치고는 너무나 평범한 모습이었다.

"마냥 기다리는 것도 한계가 있는 것 아니오?"

소운평은 빤히 헌원광을 응시했다.

원래 눈치는 살아온 세월에 비례하는 법이다. 더군다나 헌원광 정도의 인물이면 더욱 그럴 것이다.

"기다리기 무료하시면 술을 한잔 올릴까요? 아니면 여흥(餘興)이라도……?"

'여흥? 그거 좋지!'

막 뭐라 대꾸하려는 찰나 왕노경이 선수를 쳤다.

"우리 대인께선 음주가무를 멀리하시오. 선대 어른께서 일찍 타계하신 것이 그 이유 때문이라 여기시어 항시 자중하시는 편이지요."

"본의 아니게 결례를 범했습니다."

"결례라고까지 말씀하실 일은 아니지요. 오히려 호의를 받아들이지 못하는 게 죄송할 따름입니다."

"허허, 높은 뜻을 헤아리지 못한 본인의 잘못이지요."

주거니받거니 손발이 척척 맞았다.

'그래, 잘들 논다!'

소운평은 일순 기가 막혔지만 곽연의 신신당부가 있었는지라 끽소리도 하지 못했다.

그때였다. 갑자기 문이 열리더니 한 사람이 실내로 뛰어 들어왔다.

경망스럽기 그지없는 이 인물은 기루에서 한달음에 달려온 모국충이었다.

"이제야 오셨군요."

헌원광은 가볍게 목례를 올렸다.

모국충은 막 자리에서 일어나는 헌원광을 잡아끌더니 구석으로 데려갔다. 아마도 이런저런 사전 지식을 알려는 듯했다. 몇 마디 나눈 후 헌원광은 자리를 떴고, 모국충은 이내 탁자로 다가왔다.

"험, 소주지부를 맡고 있는 불초 모국충, 유 대인께 인사드립니다."

머리가 바닥에 부딪치지 않을까 걱정될 정도로 허리를 숙이는 그였다. 인사를 마친 모국충은 옷깃을 가지런히 여미고 자리에 앉았다.

"전갈을 받자니 옥패를 가져오셨다고……."

"그렇습니다."

왕노경은 품속에서 옥패를 꺼내 건넸다.

모국충은 옥패를 뒤집어가며 세심히 살피더니 다시 왕노경에게 건넸다.

"본 전장의 물건이 분명하군요."

모국충의 음성이 더욱 공손해졌다.

"그것 참 다행스러운 일이군요. 선대인께서 남기신 유품을 정리하다 우연히 이것을 발견하게 되었지요. 곁에 서찰이 있어 대충 전후 사정을 짐작할 수 있었지만, 워낙 갑작스런 일이라… 액수를 알자면 시간이 걸리겠지요?"

"혁련 총관이 장부를 가지러 갔으니 곧 확인하실 수 있을 겝니다. 불편을 드려 죄송스럽습니다."

모국충은 일개 가신의 신분에 불과한 왕노경에게도 거듭거듭 고개를 숙였다.

'돈이면 귀신도 부린다더니……'

소운평이 새삼 돈의 위력을 실감하고 있을 무렵, 문이 열리며 혁련
광이 다시 나타났다. 그는 맞은편에 앉더니 금박을 입힌 장부 한 권을
꺼내 모국충에게 건넸다.

모국충은 한참 동안 장부를 뒤적거렸다.

"최초 거래 일자는… 이것 꽤 오래전입니다. 이십이 년 전이군요.
그 후로 팔 개월 전까지 매달 일정 금액을 예치하신 바, 총액이 금 십
오만 냥이 조금 넘는군요."

'시, 십오만 냥!'

소운평은 저도 모르게 자리를 박차고 일어섰다.

덜커덩!

애꿏은 의자가 뒤로 넘어갔다.

소운평은 선 채로 두 주먹을 움켜쥐고 부들부들 떨고 있었다. 누가
보아도 놀란 표정임이 역력했다. 남해 일원의 손꼽히는 거상이 돈 액
수에 이리도 놀란다? 당연히 이상하게 여길 만한 행동이었다.

혁련광이 즉각 반응을 보였다.

"어째서 그런… 어디 불편하십니까?"

"아니, 아니오. 생각보다 액수가 너무 적어서……."

둘러대긴 했지만 핑계치고는 너무 허술했는지라 소운평은 재빨리
말을 바꿨다.

"이런 얘기는 좀 뭐한데… 사실 내 사타구니 부근에는 주먹만한 종
기가 있소. 오래 앉아 있다 보면 간혹 상처가 짓눌려 느닷없이 발작을
하곤 한다오. 워낙 예민한 부위라 남에게 드러낼 일이 아니라서……."

"허허, 그러셨군요."

혁련광은 그제야 이해가 간다는 표정이었다. 하지만 의심이 완전히 풀린 것은 아니었다.

"창질(瘡疾) 정도야 전염되는 병도 아닌데 그게 무슨 허물이 되겠습니까. 다행히 이곳엔 좋은 약이 다수 있으니 대인께서 원하시면 무상으로 드리지요. 어떠십니까, 지금이라도 의원을 불러 환부를 살피심이?"

"그럴 필요 없소."

소운평은 싸늘한 눈초리로 혁련광을 노려보았다.

"약으로 말하자면 내게도 넘칠 지경이오. 날이면 날마다 이곳저곳을 떠돌다 보니 시간이 없어서 그런 것이지, 설마 남해제일의 거상인 내가 종기에 바를 고약이 없어서 그냥 뒀을까. 설마 날 무시하는 거요?"

"그, 그럴 리가 있겠습니까."

"혁련 총관, 대인의 심기를 흐리다니, 어서 사죄 드리지 않고 뭐 하고 있나!"

모국충이 호통을 쳤다.

"죄송합니다, 대인!"

혁련광은 황급히 머리를 조아렸다. 일이 이렇게 되자 남아 있던 의심은 구만리 밖으로 달아난 뒤였다.

'까딱했으면… 휘유~!'

소운평은 내심 가슴을 쓸어 내렸다. 목적을 달성한 이상 이곳에 오래 머물러서 좋을 것은 없었다. 그는 탁자 아래를 통해 왕노경의 다리를 건드렸다.

'그만 가자!'

'그렇지 않아도 곧 일어설 생각이었습니다.'

'니가 알아서 대충 둘러대!'

'예, 그러지요.'

잠시 마주친 두 사람의 눈은 그렇게 의미를 교환했다.

"이만 일어서야겠군요."

왕노경이 먼저 몸을 일으켰다.

"그게 무슨 말씀이십니까? 어려운 걸음을 하셨는데 이대로 보내드릴 수는 없지요."

"그렇습니다. 좀 전의 일도 사죄드릴 겸 제가 근사한 곳으로 모시겠습니다."

혁련광은 정색을 하며 간청을 했다. 한때 신분을 의심했던 일이 몹시 마음에 걸렸던 모양이었다.

"아닙니다. 구매자와 선약이 되어 있어 곤란하군요. 자칫 지체했다가는 거래가 무산될지도 모르는 일이라 유산의 처리는 나중에 들러 거론하도록 하지요."

왕노경이 정중히 사의를 표하는 순간이었다. 문밖에서 인기척이 들려왔다.

"부주, 대풍방에서 사람이 오셨습니다. 어찌할까요?"

'대풍방에서?'

모국충은 일순 의아하게 생각했지만 대수롭지 않게 넘겨 버렸다.

"일단 별실로 모셔라."

"알겠습니다, 부주!"

이윽고 발소리가 멀어지자 모국충은 계면쩍게 웃으며 입을 열었다.

"허, 죄송스럽게도 일이 그만 이렇게 됐군요. 호계원에 묵고 계시다니 본인이 조만간 찾아 뵙고 인사를 드리도록 하지요. 자, 가시지요."

모국충은 손수 문을 열며 길을 텄다.

"휴～ 하필 나오다가 마주칠 게 뭐람! 산통 다 깨지는 줄 알고 진땀을 얼마나 흘렸는지… 아마 되로 받았으면 석 되는 족히 됐을걸?"

"혹시 안면이 있는 자였습니까?"

"아니. 그래도 무슨 총관인가 하는 자리잖아. 수상한 낌새를 맡으면 '어서 가십시오!' 하고 가만있었겠어?"

"그래도 내내 잘하시던걸요? 그 종기 얘기가 일품이었습니다. 사실 혁련광이 의심의 눈초리를 보일 때 속으로 얼마나 마음을 졸였던지……."

"그렇지? 역시 그랬지? 맘먹고 달려들면 내가 뭐 하나 못할 게 있나? 그나저나 금 십오만 냥이 손에 들어온 날인데, 술이나 한잔 걸치는 게 어때? 아니면 이 길로 줄행랑이라도 놓을까?"

"원, 농도 잘하십니다."

"농이 아니라니까!"

"하하하! 그렇게 정색을 하시면서 말씀하시다니, 누가 들으면 본심인 줄 알겠습니다."

"……."

"그나저나 그자가 왜 거기 나타났을까요?"

"낸들 아나? 볼 일이 있었겠지. 나중에 그 모국충인가 하는 부주에게 한번 물어보지 뭐."

두 사람은 두런거리며 거리를 내려갔다.

신시(申時)가 거의 지난 터라 해는 고갯마루에 걸려 있었다. 곧 어둠이 찾아들 것이다.

2

"그자는 대체 누구요? 나이도 어린 자를 모 부주가 여간 공손히 대하는 게 아니던데."

"유원회(柳原薈)라는 자로, 그자 부친이 그간 본 전장에 상당한 금액을 예치했었는데 지병으로 그만 얼마 전 세상을 떠났다고 하더군요. 이번에 큰 거래가 있어 인근에 들른 차에 유산을 확인하러 온 게지요. 그 비싼 호계원의 별채를 혼자서 독차지할 정도라니, 남해의 거상이라는 말이 헛말은 아닌 듯하더군요."

'남해의 거상에다 상당한 유산이라…….'

궁한 놈 눈엔 먹을 것만 보인다고 그러더니, 원후승이 딱 그 경우였다. 한동안 유원회를 떠올리며 정신을 팔던 그는 혁련광의 목소리에 정신을 차렸다.

"한데 어쩐 일로 오셨는지요?"

"허헛, 이거 서운하군요. 혁련 총관께서는 본인의 방문이 달갑지 않으신가 봅니다?"

"그럴 리 있겠습니까! 워낙 뜻밖의 일이라……."

"그렇다니 다행이군요."

원후승은 엷은 미소를 지으며 본론을 꺼냈다.

"별것은 아니고, 돈을 좀 빌릴까 하오."

'돈을 빌리겠다?'

혁련광은 자신의 귀가 잘못된 줄 알았다. 소주를 완전히 거머쥔 대풍방에서 돈을 빌리러 왔다면 누구라 해도 선뜻 믿지 못할 것이다.

"담보는 이것으로 하겠소."

원후승이 진무방에게 받은 문서를 내놓는 상황이 벌어지고 나서야 그는 비로소 자신이 헛소리를 들은 것이 아니었음을 깨달았다.

혁련광은 지루하다 싶을 정도로 꼼꼼히 서류를 검토했다.

"모두 합하면 금 십만 냥의 값어치는 충분하군요. 위 총관께선 얼마를 원하시는지요?"

'도적놈 같으니!'

원후승은 눈살을 찌푸렸다. 미리 알아본 바로는 임자를 만나면 십칠만 냥 선이요, 적게 잡아도 십오만 냥은 충분히 받을 수 있다 했다. 말 한마디로 오륙만 냥을 후려친 셈이니 가히 엄청난 입심이었다.

내심 화가 치밀었지만 괜히 '긁어 부스럼'을 만들 필요는 없었다.

"십만 냥이라면… 보통 담보의 팔 할까지 차용할 수 있으니 팔만 냥은 가능하겠군요?"

"가능합니다."

"그럼 그렇게 하십시다. 언제쯤 지급할 수 있으시오?"

"그것은 제가 거론할 수 있는 사항이 아니올시다."

"허허, 부주가 오셔야 하는 게로군."

"아닙니다."

"설마 귀 장에 금이 없다는 말씀이오?"

"……."

세 번째 물음에는 아예 대꾸 대신 고개만 가로젓는 혁련광이었다. 이렇듯 불손한 태도를 보이는 것에는 이유가 있었다.

작년 여름께 새로 부임한 모국충을 환영하고자 연 연회에서 두 사람은 잠시 언성을 높인 일이 있었다. 아주 사소한 일이었는데 원후승은 무척 민감하게 반응했다. 주인 된 자의 입장이라 물러서긴 했지만 무시당한 자존심은 '어디 두고 보자!' 는 생각을 갖게 했었다. 그러던 차에 오늘에야 비로소 빌미가 생긴 것이다.

실세인 자신도 안 된다. 허수아비로 불리는 부주가 와도 안 된다. 그렇다고 금이 없는 것은 아니다!

'감히 놀리는 것도 아니고!'

오냐오냐 받아주는 것에도 한계가 있다. 아마 모국충의 음성이 제때 들려오지 않았다면 원후승은 필시 크게 화를 냈을 것이다.

문이 벌컥 열리더니 모국충이 노성을 질렀다.

"혁련 총관, 대체 오늘은 왜 이러는 겐가? 누구 넘어가는 꼴을 보려고 작심을 한 겐가? 그만 물러가게!"

혁련광은 이내 자리에서 일어나 실내를 빠져나갔다. 모국충에게 간단히 인사를 건넸을 뿐, 원후승에겐 일언반구(一言半句)조차 없었다. 다만 슬쩍 바라보기는 했는데 '나중에 또 보게 될 거요' 하는 눈치였다.

"어서 이리 앉으시오, 부주."

원후승은 반색을 했다. 똑똑한 자보다는 아무래도 어수룩한 놈이 상대하기는 수월할 터였다.

"그렇지 않아도 부주를 기다리던 차였소. 담보는 거기 있으니 어서 증서나 씁시다."

"그건 안 될 말씀입니다."

"아니, 그게 말이 되는 소리요?"

참다못한 원후승은 드디어 언성을 높였다.

"두 사람이 미리 말을 맞추고 나를 놀리지 않는 이상 어찌 이런 일이 있을 수 있소!"

"그게 아니라, 금 만 냥 이상의 대부(貸付)는 일단 총단의 승인이 있어야 가능한 일입니다. 지부에서 단독으로 결정할 사항이 아니지요. 지금 당장 보고(報告)를 올린다 해도 오가는 시간과 승인 절차를 받는 데 걸리는 시간 등등을 합하면 한 달 정도는 기다리셔야 가능합니다."

그제야 원후승은 알겠다는 표정을 지었다. 상부의 지침이 그렇다면 물론 따라야 했다. 하지만 사정 여하에 따라 편법은 생기는 법이었다.

"본 방의 신용으로 어떻게 안 되겠소?"

"제 심정이야 당장에 드리고 싶지요. 하지만 수작을 부리다 발각되면 목이 달아나는 형국이라……."

직책이 날아간다고 하소연을 하는 지경인지라 원후승은 더 이상 뭐라 말할 수 없었다.

누구나 아는 사실이듯 대륙전장의 총단은 산서성(山西省) 제일 도시인 태원(太原)에 있다. 전갈이 갔다가 승인이 되어 돌아오는 시간이 아무리 빨라도 -설마 한 달씩이나 걸릴까마는- 이번 달 안에는 무리인 것이다.

그렇다고 달랑 은 오만 냥만 빌려달라 할 수도 없는 노릇이었다. 체면 문제였다.

'할 수 없지. 이번 달은 마(麻) 회주를 닦달해서 대충 넘기는 수밖에.'

원후승은 이내 몸을 일으켰다.

"우선 빠른 시일 내에 총단에 기별을 해주시오. 내 나중에 다시 찾아오리다."

"살펴가시지요."

모국충은 전과는 달리 자리에서 일어서는 것만으로 전송을 마쳤다. 돈을 빌리러 온 자의 비애(悲哀)였다.

*   *   *

달빛도 한 점 없는 캄캄한 밤이었다. 그나마 주변 기루에서 은은히 흘러드는 불빛이 아니라면 코앞조차도 분간하기 어려울 정도로 어두운 밤이었다.

소운평은 동가장의 후원을 걷고 있었다.

옥패에 대한 것을 위청후에게 알리고 나온 후였는데, 곧장 호계원으로 돌아가지 않은 것은 별원에 은밀한 볼 일이 있었던 까닭이다.

저만치 보이는 별원은 쥐 죽은 듯 고요했다. 불도 켜지지 않은 상태라 그 모습이 마치 어둠 속에 웅크린 거대한 짐승 같아 보였다. 혹은 머리를 조아리는 거인(巨人)의 모습과도 흡사했다.

'벌써 잠이라도 자나?'

술시(戌時)가 거의 지났다지만 평상시 그녀의 습관으로 볼 때 벌써 잠자리에 들었을 리 없었다. 아직 돌아오지 않은 것이 분명했다.

'하긴 어디를 쏘다니든 내 알 바 아니지만.'

접객실로 들어선 소운평은 더듬거려 유등을 찾았다. 그리고는 미리 준비했던 불씨를 꺼내 불을 밝혔다.

실내가 환히 밝아졌다.

소운평은 한쪽 벽에 놓인 장식장으로 다가갔다.

장식장 위엔 갖가지 형태의 도자기가 진열되어 있었는데, 그는 좌측에서 세 번째 도자기에다 손을 넣었다. 잠시 후 드러나는 손에는 전표와 옥환이 들려 있었다.

원래 별원으로 숙소가 정해지자마자 그곳에 숨겼던 것인데, 아침나절 왕노경이 갑작스레 들이닥치는 통에 미처 챙기지 못한 것이었다.

'에구, 귀여운 내 새끼들!'

쪽!

소운평은 소리나게 입을 맞췄다.

전표는 곧 허리띠 안쪽에 새로 마련한 비밀 공간 속으로 사라졌고, 옥환은 오른손에 끼어졌다. 신분이 엄청나게 급상승(?)한 덕분에 이제는 이 정도의 귀물(貴物)을 착용한다 해도 불안에 떨 필요가 없었다.

'제법 폼 나는데?'

동경(銅鏡)에 몸을 비추고 이러저리 살피는 와중에 침실에서 이상한 소리가 들려왔다.

딸그락! 퉁!

'허억!'

머리털이 올올이 곤두섰다.

'도, 도둑인가?'

불꺼진 침실에서 느닷없이 집기가 부딪치는 소리가 들린다면 그렇게 여기는 것이 보통이었다. 생각이 거기에 이르자 소운평은 저도 모르게 뒷걸음을 쳤다.

'가만, 이럴 게 아니라……'

막 실내를 나서려는데 엉뚱한 생각이 들었다.

내게는 육합보가 있고 표풍영이 있다.

한낱 밤손님 따위에게 놀라 허둥댈 필요가 있을까?

만약 일이 틀어진다 해도 소리를 지르거나 달아나면 그걸로 그만 아닌가?

'이놈, 넌 오늘 임자 만난 줄 알아라!'

생각은 그래도 약간 불안했던지 소운평은 장식장에서 손에 딱 맞는 도자기 하나를 슬그머니 집어 들었다.

'후우—!'

가볍게 심호흡을 한 다음 소운평은 침실로 뛰어들었다.

콰장창!

데구르르 바닥을 한 바퀴 구른 소운평은 도자기를 앞세우고 냅다 고함을 질렀다.

"이놈, 꼼짝 말아라! 손가락 하나라도 까딱거리면 머리통을 박살내주겠다!"

'엥?'

뜻밖에도 실내에는 아무도 없었다. 아니, 한 사람이 있었다. 단지 도둑이 아닐 뿐이었다.

위청란은 다탁에 머리를 처박은 채 미동도 없었다.

모양새를 보니 팔을 고이고 술을 마시던 자세 그대로 쓰러져 잠이 든 듯했다.

다탁엔 술병이 대여섯 개 올려져 있었다. 그중에 하나가 홀로 바닥을 구르고 있었는데, 아마도 그녀가 잠결에 뒤척이다 술병을 떨어뜨려 소리가 난 듯했다.

'갑자기 웬 술이야 그래. 아직 그게(?) 안 끝났나? 저러다 감기라도 들면 또 나만 귀찮아질 테지?'

침상에라도 뉘일 작정으로 가까이 다가가자 술 냄새가 진동했다. 코를 쏘는 것으로도 모자라 머리까지 아플 지경으로, 그야말로 악취나 다름없었다.

"휘유~ 어마어마하게 퍼마셨나 보군."

소운평은 두어 차례 손사래 짓을 한 다음 조심스럽게 그녀를 안아 올렸다.

"으— 웅, 어머니."

그녀가 잠꼬대처럼 중얼거렸다.

그제야 소운평은 그녀가 엉망으로 취한 채 돌아온 이유를 알 수 있었다. 문득 황안령 초입에서 그녀와 밤을 보내던 때가 떠올랐다.

어렵사리 모친의 얘기를 꺼낸 그녀는 무척 번민했었다.

그런 그녀에게 '정 못 믿겠으면 찾아가서 만나보면 될 게 아닙니까?'라고 말해 주었던 게 고스란히 생각났다.

어머니를 만났거나 적어도 어머니와 관련된 어떤 일을 치른 것이 분명했다.

'이럴 땐 고아도 나쁜 것만은 아니구나. 적어도 부모 때문에 속 썩을 필요는 없으니까.'

소운평은 나직이 한숨을 쉬었다.

침상에 내려놓자 그녀는 동그랗게 몸을 말았다.

소운평은 추위 탓이라 여기고 이불을 턱밑에까지 덮어 단단히 여며 주었다.

불빛에 반사된 그녀의 뺨은 복사꽃을 옮겨놓은 듯 연분홍색으로 반짝였다. 다만 곱사등처럼 웅크린 모습이 그녀의 아픈 내면을 보는 것 같아 마음이 편치 않았다.

소운평은 저도 모르게 손을 뻗었다.

욕념(欲念)이 아니었다. 아름다움을 추구하는 인간 본연의 심성과 안쓰러움에서 비롯된 자연스런 행위였다.

스윽.

살결은 분결처럼 매끄러웠다.

"으… 음……."

손길을 느낀 것일까, 위청란이 살짝 몸을 뒤척였다.

그러자 소운평은 꽁지에 불이라도 붙은 것마냥 재빨리 침실을 빠져나왔다.

*   *   *

근심이 가득한 얼굴로 매향(梅香)은 욕실로 향했다.

열다섯에 기적에 올라 벌써 육 년이 흘렀다. 사내가 손만 뻗을라 쳐도 제조(蠐螬:굼벵이)처럼 움츠러들던 겁 많은 그녀가 운우지락(雲雨之樂)의 대도(大道)를 깨우치는 데는 오랜 시일이 걸리지 않았다.

어쩔 수 없이 시작한 일이었지만 언제부터인가 그녀 스스로가 사내가 주는 기쁨을 탐하게 된 것이다.

이런 변화는 그녀에게 큰 득이 되었다. 싫든 좋든 어차피 매일 밤 치러야 하는 일을 하며 기쁨까지 얻으니 그야말로 일석이조(一石二鳥)요, 조개 줍고 그 안에서 진주까지 얻은 경우였다. 게다가 화빈각(花玭閣)에서 첫손에 꼽는 일급 기녀가 되는 행운까지 가져다 주었다.

사실 그녀는 썩 미인은 아니었다. 여염집 아낙에 비하면 월등히 뛰어났지만 화빈각의 기녀들 중에서는 겨우 하급을 면할 정도에 불과했다.

보통 기녀와 손님은 일방적인 관계이다. 돈을 주고 샀으니 내 맘대로 한다는 식이 대부분인 바, 그 점은 기녀들 역시 다르지 않았다. 돈을 받은 이후에는 어떻게든 사내를 토정(吐情)에 이르게끔 유도하면 그만이었다.

하지만 매향은 달랐다. 생각해 보라!

방사 내내 흐느끼는 감창(感唱)이 끊이질 않는 데다 땀을 비 오듯 흘리며 열중하고, 스스로 쾌락에 빠져들어 사내와 절정을 함께 나눈다면 싫어할 사내가 뉘 있을까?

그녀가 일급 기녀가 되고 멀리 타향에서까지 손님이 찾아오는 것은 당연한 일일 것이다.

대충 씻고 억지로 침상에 누웠지만 쉽사리 잠이 오지 않았다. 요즘 그녀에겐 한 가지 고민거리가 있었다.

그자는 매번 기녀의 몸인 그녀가 수치스러워할 정도로 기괴한 것을 요구했다. 그렇지만 거절할 수는 없었다. 그자는 힘과 권력, 그 두 가지를 지닌 자였으니까.

문득 밖에서 인기척이 들렸다.

"아씨, 매향 아씨!"

"누구얏!"

목소리가 째지는 듯 하늘로 솟자 시비는 약간 당황했는지 대꾸가 늦었다.

"손님이 오셨는데 어찌할까요?"

"잠자리에 들었다고 돌려보내. 그래도 생각이 있으면 다른 년에게 보내든가!"

"말씨로 보아 타관에서 온 사람 같던데, 꼭 아씨를 찾는걸요? 게다가 선금으로 은 백 냥을 선뜻 내시는 게 보통 재력이 아닌 듯싶은데……."

'선금이 은 백 냥?'

매향은 발딱 몸을 일으켰다.

선금이란 술상을 받는 것만 의미하는 것으로 가무와 시중이 전부였다. 일급 기녀라도 서른 냥 안팎인 것을 세 배가 넘는 액수를 선뜻 지불했다면 시비의 말처럼 보통 재력으로는 어림도 없는 일인 셈이다.

하지만 정작 그녀는 모르고 있었다. 시비가 단지 알리는 것을 조건으로 오십 냥을 받아 챙겼다는 사실을.

'그렇단 말이지?'

매향은 회가 동했는지 군침을 삼켰다. 잘하면 겨울 내내 호사를 누릴 기회였다.

"일단 옆방으로 모셔라. 그리고 단장을 하는 중이라고 정중히 고하고 술상부터 들여라."

"예, 아씨."

시비가 총총히 물러가자 매향은 서둘러 일어나 몸단장에 열을 올렸다.

"소녀 매향, 서방님께 문우 여쭈어요."

매향은 날아갈듯 대례(大禮)를 올렸다. 그리고는 안도의 맞은편에 앉아 다소곳이 술병을 잡았다.

"소녀의 술 한잔을 받으세요."

"술은 그만하면 됐고, 이리 가까이 와!"

기녀에게는 누구나 반말을 하지만, 안도의 어조는 어딘가 모르게 달랐다. 투정이라는 것은 일체 용납하지 않겠다는 단서라도 붙은 듯했다.

"급하시기는……."

매향은 눈을 흘기더니 안도의 품으로 파고들었다.

어쩔 수 없다는 얼굴과는 달리 그녀의 한 손은 안도의 허리에 감기고, 나머지 손은 영사(靈蛇)가 꿈틀대듯 하체의 어느 곳을 향해 다가갔다.

'에계?'

매향은 실망을 금치 못했다.

술 한잔도 마다할 정도로 급하다면 하체가 터질 듯 부풀었어야 정상이거늘 이건 팔월 햇살에 멍석에 널어놓은 쪼그라든 고추만도 못했다.

"옷을 벗어!"

"아이— 여기서? 우리 침상으로 가요, 응?"

살포시 위를 올려다보며 몸을 비트는 것이 영락없이 요물(妖物)이나 보일 몸짓이다.

하지만 안도의 반응은 상상외였다.

"두 번 말하게 하지 마!"

순간 매향의 눈이 동그래졌다.

실로 특이한 사내였다. 보통의 사내라면 치마끈을 풀기 위해 갖은 사탕발림을 늘어놓는 것이 보통이었다. 이런 사내는 처음이었다.

안도는 탁자를 장식한 덮개를 잡아챘다.

와장창!

집기와 요리가 요란스레 바닥을 굴렀다. 숙수가 애써 장만한 훌륭한 요리일진대 이제는 방 안을 더럽히는 쓰레기 신세가 돼버렸다.

'이 작자… 설마 변태는 아니겠지?'

은근히 걱정이 되었다. 아직 겪어본 일은 없지만, 손님 중에는 별의별 인간이 다 있다는 사실은 동료들을 통해 간혹 들은 적이 있었다. 한편, 처음 겪는 색다른 일이라 기대감이 없지 않기도 했다.

사락.

하늘하늘한 능라의(綾羅衣)가 바닥으로 떨어지는가 싶더니 매향은 속곳을 제외한 반라(半裸)가 되었다.

탱탱한 젖무덤이 남김없이 드러났다. 육 년 동안 숱한 사내들에게 유린당했을 것이 분명한데도 모양새는 한 점의 흐트러짐이 없다. 유두 역시 처녀의 그것처럼 선명한 분홍빛이었다.

"아이~ 부끄럽게……."

안도가 뚫어질듯 쳐다보자 그녀는 하체를 비비 꼬며 두 손으로 가슴을 감싸 안았다.

그 모양이 또한 교태의 극치였다.

냉랭하던 안도의 눈에 열기가 스며들었다.

찌익!

속곳은 무지막지한 힘에 맥없이 찢겨 나갔다.

보름이 지났다. 정월이 가고 이월이 되는 동안 안도는 열다섯 차례 매향을 찾았다.

3

사람이 사람을 마음에 담게 되는 것에는 여러 가지 이유가 있을 터였다.

외모나 재물, 혹은 주변의 환경이나 그 사람이 가진 재능이 될 수도 있을 것이다. 따지고 들면 그것 이외에도 이루 헤아릴 수 없이 가짓수가 많겠지만 다음처럼 아주 단순한 이유도 있을 것이다.

뭐, 그냥 좋아서…….

매향이 그랬다.

처음 찾아와 흐드러지게 정사를 나눈 뒤부터 이름도 밝히지 않은 그 사내는 지난 보름 간 늘 새벽 무렵에 그녀를 찾아왔다.

그는 무뚝뚝했고 항시 마음 내키는 대로 행동했다. 사랑한다느니 보고 싶었다느니, 다른 사내들이 줄줄이 늘어놓는 달콤한 말 한마디 없었다. 오면 술 한잔 걸치고 아침이 올 때까지 그녀를 탐할 뿐이었다.

그녀는 열여섯 철부지 소녀가 아니었다. 더군다나 기녀란 한 사람을 마음에 담는 순간부터 지옥의 연속이랄 수밖에 없는 그런 처지이다.

그럼에도 불구하고 그녀는 그가 좋아졌다.

오만(傲慢)과 독선(獨善), 때론 광기(狂氣)에 가득 찬 모습까지도 좋았다. 적어도 그에겐 작위(作爲)적인 모습은 없었으니까. 무엇보다 시시콜콜 과거사를 묻지 않는 것이 좋았다.

첫 남자는 누구였지?

그렇게 시작되는 대다수의 질문은 그래도 웃으면서 받아넘길 수 있었지만 한 가지 예외가 있었다.

세상에 나면서부터 기녀는 없다!

그녀의 집안도 일개 성(省)에서 둘째가라면 서러울 명문(名門) 중의 명문이었다. 명 초의 혼란기, 조부(祖父)가 억울하게 누명을 쓰는 일만 없었어도 술자리에서 몸을 파는 일 따위는 없었을 것이다.

그때 갓 열다섯이 된 나이, 그녀는 조부를 심문하는 노관리(老官吏)에게 스스로 몸을 바쳤다.

하지만 조부와 부모는 참수를 당하고 여동생들은 관비(官婢)로 뿔뿔이 흩어졌다. 그녀 자신도 노관리의 첩실도 아닌 노리개 신세가 되어 반 년을 지내다 다시 기녀로 팔리는 곡절을 겪어야 했다.

참으로 기구한 운명이었다.

기녀가 된 후 그녀는 돈을 모으는 한편 백방으로 동생들을 수소문했다. 변방에서 노역을 하다 죽었다는 얘기도 있고, 지방 관리의 첩실이 되어 지낸다는 소리도 들렸지만 무엇 하나 확인할 수는 없었다.

그때부터 그녀는 이름을 잊고 살았다.

사내들 품에 안겨 쾌락을 구하는 것이 유일한 낙이 되었다. 화빈각

의 일급 기녀 매향, 그녀는 그 오욕(汚辱)의 이름으로 육 년을 살아왔
다.

그런 과거를 떠올리게 만들지 않는 그가 고마웠다.

이미 밑바닥까지 떨어져 버린 인생이기에 두 번 다시 사람에게, 아
니, 사내에게 이러한 감정을 갖게 되리라 생각조차 하지 못했던 그녀였
다. 그런 기회를 만들어준 그가 참으로 고마웠다.

며칠 전 매향은 그녀의 심정을 평소 허물없이 지내는 동료 기녀에게
털어놓았다.

"미친년, 드디어 돌았구나!"

동료는 볼장 다 봤다는 듯 콧방귀를 뀌었다. 싸늘히 노려보고 사라
지는 그녀에게 어떤 말도 건넬 수 없었다.

미친 짓이란 건 매향 본인도 잘 알았다.

사내들의 한 단면만을 누차 보아온 그녀로서는 쉽지 않은 결정이었
다.

하지만 어쩌겠는가!

좋은 것을…….

그저 함께 있는 것만으로도 만족할 수 있는 것을!

설사 그가 어떤 의도를 가지고 접근한 사람이라 해도 그녀는 문제
삼고 싶지 않았다.

조금도!

한차례 뜨거운 시간이 지나고 매향은 안도의 팔에 안겨 그의 가슴을

매만지고 있었다.

"상처가 왜 이렇게 많아요."

그녀가 혼잣말처럼 중얼거렸다.

아닌 게 아니라 안도의 상반신은 온통 상처로 도배를 하다시피 한 모습이었다. 크고 작은 상처가 줄을 그어놓은 것처럼 어지럽게 겹쳐진 것이 어디가 처음이고 끝인지 구별조차 가지 않을 정도였다.

그녀는 고개를 발딱 쳐들고 안도를 응시했다.

"아프지 않았나요? 난 바늘 끝에 살짝 찔려도 눈물이 나도록 아프던데……."

"……."

"당연히 고통스러웠겠지요."

그녀는 다시 안도의 팔을 베고 누웠다. 그리고는 흰 손을 들어 상처 하나하나를 정성껏 쓸어 내렸다. 그렇게 하면 흉터가 없어지기라도 할 것처럼 말이다.

안도는 고개를 숙여 그녀를 보았다. 커다란 눈에는 눈물이 그렁그렁 고여 있었다.

저런 눈을 본 것이 얼마 만인가?

피가 흐르고 팔이 부러져 들어오는 날이면 동생은 늘 저런 눈으로 자신을 바라보곤 했었다. 그녀도 동생과 같은 것을 느끼는 것인가?

이 여자는 왜 이런 행동을 하는 걸까?

처음 보았을 때는 영락없는 세파에 찌든 기녀의 모습이더니, 지금은 아니다.

무엇이 그녀를 변하게 한 걸까?

'그럼 너는?'

안도는 푸들푸들 웃었다.

변한 것은 그녀만이 아니었다. 하루에 한차례씩 모두 열다섯 번이나 그녀를 찾은 것은 스스로 생각해도 이해할 수 없는 일이었다.

"내게 원하는 게 있지요?"

흠칫 몸을 경직시키며 안도는 현실로 돌아왔다. 그녀의 말 때문이라기보다는 정신을 놓을 정도로 생각에 몰두해 있던 자신에 대한 책망이었다.

"당신은 순탄한 삶을 살아오지 못했어요. 이 상처가 증거죠. 내게 수백 금을 안겨줄 정도로 부자는 더욱 아니에요. 당신의 눈을 보면 알 수 있어요. 차갑게 가라앉은 그 눈은 내가 늘 보아온 사람들의 것과 너무 달라요. 당신은… 당신의 눈에는 아픔이 보여요. 그래서 오만과 광기로 자신을 감추려고 하는 건가요?"

"기녀 주제에 함부로 지껄이지 마!"

안도는 몸을 일으켜 싸늘히 그녀를 노려보았다.

"그래요. 난 기녀예요. 돈을 내면 누구나 안을 수 있는 그런 싸구려 여자죠."

언뜻 그녀의 눈에 아픔이 스쳤다.

"하지만 난 당신처럼 가면을 쓰고 살지는 않아요. 아프면 아프다고, 괴로우면 괴롭다고 말하지요. 강한 척한다고 해서 현실이 잊혀지는 것이 아니니까요. 누구보다 당신 스스로가 더 잘 아는 사실일 거예요."

'죽여 버릴까?'

당당하게 자신을 마주 보는 그녀를 보며 안도는 언뜻 그런 생각을 떠올렸다. 아니, 저절로 생겨났다고 여기는 것이 옳을 것이다.

그리 특별한 일도 아니었다. 마음에 들지 않으면 으레 그렇게 살아

왔으니까. 해가 뜨고 지는 것에 의문을 갖는 사람이 없듯 언제부터인지 그저 그렇게 돼버린 것이다. 그건 생각하는 것과는 별개의 문제였다.

"또 자신을 학대하는군요. 당신 입으로 무시한 한낱 기녀에게 화풀이라도 할 건가요?"

그녀는 나직이 한숨을 불어냈다.

"나 하나쯤 어떻게 한다고 해서 달라지는 건 없어요. 화를 내면 다른 사람들은 겁에 질려 달아날지 모르지만 난 아니에요. 거울이 있다면 당신 모습을 보여주고 싶어요. 살기로 번들거리는 눈을. 당신 스스로가 어쩔 수 없이 그렇게 반응하는 당신… 참으로 불쌍해 보여요."

쿵!

안도는 둔기로 뒤통수를 강타당한 사람처럼 정신을 차릴 수 없었다.

이런 식으로 그를 보아준 사람이 있었던가?

안도는 밑동이 잘린 고목처럼 침상으로 쓰러졌다.

천장이… 실내가 빙글빙글 돌았다. 마치 열병에라도 걸린 사람처럼 얼굴이 화끈 달아오르더니 전신이 불구덩이 속에 빠진 듯 뜨거워졌다. 귓가로 의미를 알 수 없는 수천 가지 소리가 들려오는 듯했다.

안도는 혼이 나간 사람처럼 멍하니 누워 있었다.

매양은 그의 가슴에 얼굴을 묻었다.

"바꾸라는 게 아니에요. 그걸 원해도 당신이 들어줄 수 없다는 사실을 잘 알아요. 당신은 그런 사람이니까. 난 그런 사람을 좋아하게 돼버린 어리석은 여자예요. 나 참 바보 같죠?"

긴 침묵이 이어졌다. 들리는 것이라곤 규칙적으로 이어지는 가는 숨소리뿐이었다. 그도, 그녀도, 시간도 마치 한순간에 얼어버린 듯 정지해 버렸다.

어느 순간 매향은 발딱 고개를 들었다. 그리고 안도와 눈을 맞췄다.

"이제 말해 주세요. 저를 찾은 진정한 이유를… 어떤 일인지 잘은 몰라도 내가 도울 수 있는 일이라면 좋겠군요. 아니, 꼭 돕고 싶어요."

그녀의 눈은 한 점 티없이 웃고 있었다.

"음……!"

안도는 저도 모르게 신음을 토했다. 마치 항복을 고(告)하는 장수의 모습처럼 말이다.

잠시 후 그는 매향을 밀치고 상체를 일으켰다. 싸늘한 눈초리는 사뭇 달라지지 않았지만 그녀를 바라보는 시선엔 이제까지와는 다른 무언가가 있었다.

곧 사라지기는 했지만.

*   *   *

'아이고, 목이야~'

소운평은 뒷덜미를 어루만지며 침상에서 내려왔다.

묘시(卯時) 말, 실내는 아직 어두웠다. 소운평은 탁자를 더듬거려 물주전자를 찾았다.

"꿀꺽꿀꺽!"

꿀이라도 탄 것인지 뒷맛이 무척 달콤했다. 시원한 기운이 뱃속을 뒤흔들자 그제야 잠이 깼다. 두어 번 고갯짓을 한 다음 소운평은 푹신한 의자에 몸을 기댔다.

무심코 내려다보던 중에 침의(寢衣)가 희미하게나마 빛을 발하는 것을 발견했다.

"그러고 보니 온통 비단이로군."

확실히 그랬다. 금침(衾枕)도 마찬가지였고 창문에 둘러진 휘장도 역시 비단이었다.

어찌 비단뿐이겠는가!

보는 이는 누구나 고개를 수그려 그를 대했고, 손짓만 하면 미주(美酒)에 보지도 듣지도 못한 귀한 요리가 줄줄이 올라왔다. 여자만 없었다 뿐이지 지난 보름 간은 호사의 극치라고 말해도 부족할 지경이었다.

그럼에도 불구하고 마음은 편치 않았다.

형장에 끌려가기 전날 사형수에게는 최대의 만찬을 누릴 기회가 제공된다 했던가?

잡아먹히기 전날까지 정성스레 사육당하는 돼지의 운명 같다는, 뭐 그런 느낌… 아무튼 낮은 지상천국(地上天國)이되 밤은 열화지옥(熱火地獄)이었다.

'어디서 어떻게 풀어가야 되나?'

소운평은 고심을 거듭했다.

여태 살아오면서 먹고 자는 것 이외의 문제로 이처럼 진지하게 생각해 본 적은 아마 처음일 것이다.

하지만 여전히 막막했다. 같거나 엇비슷한 등급의 상대라면 어줍잖은 잔재주가 통하겠지만 상대는 아예 차원부터가 다른 부류였다. 천장 절벽에 가로막힌 것 같은 답답함만이 느껴질 뿐이었다.

그렇다고 절대 피할 수는 없는 일. 이 상태로 지지부진한다면 결과는 훤히 보였다.

'이 손이 그렇게 될 수만 있다면……'

소운평은 양손을 들어 올렸다.

바위를 두부처럼 꿰뚫던 연무종의 두 손!

그렇게만 된다면 일은 손쉽게 풀릴 수 있을 터였다. 한 방에 끝내고 떠나면 그만이었다. 내심 제대로 가르쳐 주지 않은 연무종이 원망스러웠다.

사실 안도가 혈수 운운하며 달려들던 날 소운평은 위청후를 찾아갔었다.

여차저차 사정을 털어놓자 위청후는 빙그레 웃었다.

"자네 두 팔과 두 다리엔 어르신의 평생 내력이 고스란히 옮겨졌네. 다만 깊은 잠을 자고 있을 뿐이지. 내 두 눈으로 본 것이니 그건 의심할 여지가 없는 일이네. 그 힘을 깨우는 건 순전히 자네에게 달렸네."

'대체 어떻게 깨운다는 거죠?' 라고 소운평이 묻자 위청후는 또 이렇게 말했다.

"수련을 거듭하여 자연스레 본신의 내력으로 융화시키는 것이 합당하다 할 수 있네. 시간이 오래 걸리고 부단한 노력을 기울여야 가능하지만 여타 다른 방법에 비해 가장 합리적이면서도 몸에 무리를 주지 않는 방법일세."

소운평은 반색을 했다. '여타 다른 방법' 이란 소리에 귀가 번쩍 트였건만… 위청후의 얘기는 거기에서 끝난 것이 아니었다.

"침술(鍼術)이나 영약(靈藥)을 사용하는 편법이 있는 것으로 아네만, 오래

된 문헌에서 읽은 것이라 그런 방법이 실존하는지조차 속단할 수는 없는 상황이네 더군다나 이런 방법들은 적게는 몇 년에서 많게는 수십 년의 세월을 뛰어넘는 것인지라 많은 위험을 내포하고 있다고 보아야 하네. 결코 바람직한 방법이라 볼 수 없겠지. 자네가 부단히 노력한다면 언젠가는 이룰 수 있을 걸세."

잔뜩 인상을 구기는 소운평에게 위청후는 또 이렇게 얘기를 건넸다.

"한 가지 분명히 말해 둘 것은 자네의 노력 여하에 따라 그 시기가 결정된다는 것이지. 내일이라도 당장 가능하겠지만 어쩌면 평생 가도 펼칠 수 없을지도……."

방법은 두 가지였다.
꾸준히 노력해서 혈수를 자기 것으로 만들든가, 아니면 지금까지 그래 왔던 것처럼 스스로 방법을 찾든가.
소운평은 일단 처음의 것을 선택했다. 한 달여 전까지 해왔던 일이라 손에 익은 탓도 있었지만 위청후의 말대로 내일 당장이라도 가능할지 모르니까.
소운평은 침의를 벗고 옷을 갈아입었다. 허름한 옷으로 바꿔 입은 그는 초라한 청년으로 돌아갔다.
'하긴, 이럴 때가 편했지…….'
나직이 중얼거린 후 그는 실내를 나섰다.
호계원의 별원은 화려할 뿐만 아니라 규모도 상당히 컸다. 소리 지르고 날뛰어도 모를 만큼 넓은 정원(庭園)과 가산(假山)을 두루 갖춘 곳이었다. 아마도 소운평은 그중에 한곳으로 향했을 것이다.

　그 시각, 새벽부터 잠을 깬 사람은 소운평이 전부가 아니었다. 곽연은 뜻밖의 방문객을 맞고 있었다.

＊　　　＊　　　＊

　"아하하하― 큭큭큭! 이거 우스워서 참을 수가 있나. 그 자식은⋯ 그 자식이 말이야⋯⋯."

　안도는 웃었다. 허리를 꺾어가며, 그렇게 하지 않으면 세상에 변고가 생기기라도 할 듯 미친 듯이 웃었다.

　곽연은 그 앞에 멍하니 앉아 있었다.

　새벽부터 잠을 깨운 것에 어울리는 합당한 이유가 있으리라 여겼거늘, 안도의 태도는 도저히 정상인이라 보기 어려운 광태(狂態)마저 엿보였다. 언뜻 곽연의 눈에 노기가 떠오르는 것은 무리가 아니었다.

　"새벽부터 무슨 일인가?"

　음성엔 그의 감정이 고스란히 묻어났다.

　뚝!

　대소(大笑)는 거짓말처럼 그쳤다.

　"그 자식은 반은 고자(鼓子)요. 그러니 내 어찌 웃지 않을 수 있겠소?"

　"그자가 누군가?"

　곽연은 여전히 종잡을 수 없다는 눈치였다.

　그러자 안도는 이제까지와는 달리 정색을 했다. 곽연을 마주 보는 눈에는 열기가 가득했다. 천천히 입이 열려지고 씹어뱉듯 한소리가 흘러나왔다.

"종쾌!"

종쾌는 살인자(殺人者)였다.

열여덟에 처음 강호에 출도했을 당시 그는 직업 살수였다. 사부가 전직 살수라는 이유로 그는 돈과 살인이 주는 쾌락에 자연스레 빠져들었다.

육 년이 지나면서 명성과 그에 어울리는 많은 돈을 벌었지만, 숨어 지내는 음지의 인생이 탐탁할 리 없었다.

공교롭게도 그때 사부가 죽었다. 한 부호의 청부로 이권을 노리는 다른 자를 암살하는 일이었는데, 어이없게도 목표물이 준비한 덫에 걸려 사부는 즉사하고 그는 천신만고 끝에 살아남을 수 있었다.

육 개월 간 요양을 마친 종쾌는 일선에 복귀했다.

하지만 일은 쉽지 않았다. 죽이는 일에만 전념하던 그로서는 중개인과 통하고 대상의 정보를 수집하는 등, 살업 전반을 혼자서 처리할 능력이 없었다. 사부와 그가 십 년에 가깝도록 쌓은 명성이 허물어지는 데는 채 일 년도 걸리지 않았다. 그렇게 살수행은 막을 내렸다.

새로운 전기를 맞은 것은 그쯤이었다. 막 스물아홉이 되던 해 봄, 그는 진무방을 만났다.

진무방은 그보다 연하였지만 무공도 출중했고, 다른 무엇보다 지략에 능했다. 또한 사람을 빨아들이는 묘한 구석이 있었다. 상당히 기휘(忌諱)하는 성격인 종쾌가 흔쾌히 형님으로 모신 것도 무리는 아니었다.

그와 함께한 오 년 간이 종쾌의 인생에서 전성기라 칭할 수 있는 시간이었다.

당시 무림은 커다란 변혁이 일고 있을 때였다.

이차 혈수겁의 여파를 치유하기 위해 구파가 상당한 시간을 침묵하는 사이 수많은 신흥 문파가 생겨났다. 자고 일어나면 새로운 현판이 걸리는, 우후죽순이라는 말로 다 표현할 수 없을 정도였다.

몇 안 되는 산(山)에 맹주(猛主)는 수십이 넘으니 중원 어디에서고 사소한 분쟁이 끊이질 않았다.

종쾌는 그 사이로 뛰어들었다.

문파와 문파 간에 벌어지는 분쟁을 대신 해결해 주는 해결사(解決士), 이른바 용병으로 활동하게 된 것이다. 종쾌의 힘과 진무방의 귀계(鬼計)는 오래지 않아 두 사람을 업계 최고 대우를 받는 자로 올려놓았다.

오 년이 지나 최고 전성기를 구가할 때 돌연 진무방이 이별을 고했다.

한낱 용병으로 마칠 사람이 아니라는 사실을 아는 데다 남은 세력을 고스란히 물려받았기에 종쾌는 선선히 그를 떠나보낼 수 있었다.

그 후로 이십 년이 넘는 세월이 지났다. 어느 날 신무방의 서찰을 받은 종쾌는 두 손 놓고 달려가 그를 도왔다.

그것이 적검문에 안주하게 되기까지의 전모였다.

사실 종쾌에게는 비밀이 하나 있었다. 이미 죽은 구소치와 혁련 형제를 제외하면 이연중만이 아는 사실로 진무방조차 모르는 일이었다.

삼 년 전, 그는 상처를 입었다. 강서성(江西省) 신여(新余)에 적을 둔 한 중소문파를 상대하던 중에 화살 두 개가 골반 근처에 박히는 지경에 처하게 되었다.

생명에 관계가 없을 뿐더러 중한 상처도 아니었다.

하지만 아래로 비스듬히 파고든 활촉 하나가 임맥(任脈)의 중요한 혈인 회음혈(會陰穴)을 상하게 만든 것은 참으로 불행한 일이었다.

임맥의 몇몇 혈도는 남녀의 생식기와 밀접한 관련이 있다. 특히 최하단 은밀한 부위에 자리 잡은 회음혈은 충(衝), 임(任), 독(督)의 삼맥(三脈)의 시발점(始發點)이며 직접적인 관계를 갖는 요처 중의 요처였다.

상처를 살핀 의원은 칠 할가량은 완벽하게 회복할 수 있다 했다. 그것만으로도 지장은 없지만 만일 문제가 생긴다면 심리적인 것이라 했다.

불행하게도 종쾌는 그 이후로 두 번 다시 여인을 접할 수 없었다.

살얼음판을 걷듯 조심스러워해야 하는 혈로(血路)를 걷는 자인지라 거의 포기하고 지내던 차였는데, 이제는 사정이 달라져 일문을 움직이는 자가 된 것이다. 여유가 생기자 전과는 비교할 수 없을 만큼 간절해졌다. 더군다나 적검문 산하에는 수많은 기루가 있다. 손짓만 하면 그걸로 만사형통이었다.

기녀들이 적검문의 후문을 은밀히 드나들게 된 데는 이러한 배경이 있었다.

그간 누차 드나들던 기녀들과는 달리 종쾌가 매향을 다시 부르는 이유는 오직 두 사람만이 알겠지만.

'그 나이에 여자란 건가?'

곽연은 저도 모르게 피식 웃었다.

충분히 있을 수 있는 일이었다. 상당한 수련을 쌓은 무인(武人)은 범인(凡人)과 달리 세월의 영향을 적게 받는 것이 보통이었다. 종쾌와 별반 나이 차가 없는 자신도 새벽이면 찌를 듯 부풀어 오른 하의를 의식하고 난처해한 경우가 가끔 있으니까.

여체(女體)에 대한 갈망!

사내라면 누구나 가진 평범한 욕구이며 불과 몇 년 전까지 왕성했던 자라면 더 더욱 집착할 것이다.

하지만 기녀로 위장하여 적검문에 잠입한다는 것은 말처럼 쉽지 않았고, 아무런 피해 없이 종쾌와 같은 인물을 죽이는 일은 더 더욱 어려웠다.

더군다나 종쾌는 최종 목표가 아니었다. 진정한 원흉이 버젓이 버티고 있는 와중에 '풀을 건드려 뱀을 놀라게 한다' 는 우(愚)를 범할 가능성도 없지 않았다. 얻은 것도 없이 상황만 더욱 악화시킬 수 있는 것이다.

"부담이 너무 크네."

곽연은 고개를 가로저었다.

"믿기 어렵다면 믿지 않으면 그만."

안도는 싸늘히 말을 받았다. 곽연을 노려보는 시선엔 굽히지 않을 의지가 가득했다. 연락이 오면 그 즉시 적검문으로 달려갈 기세였다.

적어도 곽연의 눈에는 그렇게 비춰졌다.

"믿지 못하겠다는 소리가 아닐세. 내 말은 좀 더 신중을 기할 필요가 있다는 뜻이네. 자칫 여러 사람이 헛되이 희생될 수 있지 않겠는가?"

"떼로 몰려가 달라는 얘기가 아니오. 나, 그리고 한 사람이면 충분하니까!"

"그 한 사람이 대체 누군가?"

곽연이 다그치듯 물었다.

그러나 안도는 대답도 않은 채 일어나 뚜벅뚜벅 문가로 걸어갔다. 그리고는 반쯤 문을 열었다.

휘이이—

싸늘한 바람이 실내로 밀려 들어와 침의 차림인 곽연의 몸을 훑었다.

그때 안도가 뒤를 돌아보며 입술을 움직였다.

"곧 알게 될 거요."

그로부터 이틀이 지난 날 오후, 동가장엔 발신인이 적히지 않은 서찰 한 통이 도착했다.

(오늘 밤 적검문에 갑니다.)

제27장

중쾌는 묵이 철리고 소운평은 고심을 거듭하다

1

"여기 이것."

왕노경은 홍상(紅裳) 한 벌을 내밀었다.

알록달록한 것이며 그 화려한 모양새가 여염집 아낙이 입는 것이라 고는 도무지 생각할 수 없었다.

"안 돼. 난 안 가!"

소운평은 치마를 받자마자 방구석으로 내던졌다.

수천 명이 득시글대는 곳에 달랑 사내 둘이 들어가서 뭘 어쩌겠다는 얘긴지… 도대체 말도 안 되는 얘기였다. 꼭 가야 한다면 누군가는 가 야겠지만!

하필이면 왜 나야?

어찌 된 일인지는 뻔했다. 누구라고 일일이 거론치 않아도 갈 사람 은 여럿이었다. 굳이 자신이 안 되면 안 될 이유를 붙일 이는 한 사람밖에는 없었다.

'안도, 그 인간이 진짜!'

소운평은 바르르 전신을 떨었다.

일이 틀어지면 자신을 방패막이로 세울 생각이고, 그 와중에 혈수를 구경하자는 생각이 분명한 것이다.

"죽어도 못 가!"

소운평은 침상에 벌렁 드러누웠다.

배 째!

그렇게 항변하기라도 하는 것인지 소운평은 상의를 들어 올려 허연 배를 내보였다.

"소 공자, 가주께서도 이미 승인하신 일입니다. 제가 보기에도 충분히 가능성이 있는 일이니 그렇게 막무가내로 버틸 일만도 아닌 듯합니다. 물론 어느 정도 위험은 감수해야겠지요."

"그럼 너 같음 가겠냐?"

"……."

왕노경이 머뭇거리는 기색을 보이자 소운평은 발딱 일어나 노려보며 재촉했다.

"왜 말을 못해? 너 같음 가겠냐구?"

"솔직히 말씀드리자면… 별로 가고 싶지 않습니다만 세상사 모든 것이 생각만으로 다 되는 것은 아니지 않습니까? 싫어도 해야 하는 일이 있지요. 고민은 하겠지만 결국 가게 될 것 같습니다."

"킁!"

소운평은 콧방귀를 뀌며 도로 누웠다.

"그만 일어나시지요. 더 이상 지체하시면 안 대형이 참지 못하고 이곳까지 들어올지도 모릅니다. 설마 그렇게 되기를 바라는 건 아니시겠지요?"

"알아! 안다구!"

소운평은 버럭 소리를 지르며 일어났다.

나중에 무슨 꼴을 당할지언정 당장 코앞에 닥친 위험만은 못한 법이다. 소운평은 어쩔 수 없이 구석에 던져 버린 홍상을 주섬주섬 챙겨 입었다.

"생각보다 썩 잘 어울리십니다."

왕노경이 빙그레 웃으며 말했다.

"거기다 화장만 좀 한다면 이 근방에서는 따라올 기녀가 흔치 않겠군요."

"한마디만 더 하면 알지?"

소운평은 주먹을 쥐고 흔들어 보이다가는 문득 떠오르는 생각이 있어 물었다.

"여기 계집들 묵는 데가 어디지?"

"시비들 처소 말입니까? 글쎄요, 그건 저도 잘 모르겠군요. 한데 그건 갑자기 왜?"

"이유는 알 거 없고, 나가서 알아봐 줘. 그리고 좀 늦는다고 전해주고."

"너무 늦지는 마십시오."

호계원의 후문.

그 앞에는 붉은 가리개를 푹 눌러쓴 기녀(?) 하나와 왕노경이 기다리고 있었다.

"왜 이렇게 늦어?"

가리개가 젖혀지더니 안도의 얼굴이 나타났다. 눈을 부라리는 것이 적잖이 화가 난 듯했다.

하기야 추운 날씨에 꽤 오랜 시간을 떨어야 했으니 그럴 만도 했다.

"처음 입어보는 옷이라 서툴러서 그런 것 아닙니까? 추우면 진작에 들어왔으면 되죠."

한마디 툭 던지고 소운평은 왕노경의 몸을 방패 삼아 몸을 감췄다.

"소 공자, 아랫도리서 쇳소리가 날 지경입니다."

왕노경이 두 손을 비비며 원망을 토로했다. 이빨 부딪치는 소리가 나는 게 영 엄살만은 아닌 듯했다.

"꽤 기다려야 할 듯싶은데… 죄송한 말씀이지만 가리개라도 좀 벗어주시죠?"

"말이 되는 소리를 해라! 이건 절대 안 돼!"

어쩐 일인지 소운평은 몹시 허둥댔다. 그깟 가리개쯤 벗어주는 게 무슨 대수라고, 마치 낯가림을 하는 양갓집 규수마냥 몸을 사렸다.

왕노경은 잠시 궁금해했지만 이내 잊어버렸다. 새롭게 주의를 끄는 것이 나타났기 때문이었다.

따각따각.

느릿한 말발굽 소리와 함께 골목 어귀에 마차가 들어섰다. 희고 검은 두 마리 말이 끄는 쌍두마차는 이윽고 일행 앞에서 멈췄다.

문이 열리고 두 사람이 밖으로 나왔다. 화사한 궁장을 걸친 매향과 한 소녀였다.

"소녀 매향이 여러 두 분 귀인을 뵈어요."

"저는 홍예(紅芮)라고 불러주세요."

홍예라 밝힌 소녀는 열대여섯 살 정도로 보였다. 몸도 제법 숙성했고 살살 눈웃음을 치는 것이 몇 년 지나지 않아 사내들 애간장 깨나 녹일 듯싶었다.

간단한 인사치레가 오간 다음 안도는 매향을 끌고 마차 뒤로 움직였다.

"저 아이는 믿을 만한가?"

"그럼요. 홍예는 열 살이 되면서부터 저와 함께 생활한 유일한 친인(親人)이에요. 친동생이라 여겨도 좋을 만큼 절친한 사이지요."

"그 따위를 묻는 게 아니잖아?"

안도의 음성이 싸늘해졌다.

매향은 놀라 움찔했지만, 그 말에 담긴 뜻을 모를 정도로 어리석은 여자는 아니었다.

"어려서부터 기루에서 생활한 아이라 세상사에 밝기는 해도 절대 배신할 아이는 아니에요."

"저자는?"

안도는 턱짓으로 어자석을 가리켰다.

"화빈각의 하인으로 귀머거리에 벙어리예요. 이번 일이 끝나면 나른 곳에 정착하라고 후하게 재물을 안겨주었으니 뒤탈은 전혀 없을 거에요."

"잘했군. 아이를 데리고 먼저 들어가 있어."

"그럴게요."

매향은 소운평과 얘기를 주고받는 홍예를 손짓해 부르더니 이내 마차 안으로 사라졌다.

안도는 두 사람에게 다가갔다.

"이미 알고 있겠지만, 별다른 계획은 없어. 기녀로 위장해 들어가서 종쾌의 목만 잘라 나온다! 이게 다야. 매향이 유인할 테니까 우린 욕실에서 기다렸다가 단번에 목을 따야겠지. 노경, 퇴로(退路)는?"

"지시대로 이미 준비해 두었습니다."

그러자 소운평이 펄쩍 뛰었다.

"퇴로라니! 갑자기 그게 무슨 소리죠? 난 아무것도 모르는데요?"

"넌 알 거 없어!"

안도가 매몰차게 대꾸하고 마차로 들어가 버리자 소운평은 어이가 없었다.

'이따위로 할 거면 나는 왜 데려가는 거야?'

소운평은 입술을 한발이나 내밀고 투덜거렸다.

하나부터 열까지 세세히 알고 대비를 해도 시원찮을 판에 같은 편으로부터도 따돌림을 당하는 신세가 되고 보니 앞날이 막막해졌다.

드륵!

마차의 쪽문이 열리더니 안도의 얼굴이 나타났다.

"죽어라 꽁무니만 따라다니면 나중에라도 무슨 얘긴지 알게 될 거 아냐! 빨리 못 타?"

으르렁거리는 소리가 채 끝나기도 전에 소운평은 재빨리 마차 안으로 들어갔다.

덜컹.

마차가 한차례 크게 요동 치더니 움직였다. 좁은 골목을 벗어난 마차는 이제까지와는 달리 빠른 속도로 대로(大路)의 번잡함 속을 향해 달려갔다.

"안의 것들은 모두 내려라!"

위압감이 가득한 소리가 울리는 것과 동시에 홀연히 적의(赤衣)를 걸친 두 사내가 나타났다.

끼익—

문이 열리고 각색의 가리개를 쓴 네 여인(?)은 차례대로 마차에서 내렸다.

"너희는 누구냐!"

"웬 계집들인지 정체를 밝혀라!"

사내들이 재차 호통을 치며 병기를 들이대는 것이 수상한 기미만 보이면 그대로 찌르겠다는 식이었다.

하지만 자세히 보니 그게 아니었다. 눈매가 빙글빙글 웃고 있는 것이 검문을 한다기보다는 그걸 핑계로 적당히 희롱하겠다는 생각이 분명했다.

"아이~ 나리님들, 제가 왔어요~"

홍예가 가리개를 내려 얼굴을 보였는데도 사내들은 병기를 거둘 생각이 전혀 없는 듯했다.

"이봐, 자네, 이 계집을 아나?"

도를 든 자가 주걱턱 사내에게 묻자 사내는 영문을 모르겠다는 투로 대꾸했다.

"아니, 난 모르겠군. 자넨 아나?"

"나도 모르겠는데? 근자에 이 근방에 여도적(女盜賊)들이 출몰한다더니, 혹시 이것들이 아닐까?"

"그럴지도 모르겠군. 그렇다면 몸수색을 해야겠는걸?"

"아무렴! 우리는 임무에 충실한 자들이 아닌가!"

두 사내는 낄낄거리고 웃었다.

"자, 지금부터 몸수색을 하겠다. 두 팔을 벽에 붙이고 다리를 벌린다! 실시!"

주걱턱 사내가 홍예를 밀어붙였다.

홍예도 두 사내의 수작질을 뻔히 아는지라 순순히 시키는 대로 따랐다.

사실 이런 일은 처음이 아니었다. 뻔히 보이게 농땡이를 부리면 탄로나기 십상이니 상관의 눈을 가리기 위해 두 사내가 짜낸 계책이었다. 홍예는 그들의 심심풀이 놀이에 적당히 장단을 맞춰주는 셈이고.

"너희는 거기서 꼼짝 마라!"

도를 든 사내가 다른 이들을 위협했지만 그저 시늉에 불과했다. 벌써 침을 삼키며 주걱턱 사내가 벌이는 짓을 노려보고 있었다.

'그 자식들… 연극이면 미리 티를 좀 내고 하든가, 하마터면 간 떨어질 뻔했네!'

소운평은 가슴을 쓸어 내렸다. 그리고는 언제 긴장했냐는 듯 도를 든 사내와 마찬가지 모습이 되었다.

주걱턱 사내는 무려 일각 가까이 홍예의 몸을 주물럭거렸다. 만약 손바닥에 먹칠을 했다면 그녀의 목 아랫 부분은 온통 먹물 자국으로 흥건했을 터였다.

"어허, 이상하다… 아무것도 없다니……. 내가 잘못 짚었나? 이봐, 자네가 한번 살펴보겠나?"

"알겠네!"

공수교대(?)는 눈 깜짝할 새 이루어졌다.

사내는 도를 담벼락에다 세우더니 주걱턱 사내와 마찬가지로 홍예의 몸을 어루만졌다. 그렇게 한동안 재미를 보던 사내는 본격적인 일을 치르지 못하는 것이 아쉽다는 듯 입맛을 다시며 물러났다.

"확실히 넌 도적의 무리가 아니구나. 이제 그만 들어가도 좋다."

홍예 역시 사내를 응시하며 한숨을 쉬더니 이내 폴짝 뛰어 매향에게 다가갔다.

"아씨, 가시죠."

"그래, 그러자꾸나."

끄그그긍—

요란한 소리를 내며 대문이 열렸다.

"그럼 나리들, 수고하세요!"

홍예는 두 사내에게 손을 흔들어주고는 안으로 들어갔다. 네 여인이 그녀의 뒤를 따랐다.

"잠깐!"

주걱턱 사내가 돌연 고함을 지르더니 달려왔다.

"아이~ 나리, 오늘은 왜 이렇게 번거롭게 구세요. 그 이상은 안 된다고 누차 말씀드렸잖아요. 더군다나 이곳엔 아씨도 계신데 어떻게……."

'교활한 년, 기막히게 암시를 주는군. 차라리 언제, 어디서 만나자고 대놓고 그럴 것이지. 내 처음 볼 때부터 싹수가 노란 걸 이미 알아봤다.'

소운평은 혀를 내둘렀다.

그사이 도를 든 사내가 부리나케 달려왔다.

"이보게. 자네, 대체 왜 이러나?"

"까닭이 있으니 자네는 나서지 말게!"

주걱턱 사내는 그를 밀치고 매향과 마주 섰다.

"처음 통보받은 건 매향 아씨와 홍예 두 사람뿐이오. 그건 매번 달라지지 않았소. 한데 오늘은 두 사람 말고도 둘이 더 오지 않았소?"

"그렇군."

도를 든 사내도 그제야 이상하다는 눈치였다.

"아씨를 의심하는 건 아니지만 그래도 맡은 임무가 있으니 사람을 좀 봐야겠소. 다른 건 필요 없고 얼굴만 보이면 그걸로 족하오."

스르릉.

사내가 도를 뽑아 겨누었다. 이전과는 달리 전신으로 매서운 기운을 내뿜는 것이 작심을 한 듯싶었다.

"너희 둘, 가리개를 벗어라!"

한순간 매향의 눈이 크게 흔들렸다.

하지만 그녀는 사내를 막아서며 제법 앙칼지게 외쳤다.

"이 사람들은 나와 함께 일하는 사람들이에요. 이번에 문주께 소개를 드리고자 데려왔고 이미 허락까지 받았는데 무슨 문제라도 있나요? 설마 속사정까지 모두 말해야 들어갈 수 있다는 소린가요?"

문주의 사생활과 관계된 사항이니 너희 같은 조무래기들은 알 것 없다!

항변이자 은근한 협박이었다.

그러나 주걱턱 사내의 기세는 여전했다. 눈빛만 조금 누그러졌을 뿐이었다.

"제가 원하는 건 저들의 용모를 파악하는 것일 뿐 다른 의도는 없습니다. 더 이상 주저하신다면 불순한 의도가 있는 것으로 해석하겠습니다."

홍예와 수작을 부릴 때만 해도 삼류 무사의 전형적인 모습을 보였던 자의 변신치고는 참으로 놀라웠다.

하기야 적검문은 누백 년을 이어 존재해 왔다. 그 안으로 드는 사대관문(四大關門) 중의 하나인 북문(北門)을 수비하는 자라면 이 정도로 변화무쌍한 모습을 보인다 해도 하등 이상할 게 없는 것이다.

아마도 그 말이 최후 통첩이었는지 사내는 오른손 손등을 입으로 가져갔다.

삐익!

날카로운 소리가 밤하늘을 갈랐다.

사내는 중지(中指)에 특이한 모양새의 반지를 끼고 있었는데 소리의 진원지는 아마 그곳인 듯했다.

호각 소리의 짧은 여운이 채 사라지기도 전에 담 위로 십여 명이 나타났다. 두 사내와는 달리 흑의를 뒤집어쓴 자들이었다. 번쩍이는 안광(眼光)이 아니라면 그저 한 무더기의 어둠이 자리한 듯 보였다.

네 명씩 세 조로 갈라진 흑의인들은 요 자(凹字) 형태로 세 방위를 포위했다.

"너, 가리개를 벗어라!"

도극이 소운평을 가리켰다.

이제 가리개가 벗겨지면 정체가 드러나는 것은 불을 보듯 뻔한 일이었다.

'처음부터 꼬이는군. 역시 무리였나?'

나직이 중얼거리며 안도는 우수를 치마 속으로 가져갔다. 쉽지 않으리라 여겼지만 설마 안으로 들기도 전에 문제가 생길 줄은 예상치 못했다.

손에 익은 매끄러운 감촉, 그는 묵룡을 힘주어 잡는 한편 곁눈질로 뒤를 살폈다.

후방을 차단한 흑의인들은 이런 일에 상당히 익숙한 듯싶었다. 어수룩하게 서 있는 것처럼 보였지만 사실은 완벽하게 달아날 길을 차단한 상태였다.

'일단 좌측의 넷을 제거하고 마차를 확보한다!'

안도는 서서히 내력을 일으키는 한편 소운평에게 전음을 보냈다.

―남들은 못 들으니까 티 내지 말고 들어.

'헉!'

느닷없이 귓가로 안도의 음성이 들리자 소운평은 기겁하도록 놀랐다.

그러자 다급한 음성이 다시 들려왔다.

―멍청이! 이건 전음이라는 것으로 너밖에 못 듣는 소리야. 그러니까 티 내지 말아! 비명이 일면 곧장 마차로 달려가 고삐를 잡아. 혼자 살겠다고 도망치면 내 손으로 직접 죽일 거야!

자기는 듣는데 남들은 듣지 못한다?

소운평은 놀라우면서도 한편으로 호기심이 생겨났다. 곁눈질을 해 보니 과연 아무도 알아듣는 기색이 없었다.

'아하, 전음이란 바로 이런 거로구나. 이것도 배워두면 긴요하게 써 먹겠는걸?'

그건 그렇고, 안도의 말로 미루어 당장이라도 일을 벌일 게 분명했다. 나중에 어찌 됐든 우선은 막아야 했다.

소운평은 눈을 질끈 감고 가리개를 벗었다.

'헉! 저, 저……'

막 묵룡을 꺼내 손을 쓰려던 안도는 입을 딱 벌렸다.

가리개가 벗겨진 곳엔 당연히 있어야 할 소운평은 간 데 없고 웬 여인의 얼굴이 나타난 것이 아닌가!

자세히 살피니 소운평이 분명했다.

한데 곱게 화장을 한 것이며 살포시 고개를 숙이며 몸을 비트는 것이 영락없는 계집의 교태였다. 누구라도 깜빡 속아 넘어갈 지경이었다. 한사코 가리개를 벗지 않으려고 하더니 다 그만한 이유가 있었던 것이다.

"흠… 제법 반반하구나!"

사내는 침을 삼켰다.

눈앞의 여인이 자신보다도 더 실한 물건(?)을 소유한 사내라는 사실을 알면 과연 어떤 표정을 지을까?

"다음은 너!"

마침내 도극이 안도에게로 돌려졌다.

소운평이야 바탕이 좋은(?) 데다 화장까지 했으니 사내가 속아 넘어갔다지만, 안도는 완전 무방비 상태였다. 솔직히 그 얼굴에 화장을 한다 해도 아무도 속지 않겠지만.

"아이~ 나리, 얘는 겁이 많아서 그런 걸 들이대면 오줌이라도 지린

단 말이에요. 설마 눈앞에서 그 꼴을 보고 싶지는 않으시겠죠?"

소운평이 쪼르르 다가와 사내의 손을 밀어냈다.

"서로 다 아는 처지에 그렇게 심하게 굴 건 없잖아요? 나중에 내가 한번 근사하게 모실게. 눈 딱 감고 오늘은 그냥 들여 보내줘요, 응?"

간드러진 목소리야 어떻게 만들어낸다손 치더라도 몸에 밴 듯한 자연스런 몸짓과 눈웃음은 영락없이 닳고닳은 기녀를 보는 듯했다. 실로 기막힌 변신이었다.

안도와 홍예는 물론 이런 일에 이골이 났을 법한 매향까지도 적지 않게 놀라는 눈치였다.

사내는 도를 거두고 잠시 머뭇거렸다.

'별것도 아닌 가리개 따위를 벗기느라 또 인상을 쓸 것이냐, 대충 넘어가고 황홀한 하룻밤을 챙길 것이냐'를 심각하게 고민하는 듯했다.

'이 자식아, 고민할 게 따로 있지. 준다 그럼 냉큼 '고맙습니다!' 하고 챙길 것이지 얼어죽을 생각은 무슨!'

도화선처럼 바짝바짝 타 들어가는 속내와는 달리 소운평은 더욱 간드러진 몸짓을 보였다.

"아이~ 내가 싫어?"

코맹맹이 소리를 내며 은근히 몸을 기대는 것이 이쯤이면 아무리 냉혈무정(冷血無情)한 사내라 해도 넘어가지 않을 수 없을 것이다.

그러자 주걱턱 사내의 얼굴에 노기(怒氣)가 떠올랐다.

"자네 뭣 하는 짓인가? 자네는 내 친구지만 내 수하이기도 하네. 그걸 잊지 말게!"

대갈일성(大喝一聲)이 터지자 흐릿하게 변해가던 사내의 눈에 결연한 의지가 떠올랐다. 이윽고 소운평을 밀치더니 안도의 면전에 도를 들이댔다.

'다된 밥에 똥물을 끼얹어? 죽일 놈!'

소운평은 악독한 시선으로 주걱턱 사내를 노려보았다.

그러면 뭐 하나… 대세는 이미 기울어 버린 것을.

"가리개를 벗어라!"

사내가 재촉을 했다.

소운평은 슬그머니 안도의 곁에서 멀어지며 최대한 진기를 모았다. 가리개가 벗겨지는 역사적인(?) 순간을 이용하면 어떻게든 달아날 수 있을 듯싶었다.

'욕해도 어쩔 수 없어! 난 팔자에 없는 계집 시늉까지 해가며 최선을 다했다구. 더군다나 한 사람은 살아야 제사라도 지내줄 것 아냐?'

소운평이 도약을 위해 막 무릎을 굽히는 찰나였다.

"좀 전에 비상 호각이 울리는 것 같던데, 무슨 일이라도 생긴 것이냐?"

귀를 울릴 정도로 우렁찬 외침이 일더니 대문 안쪽에서 한 사내가 걸어나왔다.

"종호법(總護法)님을 뵙습니다!"

무사들은 일제히 허리를 숙였다.

호법이라 불린 이는 삼십 대 후반의 건장한 사내로 다름 아닌 이연중(李然重)이었다. 종쾌의 다른 의형제들이 세상을 떠난 터라 이인자의 지위인 총호법은 당연히 그의 차지였다. 사위를 둘러 살펴보는 모습에는 지위에 어울리는 기품과 예리함이 있었다.

"수장(首長)은 나와서 연유를 고해라!"

"북문 경비조의 말직이 삼가 호법님의 명을 받듭니다!"

주걱턱 사내가 앞으로 나서더니 그간의 일을 자세히 설명했다. 물론 홍예와 수작을 부린 것을 제외한 나머지 부분에 한해서였다.

"겨우 그깟 일로 위급 시에만 허가된 비상 호각을 불었단 말이더냐? 한심한 놈 같으니!"

이연중은 혀를 찼다.

"하지만 이들은……."

"닥쳐라!"

이연중은 싸늘히 주걱턱 사내를 노려보았다.

"이들이 올 것은 이미 내가 아는 사실이니 더 이상 왈가왈부할 필요 없다. 이미 시간이 지체되었으니 네가 직접 내전까지 인솔해 주도록!"

뉘 명이라 토를 달겠는가!

주걱턱 사내는 일행을 이끌고 부랴부랴 내전으로 향했다. 때를 같이 해 포위망을 구축했던 흑의인들도 몸을 날려 원래의 자리로 돌아갔다.

"휴―!"

이연중은 깊이 숨을 들이쉬었다.

자신에게 주어진 임무를 수행하겠다는 수하였다. 무작정 화를 낼 일이 아니었다.

의형(義兄)의 처지는 누구보다 잘 알고 있었다. 같은 사내이기에, 한 차례 성과를 올리면 함께 기루로 달려갔던 과거를 공유하기에 충분히 이해할 수 있었다.

그러나 이해 이상은 되지 않았다. 가뜩이나 재정 형편이 어려운 가운데 사사로이 수천 금을 허비하는 일은 없어야 했다. 여태 그가 나서서 무마시키지 않았다면 문책을 받아도 여러 번 받았을 터였다.

이런저런 복잡한 감정이 얽혀 필요 이상으로 감정이 격해진 탓이었

다. 서둘러 처리해 의형의 치부(恥部)를 가려주는 것도 이유 중의 하나
였을 것이다.

하지만 그는 채 한 시진이 가기도 전에 제대로 수색하도록 명하지
않은 것을 평생의 한으로 삼아야 했다.

2

"어서 오너라."

종쾌는 침상에 누운 채 그녀를 맞았다. 반쯤 상체를 드러낸 흐트러진 모습이었는데, 드러난 상체는 젊은이 못지 않은 탄탄한 근육질이었다.

"천비가 문주를 뵈어요."

매향은 겉옷을 벗어 걸고 날아갈 듯 대례를 올렸다. 그리고는 다소곳이 자리에 앉았다.

종쾌는 결코 서두르지 않았다. 느릿하게 손을 뻗어 술잔을 잡았다. 한 점 부족함이 없는, 가진 자의 여유가 한껏 묻어나는 행동이었다.

이윽고 술잔을 내려놓은 종쾌는 상체를 일으켜 침상 머리맡을 장식한 용두(龍頭)에 기댔다.

"오늘은 어떤 특별한 것을 보여줄 테냐?"

매향은 대꾸 대신 배시시 웃었다. 입꼬리에 매달린 여운에서 섬뜩할 정도로 교태가 묻어났다.

실망하지 않을 거예요!

마치 그렇게 말하는 것 같았다.

"흠, 그 정도란 말이지?"

종쾌의 얼굴에 은근히 미소가 어렸다.

그 미소가 사라지기도 전에 매향은 몸을 일으켰다. 그리고는 느닷없이 두 손으로 상하의를 잡아챘다.

찌이익—

뜻밖에도 의복이 반으로 갈라져 나풀거렸다.

놀라웠다. 얇기는 하되 저 질긴 비단을 두 쪽으로 가르다니… 설마 그녀가 며칠 사이에 신력(神力)을 하사받기라도 한 것일까?

아니었다. 상의와 하의는 특별하게 박음질이 되어 어린아이가 잡아 채도 찢어지게끔 되어 있었다.

드러난 것은 반투명한 나의(羅衣)였다. 쌀알처럼 새하얀 그녀의 살결이 고스란히 드러났다. 가슴과 치부 어림엔 자수를 놓아 가렸는데 보일 듯 말 듯한 모양이 오히려 전라인 깃보다 더욱 자극적이었다.

그러자 종쾌의 여유는 오간 데 없이 사라졌다. 가장 먼저 반응을 보인 것은 호흡이었다. 가슴의 기복이 빨라지는가 싶더니 눈가가 점차 붉게 변했다.

시작은 느리게… 아주 느리게… 매향은 움직였다.

그러다가 격렬하게 전신을 떨기도 했고, 때론 고요히 잠든 바다처럼 흐느꼈다. 풍만한 젖가슴과 둔부가, 흰 옥수(玉手)가, 길게 뻗은 교족(嬌足)이 허공에 수를 놓았다. 그녀의 눈엔 사념(邪念)이라곤 없었다.

오히려 어느 때보다 정갈하기 그지없어 천상(天上)의 신녀(神女)들이 춘다는 선무(仙舞)를 보는 듯했다.

하지만 종쾌에겐 혼(魂)을 자극하고 백(魄)을 유린하는 음란한 춤에 불과했다.

땀으로 흠뻑 젖은 그녀가 춤을 마쳤을 무렵 종쾌는 더 이상 참지 못할 지경이었다.

"이, 이리로!"

매향은 그가 손짓하는 대로 품에 안겼다.

하지만 곧 가슴 언저리를 더듬는 종쾌의 손을 밀어내며 소곤거렸다.

"설마 춤이 전부라고 믿으시는 건 아니겠죠?"

"그럼 또 있다는 말이냐?"

종쾌의 눈이 커졌다. 놀라워하는 것도 잠시, 그는 기대감이 가득한 눈으로 매향을 응시했다.

"자고로 양기를 돋우는 것에는 사내를 접하지 않은 여체를 접하는 것이 가장 좋은 방법이라고 하더군요. 그래서 이번에 동녀(童女) 둘을 데리고 왔지요. 욕실에 들여 보냈는데 아마 지금쯤이면 준비를 마쳤을 거에요."

"오, 오!"

종쾌의 입이 함지박만큼 벌어졌다.

늙은 관리나 부호들이 회춘(回春)의 방법으로 동녀를 끼고 잠자리를 한다는 얘기는 그도 들은 적이 있었다. 생각해 본 적이 전혀 없는 것도 아니었다.

하지만 일문의 주인이라는 체면과 자칫 내막이 공개되어 자신의 치부가 드러날까 염려되어 쉽사리 행동으로 옮길 수 없었다. 그러던 차에 전혀 엉뚱한 곳에서 일이 풀렸으니 실로 앓던 이가 쏙 빠진 것처럼 개운했다.

"내 네 공을 절대 잊지 않겠다. 네가 원하는 어떤 보상이라도 아끼지 않으마!"

종쾌는 서둘러 일어나 침의를 걸쳤다.

그러자 매향이 눈을 흘겼다.

"이럴 줄 알았다니까. 새 아이들이 생겼으니 저 같은 퇴물은 안중에도 없다는 말씀이군요. 어쩔 수 없지요. 새것이 나타나면 헌 것은 사라지는 게 도리니까요."

"허헛, 이것 참!"

종쾌는 머쓱한 얼굴로 너털웃음을 지었다. 자신의 속내를 고스란히 드러낸 것 같아 찔렸던 모양이었다.

"내 어찌 너를 잊겠느냐!"

종쾌는 대뜸 그녀를 안아 들었다.

매향은 거부하는 기색 없이 그의 목에 손을 둘렀다. 그리고는 나직한 소리로 속삭였다.

"우선 사람들을 물리쳐 주세요. 저는 상관이 없다지만 함께 온 사람들은 순백의 처녀들이에요. 설마 그 미답(未踏)의 옥토(沃土)를 감상하는 기쁨을 아랫사람들과 함께 나누시려는 것은 아니겠지요?"

평소 때의 종쾌라면 어딘가 의심해 볼 구석이 있는 소리라 여겼을 것이지만 이미 반쯤 혼이 달아난 그에게는 동전 일 문 가치도 없는 하찮은 일에 불과했다.

종쾌는 문밖을 향해 외쳤다.

"모두 물러가라!"

"하지만 문주, 저희는……."

"어허, 모두 물러가라지 않더냐! 부르기 전에 내전에 드는 사내놈은 즉시 목을 베겠다!"

음성은 칼날처럼 단호했다. 문밖의 인물들도 그 사실을 느꼈는지 멀어지는 인기척이 들려왔다.

"자, 이제 가자꾸나!"

종쾌는 성큼성큼 욕실로 향했다.

중앙에는 사람이 누울 수 있을 만큼의 넓이에 석 자 높이로 다듬은 옥대(玉臺)가 놓여 있었다.

자고로 옥은 정기를 보(補)하고 기운을 성(成)하게 하는 기물이라 여겨지는 바 고래(古來)로부터 왕후장상이나 세도가들의 필수품처럼 여겨져 왔다.

귀한 만큼 그 값어치는 실로 엄청났다.

그런 옥으로 이 정도 크기의 대를 다듬으려면 과연 얼마만큼의 금액이 들었을까?

범인이라면 감히 떠올릴 수조차 없을 정도로 엄청난 액수일 것이다.

하지만 종쾌는 그간 들인 노력과 금액이 전혀 아깝지 않았다. 필요하면 하는 것이다. 능력이 없다면 모르되, 아마 금강석(金剛石)이 정기를 돋우는 데 효험이 있다고 누가 나불거렸다면 두말없이 그렇게 했을 것이다.

이곳에 누워 안마를 받는 것은 중요한 일과 중에 하나였다. 종쾌는 거리낌없이 침의를 벗은 다음 수건으로 하체를 가리고 옥대 위에 엎드렸다.

"잠시만 참으세요. 양기를 최대한 돋운 연후에 그 아이들을 만나야 하니까."

매향은 그의 귀에다 소곤대며 두 손에 향유(香油)를 발랐다. 그리고 는 서서히 전신을 주무르기 시작했다.

'아직도 씻는 중인가?'

종쾌는 간혹 물 끼얹는 소리가 들리는 욕탕을 힐끔 응시했다. 문을 열고 그곳에 들면 본격적인 쾌락이 있을 것이다. 곧 다가올 환락의 순 간을 그리며 종쾌는 몸을 매만지는 감촉에 몸을 맡겼다.

전신 구석구석을 쓰다듬는 손길엔 묘한 마력(魔力)이 담겨 있었다. 스치듯 몸에 닿을 때마다, 위치가 바뀔 때마다 종쾌의 몸이 움찔거리며 경련을 일으켰다.

"음……!"

마침내 그녀의 한 손이 수건 속으로 파고들자 종쾌는 눈을 지그시 감으며 신음을 토했다.

"하~아!"

진득한 감정이 실린 숨이 종쾌의 귓가에 퍼부어졌다.

그러나 매향의 눈은 얼음장보다도 차갑게 가라앉아 있었다. 그리고 다른 손엔 작은 철침(鐵針)이 들려 있었다. 가늘기는 손가락 반 정도였 는데 그 끝은 검극처럼 날카로웠다.

걸친 것이라고는 속이 훤히 비치는 나의(羅衣) 하나뿐인 그녀가 과 연 철침을 어디에 숨겼던 것일까?

아무튼 그건 중요한 게 아니었다. 종쾌는 살기조차 느끼지 못할 정 도로 흥분한 상태였다.

쉭―

철침이 아래로 떨어져 내렸다.

"큭!"

종쾌는 짧은 신음을 토했다. 부르르 떠는 그의 풍부혈(風府穴)엔 철침이 박혀 있었다.

독맥(督脈)은 미골(尾骨)의 아래에서 시작하여 척추를 따라 올라가 두정부(頭頂部)를 지나 윗입술에서 끝나는데, 모두 이십팔 혈이 존재한다. 그 이십팔 혈 중에 한 곳이라도 중요치 않은 곳이 없지만 뒷목 언저리에 인접한 아문(啞門), 풍부(風府), 뇌호혈(腦戶穴)은 뇌신경이 밀집한 곳이라 약간의 충격으로도 치명적인 결과를 맞이할 수 있는 요혈 중의 요혈이었다.

매향이 약간이라도 무공을 지녔다면, 그녀가 반 푼만 더 깊이 찌를 수 있는 담력의 소유자였다면 아마도 종쾌는 소리조차 지르지 못하고 즉사했을 것이다.

만약 그랬다면 종쾌가 무방비 상태로 자신을 노출시키는 일도 없었을 테지만.

"이, 이… 년!"

눈앞이 흐려지고 전신이 뻣뻣해지는 와중에도 종쾌는 버둥거리며 기어코 몸을 일으켰다.

'신호를 해야 돼, 신호를……'

벽을 두드리기만 하면 그이가 달려와 구해줄 거야……. 저 따위쯤은 단칼에…….

그러나 목 언저리를 맴돌 뿐 매향은 손가락 하나 까딱할 수 없었다. 얼어붙은 듯 서 있는 그녀에게 사신(死神)의 그림자가 엄습했다.

"네년 따위가… 네년 따위가 나를……."

곧 쓰러질듯 비틀대며 다가온 종쾌는 최후의 힘을 쥐어짜 우수를 들어 올렸다.

"꺅!"

매향은 비명을 질렀다.

동시에 욕탕의 문짝이 박살났다.

콰자작!

산산이 조각난 파편들이 채 바닥에 떨어지기도 전에 욕탕 안쪽에서 시커먼 그림자가 날아왔다.

그리고 뿌연 수증기를 가른 눈부신 광채!

서걱!

"크윽!"

잘 익은 과일을 단숨에 내려치는 듯한 소리와 묵직한 신음이 뒤섞여 어우러졌다. 동시에 선연한 핏물이 벽에까지 튀었다가 사방으로 흩어졌다.

종쾌는 두 손이 팔목 어림부터 잘린 상태로 무릎을 꿇은 모습이었다.

안도는 그 앞에 서 있었다.

"내가 반드시 다시 만나게 될 거라 그랬지?"

묵룡을 빙글빙글 돌리며 반색을 보이는 것이 앵화(櫻花)가 흐드러지게 핀 봄날 유람을 나섰다 친우(親友)를 만난 듯한 모습이었다. 안도의 눈은 웃고 있었다.

처음 종쾌는 상대가 누구인지 알아보지 못했다.

풍부혈이 거의 파괴된 상태라 정신은 혼미했고, 전신은 수만 근 납덩이를 매단 것처럼 무기력했다. 게다가 시야마저 안개 속을 헤매듯

가물거렸다. 유등불에 뭔가가 반짝인다는 사실과 상대의 어조를 통해 서로가 구면이라는 것만은 알 수 있었다.

흐릿한 시선을 부여잡고 애를 쓴 덕에 종쾌는 가까스로 상대를 알아볼 수 있었다.

"이, 이놈……!"

종쾌는 놀랐다. 아마 평생 이렇게 놀란 적은 없었을 것이다. 노리개인 매향이 독수를 썼다는 사실보다, 두 손이 몽땅 잘린 것보다, 이 자리에 안도가 나타났다는 사실에 더욱 놀라는 눈치였다.

"내가 누군지 알아보겠나?"

안도는 재차 확인을 했다. 누구에게 어떤 이유로 죽음을 당하는지 똑똑히 알려주고 싶었다. 그것이 안도가 추구하는 올바른 복수였다.

"과, 광구자… 과연 죽지 않았구나!"

이것으로 족했다. 종쾌는 자신이 처한 상황을 똑똑히 알아보았다. 더 이상 시간을 끌 필요는 없었다.

"이봐, 우리끼리도 아닌데 그 볼썽사나운 물건은 좀 가리는 게 어때?"

안도는 툴툴거리며 도극으로 아래를 가리켰다.

그제야 종쾌는 아랫도리가 허전하다는 느낌에 고개를 숙였다. 웃기는 짓이다. 죽음을 목적에 두고 한낱 옷을 벗었다는 사실에 수치심을 느끼다니.

기름기가 줄줄 흐르는 두툼한 목덜미가 고스란히 안도의 눈을 가득 채웠다.

쇄애액!

묵룡이 아래로부터 위로 숏구쳤다. 한줄기 섬전(閃電)을 보는 것처럼 놀라운 빠르기였다.

아마 종쾌 자신도 목이 잘리는 순간을 의식하지 못한 듯 비명 소리
조차 없었다. 대뇌(大腦)가 그것을 인지했을 때는 이미 머리통은 허공
을 날고 있었을 것이다.

촤아아악!

핏줄기가 분수처럼 솟구쳤다.

툭! 데구르르―

공교롭게도 머리는 소운평의 발치에 떨어졌다.

부릅뜬 눈, 무언가 말하려는 듯 일그러진 채 한껏 벌어진 입, 매끈하
게 잘린 단면에서 누런 체액과 피가 범벅이 되어 쉴 새 없이 뿜어졌다.

"좀 들고 있어."

안도는 묵룡을 내밀더니 쭈그리고 앉았다. 품속에서 보자기를 꺼내
는 것이 머리통을 챙기려는 듯했다.

소운평은 엉겁결에 묵룡을 받아 들었지만 여전히 반쯤 혼이 나간 모
습이었다.

가난한 자에게 죽음은 일상적인 일이었다. 자라면서 수도 없이 보아
왔다. 배고파서, 병들어서, 혹은 말 한마디 때문에, 때론 시선 하나 잘
못 두어서, 이런저런 이유를 들라치면 몇날 며칠 밤을 새도 끝이 없을
터였다.

하지만 눈앞에서 이토록 적나라한 살인을 목격하는 것은 처음이었
다.

도신이 빛을 뿌리고!

목이 날아오르고!

자욱히 뿜어지는 핏물! 핏물!

한순간 순간이 따로 조각해서 이어놓은 판화(版畵)처럼 눈앞을 어지럽히다 사라졌다.

소운평은 그저 멍하니 서 있을 뿐이었다.

시간이 지나면서 도신에 묻은 핏물은 혈조(血爪)를 타고 모여 조금씩 아래로 흘렀다. 핏물은 뜨거웠다. 아직까지 자신이 살아 있음을 증명하기라도 하듯 생전의 온기(溫氣)를 고스란히 지니고 있었다.

"허억!"

어느 순간 소운평은 불에 덴 듯 놀랐다. 그제야 손 안에서 느껴지는 온기의 정체를 파악한 눈치였다.

땡그랑!

묵룡이 바닥을 굴렀다.

"왜? 두려워?"

피식 웃으며 안도는 묵룡을 챙겼다. 허리에는 종쾌의 목을 담은 보퉁이가 대롱거리고 있었다.

"도(刀)는 스스로의 의지로 움직이지 않아. 아무리 날카로워도 그저 날을 간 쇳덩이일 뿐이지. 사람을 죽이는 건 도가 아니라 도를 든 인간이야. 바로 나 같은! 어쩌면 언젠가 너도 그렇게 되겠지."

씨익!

붉은 잇몸이 고스란히 드러났다.

"그만 가야 해요. 좀 있으면 시비들이 돌아올 거예요. 그전에 이곳을 벗어나야……."

어느새 의복을 챙겨 입은 매향이 다가왔다.

안도는 그때까지도 멍청히 서 있는 소운평을 옆구리에 꼈다. 그리고는 가리개를 챙겨 썼다.

"가지."

세 사람은 조용히 실내를 벗어났다.

탁!

문이 닫히는 소리에 놀라기라도 한 것일까? 목을 잃은 종쾌의 시신이 꿈틀 경련을 일으켰다.

두두두두—

마차는 올 때와는 비견도 안 될 속도로 내달렸다.

엄청난 속도로 호숫가를 달리던 마차는 적검문에서 오 리 정도 떨어진 한적한 곳에서 멈췄다.

끼익!

안도는 재빨리 마차에서 뛰어내려 주위를 살폈다. 인기척이 없음을 확인한 그는 화섭자(火攝子)를 꺼내 허공에다 세 번 흔들었다.

잠시 후 호반 한가운데서도 작은 불꽃이 일었다가 곧 사라졌다.

'왔군!'

안도의 얼굴에 미소가 떠올랐다.

"됐어! 내려도 돼!"

이윽고 매향과 홍예가 소운평을 부축하여 내리자 마차는 마부만을 태우고 어디론가 달려갔다.

두두두두—

요란한 소리는 곧 저 멀리 사라졌다. 아마도 말이 지쳐 쓰러질 때까지 관도 위를 달리다가 마부 역시 감쪽같이 모습을 감추게 될 터였다.

*   *   *

끼익끼익!

팔을 걷어붙인 다섯 장정은 구슬땀을 흘리며 노를 저어댔다. 모두가 네로라하는 어부요, 물질의 명수들인지라 배는 육지를 달리듯 나아가고 있지만 홍사독은 좀처럼 마음을 놓을 수 없었다.

"이놈들아, 속도를 좀 더 내라!"

홍사독은 뱃전을 탕탕 두드리며 어부들을 닦달하고 안도에게 다가가 소곤댔다.

"형님, 그나저나 저 둘은 어쩔 거요?"

이번 일의 일등 공신은 그녀들이었다. 그녀들이 없었다면 종쾌에 대한 정보는 물론 적검문으로 잠입하는 일도 애초부터 불가능한 일이었다.

종쾌의 목이 떨어진 이상 최초로 수배를 받을 사람은 두 사람이었다. 일단 수색령이 떨어지면 무공의 무(武) 자도 모르는 일개 기녀와 어린 소녀로서는 감당할 수 없는 상황이 벌어질 것이다. 사로잡히기만 하면 모진 고문이 아니더라도 이 편의 정보를 낱낱이 털어놓으리란 것은 바보가 아닌 이상 알 수 있는 사실이다.

선택의 폭은 두 가지로 좁혀졌다.

함께 가든가 불안의 씨를 미연에 제거하든가.

"형님, 어떻게 하실 거요?"

홍사독이 대꾸를 채근했다.

그러나 안도는 듣는 둥 마는 둥 멍하니 수면을 응시하고 있었다. 달빛에 반사된 수면은 투명한 거울처럼 깡마른 그의 얼굴을 고스란히 반사했다.

"물이 차겠지?"

문득 안도가 중얼거렸다.

"설마 수장(水葬)시키려는 겁니까?"

모든 사람이 들을 만한 커다란 소리였다. 홍사독은 황급히 입을 막았다. 주위를 살피니 장정들은 용을 쓰느라 옆구리 살을 베어가도 모를 판이었고 소운평은 여전히 혼이 나간 모습이었다.

홍사독은 최대한 소리 죽여 속삭였다.

"형님, 그건 좀 심한 거 아닙니까? 어차피 우리가 모른 척하면 곧 죽게 될 게 뻔하지만 그래도 도움을 받은 것도 있는데… 우리 손으로 없앤다는 건 좀… 웬만하면 데리고 가십시다. 동가장은 제법 넓으니 적들이 잠잠해질 때까지만이라도 숨겨주는 게 어떻습니까? 그 다음에 저들이 원하는 대로 보내면 될 게 아닙니까? 가주는 사람됨이 너그러워 절대 반대하지 않을 겁니다."

"후환(後患)이 생기면?"

"기껏해야 계집 둘이 무슨 후환거리가 되겠습니까? 어차피 형님은 곧 떠날 사람 아니었습니까?"

"데리고 간다."

안도는 짧게 대꾸하고 수면으로 시선을 돌렸다.

홍사독은 내심 크게 놀랐다.

기억 속의 안도라면 후환이 어쩌니 떠들 필요도 없이 일단 죽여 물에 집어넣고 보는 것이 옳을 일이다. 더군다나 몇 마디 꺼내기 무섭게 남의 생각에 동조를 표할 인간은 더 더욱 아니었다.

홍사독이 귀신을 본 것 같은 얼굴로 안도를 바라보고 있을 무렵, 정작 안도는 소운평을 응시하고 있었다.

'혈수를 보는 건 또 다음으로 미뤄야겠군!'

안도는 이내 수면으로 시선을 돌렸다.

최종 목표였던 종쾌를 처리한 지금 안도에게 다음을 기약할 이유가 있을까?

정작 그는 혈수 때문이라고 말했지만, 이유가 단지 그것 때문일까?

3

날이 채 밝기도 전에 적검문은 발칵 뒤집어졌다.

요처에는 화톳불이 밝혀져 대낮을 방불케 했다. 그 사이로 채 옷도 제대로 걸치지 못한 수백 명의 무사들이 도검을 쥐고 움직였다.

곧 거대한 정문이 활짝 열리고 한 필의 홍마(紅馬)가 대풍방을 향해 달려갔다. 그것을 시작으로 횃불을 든 수백 기의 인마(人馬)가 쏟아져 나와 인근 관도와 유흥가, 태호 연안을 샅샅이 수색했다.

그리고 아침이 되자 소문은 날개를 단 듯 퍼졌다.

―적검문의 새로운 문주가 죽었다!

사람들은 놀라지 않을 수 없었다.

전대 문주인 등소가 비명에 쓰러진 지 채 일 년도 되지 않아 벌어진 참사에 전혀 상관없는 민초(民草)들까지 일제히 숨을 죽였다.

　예나 지금이나 변혁이 일면 희생을 강요당하는 것은 노상 힘없는 자들의 몫이었으니까.

＊　　　　＊　　　　＊

　"소 공자, 좀 드십시오."

　왕노경이 부들부들 떨며 내민 수저에는 시커먼 물약이 가득 담겨 있었다.

　그 귀하다는 해동(海東)의 청심환(淸心丸)에 비전 처방을 더했다는 명약을 물에 갠 것이었다.

　"그건 일시적인 현상이야. 큰 충격을 받으면 갑작스레 그런 증상을 보이는 자들이 가끔 있지. 사람들이 종종 '혼백(魂魄)이 나갔다' 는 말을 쓰곤 하는데 그것과 비슷하다 할 수 있다네. 마음이 여리거나 내성적인 자들이 그렇게 되지. 흔히 있는 일이니 그리 걱정하지 않아도 되네. 더군다나 우리 의가(醫家)에는 좀처럼 구하기 힘든 명약이 십여 알 있으니 마음 푹 놔도 될 걸세. 한데 귀한 만큼 가격이 어마어마하게 비싸서……."

　헤벌쭉 웃는 의원의 면상에 백 냥짜리 전표를 되는대로 뿌려주고 돌아온 것이 한 시진 전이었다.

　약을 복용하고도 소운평은 전혀 차도가 없었다. 초점이 풀린 눈으로 멍하니 침상에 앉아 있을 뿐 말은커녕 손가락 하나 까딱하지 못했다.

　그래서 반 시진이 지날 무렵 두 번째로 약을 먹였다.

가슴을 졸이며 살폈지만 결과는 처음과 다르지 않았다. 좋아지든 나빠지든 결과가 나타나야 정상이거늘… 그것이 왕노경을 두렵게 만들었다.

"한꺼번에 먹인다고 몇 배 효과가 나타나는 것도 아니고 약효가 지속되는 시간이 있으니까, 음… 한 번에 한 알씩, 하루에 두 번 이상 먹이지는 말게."

혹시 어떻게 될까 싶어 의원의 경고를 무시하고 지금 세 번째로 약을 갠 왕노충이었다.

"소 공자, 제발……."

애타게 불러봐야 없는 정신이 갑자기 돌아올까?

이전 두 번과 마찬가지로 왕노경은 강제로 입을 벌려야 했다. 입이 다물어지지 않도록 손가락을 끼운 다음 그 사이로 조심스레 약물을 흘려 넣었다.

태반이 도로 흘러나와 앞섶을 검게 물들였지만 그중에 일부는 식도를 타고 뱃속으로 들어갔다.

왕노경은 수건으로 앞섶을 닦아주고 침상 머리맡에 앉아 징후를 관찰했다.

여전히 변화는 없었다.

시간이 점점 흐를수록 초조하다 못해 입 안이 바짝바짝 마를 지경이었다. 반대로 움켜쥔 손아귀에는 흥건할 정도로 땀방울이 고였다.

'혹시?'

자신이 억지로 복용시킨 약물이 더 탈을 일으키지는 않았나 하는 생각이 들자 그는 겁이 덜컥 났다.

'안 되겠다. 의원을 직접 모셔오든가 해야지, 나로서는 도무지 방법이 없겠구나!'

왕노경은 힐끔 소운평을 응시하고는 재빨리 밖으로 달려나갔다.

그때까지도 소운평은 멍하니 앉아 있었다.

초점없이 뿌옇게 흐려진 눈, 약간 벌어진 입술 사이로 흐르는 침, 날이 밝을 무렵 홍사독에게 업혀 돌아온 뒤로 두 시진 가까이 그 모습 그대로였다.

설마 왕노경이 우려한 대로 영영 깨어나지 못하는 것은 아닐는지…….

일각, 이각… 시간은 점점 흘러갔다.

그러나 실내는 시간의 흐름에 전혀 영향을 받지 않는 세계인 양 무거운 침묵과 정지된 모습만을 보여주었다.

창문으로 새어드는 빛은 양을 더해가며 이동했다. 밀물이 육지로 밀려들듯 조금씩 움직이던 햇살은 이내 소운평의 어깨를 지나 얼굴을 비쳤다.

깜빡.

소운평의 눈이 한 번 감겼다 떠졌다.

햇빛을 받아 무의식적으로 반응한 줄 알았는데 그게 아니었다. 조금씩 검은자위와 흰자위가 분리되는가 싶더니 서서히 초점이 잡혀가기 시작했다.

그 순간, 소운평은 입을 틀어막고 밖으로 달려나갔다.

"우웨— 엑!"

걸쭉한 액체가 정원수를 더럽혔다.

"웩! 웨— 엑!"

토악질은 연이어 계속되었다. 왕노경이 먹인 약물을 포함해서 엊저녁에 먹은 음식물이 줄줄이 올라왔다. 속된 말로 누런 똥물이 올라올 때까지 이어졌다.

이윽고 토악질이 끝나자 맥이 풀려 버린 소운평은 그 자리에 쓰러지듯 주저앉았다.

외부로부터 자극을 받으면 인체는 스스로를 방어하고자 반응한다. 어떤 것은 의식을 통해서 이루어지고, 어떤 것은 자신이 의식하지 못하는 사이 신체 내부의 특수한 작용에 따라 움직인다. 의식과 무의식, 그 두 가지가 상호작용을 함으로 자극을 약화시키고 해소시켜 원래 상태로 돌아가게끔 만드는 것이다.

그것이 인체의 '정화 능력(淨化能力)'이다.

하지만 이런 자기 정화 능력으로도 감당하기 어려울 정도로 극도의 충격을 받으면 어떻게 될까?

육체는 사멸(死滅)할 것이고, 정신은 엄청난 고통을 회피하려 노력하게 된다. 말 그대로 현실에서 괴리(乖離)됨으로써 망각이란 탈출로를 선택하는 것이다.

소운평의 경우는 주화입마(走火入魔)와 비슷했다.

보통의 주화입마는 기경팔맥(奇經八脈)에 이상이 생기는 육체적인 것인 반면 소운평의 경우는 육체와는 무관한 정신적인 주화입마라고 할까?

평생 그 상태로 지내야 할 수도 있는 것을 운 좋게도 두 시진 만에 제정신으로 돌아왔지만 말이다.

한참을 멍하니 앉아 있던 소운평은 비척비척 일어나 방으로 들어갔다.

"젊은이, 좀 천천히 가세. 이러다 환자는커녕 내가 먼저 숨이 넘어가 겠네."

"조금만 참으시지요. 다 왔습니다."

콰장창!

요란스레 방문을 열어젖힌 왕노경은 못 볼 것을 본 사람처럼 뻣뻣하게 굳어졌다.

탁자 앞에 한 사람이 등을 보인 채 앉아 있었고, 그 앞에는 음식이 가득했다. 손놀림이 보이지 않을 정도로 게걸스럽게 닭고기를 먹다가 눈이 휘둥그레지는 사람은 다름 아닌 소운평이었다.

"어딜 갔다 왔기에 그렇게 땀을 흘려? 그리고 그 노인네는 또 누구고?

'땀? 그리고 노인네?'

어찌나 혼이 나갔던지 왕노경은 한참이 지난 후에야 그 이유를 떠올릴 수 있었다. 그리고 이유를 떠올린 뒤에는 처음보다 더욱 황당한 얼굴이 되었다.

"왜? 무슨 일이 있었어?"

소운평이 닭고기를 우물거리며 천연덕스럽게 물었다.

"좀 전에… 좀 전까지만 해도 분명……."

분명 기식(氣息)이 엄엄(奄奄)했었는데 어찌 된 노릇이냐는 소리일 게다.

'대충 넘어갈 것이지 뭘 물어?'

소운평은 입술을 삐죽거렸다. 뭔가 대꾸를 하긴 해야겠는데 충격 때문에 한동안 제정신이 아니었다는 사실을 제 입으로 말할 수는 없는 노릇이다.

"아, 그거? 난 좀 생각할 게 있으면 그렇게 되거든. 집중력이 워낙 뛰어나다 보니까 종종 그렇게 되곤 하지. 또 그런 일이 생겨도 걱정하지 말라구."

변명치고는 옹색하기 그지없었다.

왕노경도 땅이 꺼져라 한숨을 쉬며 애꿎은 바닥을 긁는 것이 전혀 믿지 않는 투였다.

그때였다. 간신히 숨을 돌린 노인이 다가왔다.

"젊은이, 대체 환자는 어디 있는 건가? 곧 숨이 넘어갈 것처럼 얘기를 하더니만, 설마 저기 저 먹성 좋은 젊은이가 그 사람은 아니겠고……."

노인은 소운평과 왕노경을 번갈아 응시하며 영문을 모르겠다는 얼굴이었다.

왕노경의 얼굴이 누렇게 변한 것은 당연했다.

산 너머 무슨무슨 촌(村)으로 긴히 왕진을 간다던 노인이었다. 그런 노인을 반납치하다시피 데려온 사람이 할 수 있는 말은 이것뿐이었다.

"노인장, 실로 죄송하게 됐습니다. 제가 잠시 실성을 했었나 봅니다."

여차하면 한 주먹 날릴 것처럼 길길이 화를 내던 노인은 은 열 냥을 받고 희색(喜色)이 만연하여 돌아갔다.

두 사람은 늦은 아침 식사를 즐겼고, 차를 들며 반 시진 정도 얘기를 나누다 왕노경도 거처로 돌아가자 소운평은 벌건 대낮부터 침상에 누웠다.

마음에 쏙 드는 비단 침의를 걸치고 그는 혈수에 대해 생각하는 중이었다.

혈수의 구결은 처음부터 끝까지 한 소절도 틀리지 않고 달달 외우는 형편이었다. 그렇다고 그가 특별히 노력한 것은 절대 아니었다. 연무종이 다섯 달 가까이 조석(朝夕)으로 노래하듯 들려주었으니 귀에 덮개가 생겨나지 않은 이상 당연한 일이었다.

'근데 왜 안 되는 걸까?'

소운평은 곰곰이 그 이유를 떠올려 보았다.

전에 위청후가 들려주었던 말 중에 해답이 있었다.

"구결을 깨우친다 해도 펼칠 수 없는 무공도 있네. 크게 두 가지로 생각할 수 있지. 하나는 초식 자체에 제약이 있는 경우로, 이것은 돌 계단을 오르는 것을 생각하면 쉽게 이해가 갈 걸세. 능력이 탁월한 이는 한 번에 서너 칸을 오르는 것도 가능하겠지만 평범한 이라면 전초(前招)를 깨우치기 전엔 후초(後招)를 펼칠 수 없다네. 두 번째는 내력(內力)의 부족을 들 수 있네. 내력이 일정한 수위에 달해야 비로소 펼칠 수 있다는 얘기지. 혈수가 단일 초식으로 이루어진 것으로 미루어 자네가 직면한 문제는 아무래도 내력의 부족에 기인한 것 같네."

모든 문제를 해결하는 길은 연무종이 불어 넣어준 일갑자(一甲子)가 넘는 내공, 사지(四肢)에 잠자고 있는 그 힘을 완벽하게 자신의 것으로 소화하는 데 있었다.

그러나 그 일이 말처럼 쉽지는 않았다. 틈나는 대로, 수시로 노력해 보았지만 번번이 허사였다.

언제처럼 주화입마에 들어 큰일—이번에 또 주화입마에 들면 연무종처럼 목숨을 버려가며 구해줄 사람이 없기에—을 치를까 적극적으로 달려들지는 않았지만, 전력을 기울인다 해도 성(成)보다는 패(敗) 쪽에 가까울 터였다.

솔직히 혈수를 펼칠 수 있다 해도 모든 것이 눈 녹듯이 해결되는 것도 아니었다.

'과연 내가 사람을 죽일 수 있을까?'

소운평은 스스로에게 물었다.

몇 번을 되물어보았지만 대답은 한결같았다.

종쾌의 일은 시작에 불과했다.

열? 오십? 백?

앞으로 얼마나 많은 사람들이 더 죽어 나갈지 지금으로써는 알 수 없는 일이었다. 최소한 자신이 생각한 숫자보다는 더 많을 것이다.

그 많은 사람들의 피를 손에 묻히고도 당당히 살아갈 수 있는 용기가 그에게는 없었다.

답답했다. 이렇게밖에 안 되는 자신의 여린 성격이 원망스러웠다. 사람을 개 잡듯 죽이고 눈 하나 깜짝하지 않는 안도의 잔인함이 부러울 지경이었다. 그렇다고 강 건너 불 구경하듯 손 놓고 있을 수만은 없었다.

어젯밤 같은 말도 안 되는 일에 끼어들지 않으려면 철저한 준비가 필요했다.

무엇보다 스스로 일을 주도해야 했다.

그러자면 우선 스스로의 능력을 알아야 했다.

그가 가진 것 중에 펼칠 수도 없는 혈수를 제외한다면 각기 한 가지씩의 신법(身法)과 보법, 그리고 권법(拳法)이 전부였다.

육합보(六合步)는 매맞는 것을 피하려고, 표풍행(飄風行)은 도망가는데 써먹으려고 나름대로 열심히 노력한 결과 웬만한 성취를 이루었지만 오수권(五獸拳)은 여태 지지부진을 면치 못해 내세울 만한 것이 못되었다. 그것조차도 성격 탓이었을 것이다.

피하거나 달아난다고 해서 해결되는 일이 아니기에 앞서 거론한 두 가지 역시 큰 도움을 주기는 어려웠다.

결국 그가 지닌 무공은 일말의 도움도 되지 않는 것이라 다른 방법을 찾아야 했다.

특별한 무엇이 필요했다.

아무리 얼기설기 얽힌 실타래도 끝을 찾아내면 결국에는 술술 풀리고, 난공불락(難攻不落)의 철옹성(鐵甕城)에도 쥐구멍은 있는 법이다.

뭔가 계기를 만드는 것이 중요했다.

'뭐가 있을까?'

채 머리를 굴리기도 전에 잠이 쏟아졌다. 그리고 한 사람이 뇌리에 떠올랐다. 지난밤 그로 하여금 생사지간(生死之間)을 헤매게 만든 자였다.

'안도, 이 죽일 놈!'

그 한마디를 뱉고 소운평은 코를 골기 시작했다.

*　　　　　*　　　　　*

"떠날 생각인가?"

곽연의 물음에 안도는 선뜻 대꾸할 수 없었다. 그는 탁자 위에 놓인 물건으로 시선을 돌렸다.

반쯤 풀어진 보자기에 담긴 물체는 종쾌의 목이었다. 사체(死體)가 된 지 이미 여러 시진이 지났는데도 진한 피비린내가 코를 찔렀다.

종쾌의 목을 벰으로써 모든 것은 마무리 지어졌다 여겨도 좋았다. 짐으로 남았던 멍에를 훌훌 털어버린 이상 이곳에 남을 이유는 없었다. 그의 동생—홍사독과 왕씨 형제—들은 이미 위청후의 식솔이 되기로 내정된지라 거리낄 일이 없다지만, 과연 자신은?

'돌아갈까?'

수로연맹을 떠올린 안도는 곧 고개를 저었다.

난감하기는 마찬가지였다. 그곳으로 간다 한들 상황이 나아질 일도 없을 뿐더러 이미 버림받은 곳에 고개를 수그리고 들어가기에는 자존심이 허락지 않았다.

이 순간 안도의 마음은 헝클어진 실타래처럼 한없이 꼬여가고 있었다.

곽연은 묵묵히 그를 주시하고 있었다.

이미 갑자(甲子)를 넘긴 나이였다. 살아온 세월만큼이나 숱한 사건을 겪었고, 여러 일들을 보아온 터였다. 그런 그에게 갓 마흔 줄에 접어든 사내의 속마음을 눈치 채는 섯쯤은 어려운 일이 아니있다.

역시 세월은 속이지 못한다!

그 말이 괜히 생겨난 것일 리 없듯…….

"떠나지 않을 구실을 찾는 것이라면 내가 약간의 도움을 주어도 괜찮겠는가?"

흠칫.

안도는 놀라 정신을 차렸다. 속내를 들킨 사람이 그러하듯 안도는 화를 내려 했다.

하지만 그렇게 하면 더욱 우스운 꼴이 될까 싶어 아무렇지 않은 듯 태연스레 앉아 있는 쪽을 택했다.

붉게 달아오른 얼굴… 자제하는 이유는 모르지만, 곽연은 안도의 상태를 짐작하고 있었다. 잠시 여유를 두어 상대가 마음을 진정시킬 수 있도록 배려한 뒤 곽연은 자신의 생각을 밝혔다.

"본 방은 여러 모로 많은 손실을 입었네. 이번 사건의 원흉인 진가를 주살하고 세(勢)를 되찾는다 해도 예전의 모습 그대로를 갖추기는 어렵다고 보네. 재물이야 뜬구름같이 허망한 것이겠지만 사람을 잃은 것은 돌이킬 수 없는 일이라 생각하네. 그래서……."

"그 말은 나를 고용하겠다는 소리로 들리오만!"

안도가 말을 잘랐다. 빤히 곽연을 응시하는 눈은 자신의 말에 대한 가부(可否)를 묻고 있었다.

"뭐라 여기든 그것은 중요하지 않네. 내가 할 수 있는 말은 아직 우리에게 자네가 필요하다는 정도겠지. 어찌 됐든 사실이 그러하니."

곽연은 군이 미래를 거론하지 않았다.

앞으로 치러야 할 일들은 그 누구도 목숨을 장담하기 어려운 험난한 길이 될 것이다. 이렇게 저렇게 대우를 하겠네 하는 그 따위 소리는 살아남는다는 조건 하에서 필요한 것이니만큼 무의미했다.

두 사람은 약속이라도 한 듯 침묵을 지켰다.

한 사람은 체면 따위를 버리고 솔직한 자신의 생각을 밝혔고, 다른 이는 갈등하고 있었다.

안도가 입을 연 것은 한참이 지나서였다.

"아직은… 잘 모르겠소."

그것이 가장 솔직한 대답이었다. 남아 있어야 할 뚜렷한 이유가 될 것은 아직까지는 없었다. 그나마 이유 같은 이유가 될 수 있는 것은 두 가지였다.

혈수를 보는 것!

그리고 한 사람에게 도움받은 것을 갚는 것!

어느 것을 앞세우게 될지는 모르지만……

곽연이 조용히 입을 열었다.

"천천히 생각해 보게, 시간은 넉넉하니까."

*　　　*　　　*

눈을 떴을 때는 이미 사위가 어두워진 밤이었다. 약간 열려진 창문으로 주객들의 시끌시끌한 소리가 들렸다. 이맘 때면 어김없이 들리는 소리인지라 대강 유시(酉時) 무렵이라는 사실을 알 수 있었다.

"아~으!"

소운평은 늘어져라 기지개를 켰다. 네 시진 가까이 내리 잔 터라 몸은 말할 수 없을 만큼 가뿐했다.

폴짝 침상에서 뛰어내려 탁자로 다가간 그는 유등에 불을 밝히고는 물을 따라 마셨다. 서늘한 기운이 식도를 타고 위장에 도달하는 느낌에 무지근하게 남아 있던 잠 기운은 깨끗이 달아나 버렸다.

'이 친구 방에 있나?'

소운평은 문을 열고 목만 삐죽 내민 채 왕노경의 거처를 살폈다.

불은 꺼져 있었다. 이 시간에 벌써 잠자리에 들었을 리는 없고, 자리에 없는 것이 분명했다.

'망할 놈! 나한테는 당분간 꼼짝 말고 방 안에 처박혀 있으라고 떠들

더니…….'

쾅!

소운평은 신경질적으로 문을 닫고 의자에 앉았다.

"에효~오! 비단옷에 호사를 누리면 뭐 하나. 내 맘대로 밖에 나다니지도 못하는 신세라니…….."

창살 없는 감옥이라 그러더니 딱 그 꼴이었다.

한동안 푸념을 늘어놓던 소운평은 방 안에 다른 사람이 있기라도 하듯 눈치를 살피며 일어났다.

'까짓 좀 나가면 어때? 설마 내 얼굴을 알아보는 놈이 있겠어?'

마음이 가면 몸은 자동으로 따라가는 법이다.

몸에는 황금색으로 번쩍이는 금의(錦衣)가 걸쳐지고 목에는 윤기가 흐르는 담비 가죽 영건(領巾:목도리)을 둘러지는 것은 두어 번 숨 쉴 짧은 시간 동안에 이루어졌다.

'폼 나는데?'

소운평은 어깨를 한번 추이고는 밖으로 나갔다.

정원을 지난 그는 후문 쪽으로 걸어갔다. 굳이 지저분한 후문을 택한 것은 혹시나 왕노경을 만나서 산통이 깨질까 염려했기 때문이었다.

소운평은 한 마리 뱀처럼 소리없이 후문을 나섰다.

"아니, 유 대인 아니십니까?"

막 문을 닫고 돌아서려는데 누군가 아는 체를 했다. 뜻밖에도 대류전장의 혁련광이었다. 어디서 제법 마셨는지 눈가에 붉은 기가 선명했다.

제28장

숫운때은 늘리고 원우승은 뿔걸이 노하다

1

"아니, 이곳엔 웬일이오?"

뜻밖인지라 소운평은 눈을 휘둥그레 떴다.

"저야 노상 바쁜 몸이지요. 오늘도 업무상 접대를 좀 하느라 늦었지요. 한데 대인이야말로 이 야심한 밤에 홀로 어쩐 일이십니까?"

"잠도 안 오고 해서… 요."

"허허! 적적하신 모양이군요? 집 생각에, 고향 생각에, 그래서 객지를 떠도는 일은 만만치 않은 법이지요."

너털웃음을 짓는 혁련광의 눈에 묘한 기운이 스쳤다. 한번 봐야 했는데 너 잘 만났다, 그런 눈치였다.

"무료하시면 저와 술 한잔하시겠습니까?"

"술? 그거 조……."

소운평이 황급히 입을 다물었기에 '좋지'라는 말은 끝내 완성되지 않았다.

신중하라고 거듭 다짐을 주던 왕노경의 말이 아니었어도 그는 충분히 느끼고 있었다. 나오는 도중에 대풍방의 무사들이 심심치 않게 이곳저곳을 들쑤시고 다닌다는 점원들의 두런거림을 들은지라 얼굴이 노출될 가능성이 많은 주루는 가급적 피하고 싶었다.

'어딜 갈까?'

막상 생각하자니 특별한 곳이 떠오르지 않았다. 그렇다고 주변 지리를 잘 아는 것도 아니고… 그런 와중에 저만치 찻집이 눈에 들어왔다.

"술은 그렇고… 차(茶)라면……."

"아, 그거 좋지요!"

술 먹은 놈이 차를 좋아할 리 없건만, 뜻밖에도 혁련광은 반색을 했다.

"차라면 제가 자주 들르는 곳이 한 군데 있지요. 예서 조금 멀기는 하지만 차 맛은 이 근방에서 비길 데가 없을 겝니다. 그럼 그곳으로 가시겠습니까?"

"까짓 그립시다."

소운평은 흔쾌히 고개를 끄덕였다.

"어떻습니까?"

혁련광이 집요하게 물어댔다. 벌써 다섯 번째라 이제는 지칠 법도 한데 참으로 끈질겼다.

'문래소(聞來所)' 란 독특한 현판이 걸린 이 찻집은 조금 먼 정도가 아니었다. 호계원 앞에서 출발한 두 사람이 이각 가까이 걸어서 도착할 정도로 멀었다.

야작자(野鵲子:까치)도 얼어죽는다는 이월 초였다. 밤이 깊은 데다 며칠 전 때 아닌 소나기까지 내린 뒤였으니 날씨가 추우리라는 것은 새삼 거론할 필요도 없었다. 옷깃을 세운 어깨를 잔뜩 움츠리고 입김을 불며 도착한 곳의 차 맛이 형편없어서는 안 될 것이다.

더군다나 중요한 고객에게 은연중 사죄키 위해 마련한 자리였다. 차 맛은 언제나 그랬듯 훌륭해야 했다.

꼭! 반드시! 어김없이!

그 많은 찻집을 뒤로하고 굳이 이곳을 고집한 혁련광의 생각은 그럴 수밖에 없었다.

"대인, 차가 일품이지요?"

또다시 묻는 혁련광의 눈초리는 애처로울 정도로 떨리고 있었다.

'저녁 식사로 못 먹을 걸 집어먹었나, 이 작자가 갑자기 왜 이래? 독(毒)이라도 탄 거야 뭐야?'

혁련광의 내심을 알 리 없는 소운평은 찻잔을 내리지도 않고 잔뜩 인상을 찡그렸다.

그러나 사실을 말하자면 차는 훌륭했다.

전에 동가장에 도착한 날 위청후가 손수 끓여준 그 맛에 비할 바는 아니었지만 그때를 제외하면 첫손에 꼽아도 모자람이 없었다.

특히 향기가 기 막혔다. 찻물을 삼킨 뒤에도 은은한 기운이 오래도록 남아 입속을 청아하게 만드는 것이 여간해서 접하기 어려운 명차(名茶)가 분명했다. 다도(茶道)의 다 자도 모르는 문외한이지만 그 정도는 충분히 느낄 수 있었다.

"차 맛이 좋군요. 아주 훌륭합니다."

"그것 참 다행이로군요."

혁련광의 얼굴에 곧바로 화색이 돌았다.

"이곳의 차는 천목산(天目山)에서 나는 천지와 용정만을 고집하는데, 주인이 직접 산지에까지 가서 고른 것들인지라 다른 곳에 비해 맛과 향이 월등히 뛰어난 편이지요. 대인께서 드신 것도 이곳에서만 맛볼 수 있는 것으로 최고급품에 속한다 할 수 있지요."

"허, 어쩐지 맛이 다르다 했더니."

뭘 알기나 하고 떠드는 것인지 소운평은 눈을 지그시 감고 차 맛에 취한 시늉을 했다.

그사이 혁련광은 자리에서 일어나 허리를 숙였다.

"전에는 제가 뜻하지 않은 결례를 범했습니다. 대인의 풍모로 너그러이 용서하시기를!"

웬만한 사람이라면 펄쩍 뛸 만큼의 과례(過禮)였다.

하지만 그가 이토록 태도를 바꾼 것에는 다 그럴 만한 이유가 있었다.

의심을 거두기는 했지만 매사에 철저한 그는 전장에 드나드는 인물 중에 남해 출신이나 그쪽 방면을 자주 왕래하는 자에게 넌지시 물어보았다.

그 결과 모든 것은 뚜렷한 사실이었다.

남해 유가는 장장 오 대에 걸친 거상 가문이라 했다. 아울러 당대 가주인 유원회는 시시각각 변하는 종잡을 수 없는 인물이라는 소리와 함께 항시 손수 거래를 주관해야 직성이 풀리는 진취적인 인물이라 시간을 쪼개 중원 천지를 누비는 부지런한 자라 했다.

그자는 유원회를 직접 본 적이 있는 터라 인상착의까지 세세히 말해주었는데 가히 틀리지 않은 모습이었다.

다소 차이는 있었지만 본디 사람의 외모란 것은 보는 이의 관점에 따라 약간씩은 달라지기 마련이니만큼 크게 신경 쓸 일이 아니었다. 중요한 것은 유원회가 실존 인물이며, 해마다 천문학적인 금액을 주무르는 인물이 눈앞에 있다는 것이었다.

혁련광이 알아낸 것은 엄연한 사실이었다.

유원회는 실존 인물이다. 남해상단의 우두머리로 남해를 통틀어 다섯 손가락 안에 드는 거상이 분명했고, 성격에 대한 설명도 오차는 없었다.

하지만 진짜 유원회는 상선을 타고 바다로 나간 지 벌써 두 달이 넘었다. 월남(越南)의 하내(河內:하노이)로 작심하고 떠났으니 적어도 일 년 내에는 돌아올 일이 없는 것이다. 아마 지금쯤이면 해남(海南)을 지나 검푸른 만경창파(萬頃蒼波)와 씨름하고 있을 터였다.

유원회는 왕노경의 작품이었다. 그가 사건에 말려 은신할 때면 가끔 써먹던 위장용 신분이었는데 철저한 사전 조사 후에 선택한 것이 아니라 운 좋게도 당사자가 해외로 나간 셈이었다.

혁련광은 '너 잘 만났다!'라는 생각을 갖게 한 것에 대해 거론할 모양인지 꽤 뜸을 들이다 입을 열었다.

"죄송한 말씀이지만 일전에 확인하신 예치금을 어찌하실지를 알 수 있을까요?"

"그건 어째서… 요?"

소운평은 조심스레 반하대를 했다.

신경이 무딘 것인지 의도적인 것인지는 몰라도 혁련광은 전혀 개의치 않는 듯했다.

"조만간 큰 거래가 있을지 모르기에 드린 말씀입니다. 그전에 대인께서 예탁금을 찾아가신다면 액수가 많이 모자라는지라 부득불 총단에서 대금을 가져와 지급을 해야 하기에 미리 준비를 해야 하기 때문이지요."

"큰 거래?"

"황금 팔만 냥이 오가는 큰 거래지요."

"팔만 냥이면 그래도 적은 돈이 아닌데, 어디서 그런 거래를 하지?"

바야흐로 완벽한 하대였다.

"대풍방입니다."

'대풍방?'

솔깃한 소리였다. 소운평은 귀를 쫑긋 세우고 이어질 말을 기다렸다.

"요즘 고급 기루가 불경기인데다 운영루를 재건하는 데 상당한 돈이 필요한가 봅니다. 총관이 직접 나서서 돈을 빌리러 왔더군요."

'이거 봐라? 그렇단 말이지?'

못내 아쉬워하는 혁련광을 떼어놓고 허둥지둥 호계원으로 돌아온 소운평은 은밀히 한 사람을 찾았다.

"불러 계십니까, 대인."

"암, 불렀으니까 네놈이 왔지, 알아서 왔으면 네놈이 도사(道士)가 됐지 이 짓이나 하고 있겠냐?"

"헤헤, 지당하신 말씀입니다."

점원 초칠(楚七)은 계면쩍게 웃으며 동조를 표했다. 그건 그렇고, 가끔 시중만 들었던 남해제일의 거상이라는 사람이 느닷없이 부른 이유가 몹시 궁금해졌다.

점원 주제에 대뜸 물어볼 수도 없는 노릇인지라 눈알만 굴리던 차에 고맙게도 상대가 고민을 해결해 주었다.

"네놈은 이곳 토박이지."

"그거야 그렇지요. 어미 뱃속을 차고 나온 이후부터 쭉 이곳에서 자랐지요. 재작년에 외조부께서 돌아가셨을 때를 제외하면 십구 년이 되도록 한 번도 소주를 벗어난 적이 없을 지경이니까요."

"내 그럴 줄 알았지."

소운평은 자신의 예상이 어긋나지 않았다는 생각에 더없이 즐거워졌다.

"내가 누구냐?"

"예?"

초칠은 설마 자신이 누구냐고 물어보는 사람이 있으리라고는 전혀 예상치 못했는지라 황당한 얼굴이 되었다.

"그야 유 대인이 아닙니까?"

"아니, 이름 말고 내가 하는 일이 뭐냔 말이다."

"듣기에는 장사를 크게 하신다고……."

초칠은 말꼬리를 흐렸다. 또 엉뚱한 대답을 했나 싶어 석성이 앞서는 모양이었다.

"이리 좀 올래?"

'헉!'

이제나저제나 대꾸만 기다리던 초칠은 기겁하도록 놀랐다. 이건 남녀 사이에서나 주고받을 만한 은근한 음성이요, 내용이 아닌가 말이다.

부자들의 성적 취향이 기기묘묘하다는 것은 점원 세계에 발을 들이면서 자연히 알게 된 일이었고, 손에 쥐여지는 누런 금덩이의 유혹을 뿌리치지 못해 몸을 버리는 이도 가끔 있다는 것도 알게 되었다.

하지만 초칠은 그럴 수 없었다. 내년 봄이면 혼례를 치를 몸으로 순결(?)을 더럽히고 싶지 않았다. 그건 아내 될 사람을 모독하는 처사였다.

초칠은 질끈 눈을 감고 부르짖었다.

"전 임자있는 몸입니다!"

"……?"

빠악!

어떤 놈 머리통에서 들리는 소리라는 것쯤은 눈 감고도 알 수 있을 것이다.

"멀쩡한 사람을 변태로 몰아! 너, 그렇게 죽고 싶냐? 말 나온 김에 아예 죽여주랴? 빨리 귀나 들이대!"

소운평이 버럭 소리를 지르는 상황이 되어서야 초칠은 자신이 곡해를 했음을 깨닫고 실소를 지었다. 그리고는 부리나케 귀를 가져다 댔다.

"속닥속닥……."

"아하— 예!"

"소곤소곤……."

"아하— 예!"

초칠이 '아하— 예!' 타령을 열두세 번을 외치고 나서야 귓속말은 끝이 났다.

"자, 이건 술 한잔 걸치라고 주는 거니까 그놈들 모으는 데 사용하도록!"

소운평은 열 냥은 됨직한 은덩이를 건넸다.

"아유~ 이렇게나 많이!"

"쓸 만한 것을 물어오면 별도로 두둑하게 챙겨줄 생각이란 것도 전하고. 그리고 절대 티를 내면 안 되는 것 정도는 알고 있겠지?"

"그건 기본 중의 기본이지요!"

초칠은 믿어달라는 듯 어깨를 으쓱했다.

'네놈 속을 내 모를까?'

소운평은 쭈욱 벌어져 귓가에 걸린 초칠의 입에서 그가 건넨 은 열 냥이 초칠의 호주머니 속으로 들어갈 것이란 사실을 잘 알았지만 굳이 탓하지 않았다.

누가 돈을 챙기든 그건 중요한 게 아니었다. 일단 돈이 뿌려진 이상 반드시 제 값어치를 할 것이고, 자신은 목적한 것을 이루게 될 것이 분명했다. 피 같은 은 열 냥을 소비한 것은 아까웠지만 투자한 것 이상으로 몇 배 이익을 남기면 그만이었다.

이어 소운평은 몇 가지 당부의 말을 건넸고, 초칠은 거듭 장담하며 자리에서 일어났다.

"아, 잠깐!"

소운평이 막 방을 나서려는 초칠을 불렀다.

"네놈 이름이 아무래도 마음에 걸려서 내 특별히 당부를 하는 것이니까 새겨들어. 만약에… 절대 그런 일은 없어야겠지만… 이리 가까이."

초칠이 쪼르르 다가와 귀를 내밀자 소운평은 제법 싸늘한 어조로 소곤거렸다.

"너, 이번 일에 초치(?)면 죽을 줄 알아!"

"예, 예, 대인!"

초칠은 거듭 허리를 숙이고는 실내를 나섰다. 문을 닫고 돌아서는 그의 어깨는 언제 좋아라 미소 지었냐는 듯 축 처진 모습이었다.

'젠장, 빨리 이름을 바꾸든가 해야지, 그놈의 '초칠 놈' 이란 소리는 아마 죽을 때까지 따라다닐 거야.'

초칠은 땅이 꺼져라 한숨을 쉬었다. 이름이 지저분한 자만이 가지는 슬픔이었다.

반면 소운평은 이렇게 중얼거렸다.

'나중에 딸을 낳으면 절대 초씨 성 가진 놈에겐 시집보내지 말아야지. 저놈도 한놀림받았겠지만 혹시나 여덟 번째를 낳으면 평생 '초 팔년' 아니면 '초 팔 놈' 이 되어 초나 팔아야 할 것 아니냔 말야.'

다음날 새벽부터 소운평의 처소에는 온갖 부류의 인간들이 드나들기 시작했다. 육십 먹은 노파에서 열두엇된 사내아이까지, 남녀노소가 주야(晝夜)를 가리지 않고 은밀히 드나들었다.

공통점이 있다면 자식이나 부모, 혹은 일가친척이 대륙전장이나 대풍방에 관계된 사람들이었다.

대체 무슨 까닭입니까?

우연히 이것을 목격한 왕노경이 줄기차게 물었지만 소운평은 일절 대꾸하지 않았다.

그렇게 반나절이 지나자 개미굴처럼 북적대던 사람들은 씻은 듯 자취를 감추었다. 그리고 오후가 되자 소운평은 홀로 대륙전장을 찾았다.

*　　　　*　　　　*

"일전에 차 한잔 얻어먹은 것도 있고 해서 답례를 할 겸 이걸 가져왔지!"

소운평은 대뜸 술 한 병을 내밀었다.

술을 취급하는 곳이라면 어디서나 손쉽게 구할 수 있는 싸구려 죽엽청(竹葉淸)이었다. '답례'라는 말에 전혀 어울리지 않는 어색한 순간이었다.

처소에 가면 그깟 죽엽청쯤은 비교도 안 될 만큼 널린 것이 고급 술이다. 솔직히 양에 찰 리 없었다.

하지만 혁련광은 더없이 기뻤다.

남해거상 유원회가 자신에게 얻어먹은 차 한잔을 잊지 않고 손수 답례까지 준비해 찾아왔다.

그 사실 하나만으로도 충분히 만족할 수 있었다. 아니, 환호성을 지르고 싶었다. 근묵자흑(近墨者黑)이라고, 돈이 많은 자를 가까이 하면 하다못해 콩고물이 떨어져도 큼직한 것이 떨어질 테니 말이다.

"허허, 이거 송구스럽습니다. 이리로."

혁련광은 기꺼이 자신의 자리를 양보했다.

"한데 어쩐 일로 이 누추한 곳까지 왕림하셨는지요?"

"어째 내가 못 올 데라도 온 것 같은데?"

"그럴 리 있겠습니까? 바쁘신 대인께서 이곳에 오실 정도면 여간한 일이 아니라 생각되어서……."

'귀신 같은 늙은이!'

상대가 대충 짐작하고 있으니 소운평은 뜸 들일 필요 없다고 생각했다.

"다른 게 아니라 이번에 교역량이 좀 늘어났거든. 돈이야 이곳에 있으니 별문제는 아닌데 거래처까지 운반하는 게 큰일이라서 말이야."

"그거라면 간단한 일이지요."

대륙전장에서는 금패 이상을 지닌 고객에 한해 표국(鏢局)의 업무를 대행해 주고 있었다. 약간 비싼 것이 흠이었지만 일정 요금을 내면 중원 어디까지라도 물건을 운반해 주었다. 물론 안전은 기본이었다. 혁련광이 간단한 일이라 말하는 것이 당연했다.

"하면 액수는 얼마나?"

"전부는 아니고 한 십만 냥 정도면 어떻게 될 것도 같은데? 참, 수수료는 얼마지?"

혁련광은 습관대로 산반(算盤:주판)을 잡았다.

"목적지가 어디지요?"

"작포(作浦)."

"십만 냥에… 작포까지라면……."

탁탁! 타다닥!

산반을 퉁기는 소리가 요란하게 울렸다.

"보통 금을 수송할 때의 수수료는 운반하는 거리와 액수에 따라 나뉘게 되는데, 이번 경우는 거리가 비교적 가까운 데 비해 다수의 인원이 필요한지라 최소로 잡아도 칠 리는 주셔야 할 듯싶습니다."

십만 냥의 수수료로 따지면 칠백 냥이다. 단순한 운반 요금치고는 상당한 금액이었다.

"비싸군."

소운평은 인상을 찡그렸다.

"부정하지 않겠습니다. 하지만 절반이 넘는 금액이 노임으로 사용될 테고, 관에 상납하는 등 부대 비용을 빼면 본 지부의 실질적인 이득은 거의 없다고 보아야 할 것입니다. 이만한 금액으로 안전을 보장받으실 수 있는 곳은 오로지 본 지부밖에는 없을 겝니다."

"안전만을 생각하면 그렇기는 하지만… 한 오백 냥쯤에 어떻게 안 될까?"

매년 천문학적인 액수를 다루는 거상이 푼돈이나 다름없을 이백 냥을 깎으려고 들어?

상인이니 흥정을 하는 것은 당연한 일로 생각될 수도 있겠지만 문제는 그 방법이었다. 진짜 유원회라면 어린아이처럼 보채지는 않았을 것이다.

하지만 혁련광은 그 사실을 눈치 채지 못했다. 머리 속은 이해득실을 따지느라 숨돌릴 여유도 없이 돌아가고 있었으니까.

"좋습니다. 그렇게 해드리지요. 운반 일자는 언제로 정하셨는지요?"

"거래 일자에 맞춰 보름쯤 후가 좋겠군."

"허, 좀 곤란하게 되었군요."

혁련광은 난색을 지었다.

"뭐야? 설마 운임을 더 달라는 소리는 아니겠지?"

"아닙니다, 가주! 설마 그럴 리가 있겠습니까? 황도로 가는 귀물을 운반하는 날이 겹친지라 도저히 인원을 충당할 수 없기에 드리는 말씀입니다."

'그럴 것이다. 미리 알아보고 왔으니!'

내심과는 달리 소운평은 하늘이 무너지기라도 한 듯 한숨을 쉬었다.

"허, 이를 어쩐다? 중요한 거래가 있어 날짜를 꼭 지켜야 하거늘… 이거 손해가 이만저만이 아닐 텐데……."

"이러면 어떨까요? 정 급하시면 금을 담보로 어음을 써드리지요. 본 전장의 신용이야 천하가 알아주는 것이니, 거래를 하시는 분도 충분히 이해를 하실……."

"시답잖은 소리!"

소운평은 버럭 고함을 질러 말을 잘랐다.

이 같은 언사는 대륙전장을 싸잡아 모욕하는 소리나 마찬가지였다. 내내 침착하기만 하던 혁련광의 얼굴이 새파랗게 질리는 것도 무리가 아니었다. 이쯤이면 거래고 뭐고 파장이 날 순간이었다.

하지만 소운평은 화를 삭이기는커녕 언성을 더 높였다.

"이번 물주는 서역(西域)의 상인인데 설마 대륙전장의 지점이 서역에도 있다는 소리야? 있으면 어디어디 붙어 있는지 한번 들어보자구!"

그제야 사태를 파악한 혁련광은 안색을 바꿨다.

"사정도 모르고 주제 넘는 말씀을 드렸군요. 그만 노기를 푸시지요."

"사정은 충분히 이해가 가지만 그렇다고 앉아서 수만 금을 날릴 수는 없지 않겠나? 운임은 더 들어도 상관없으니 혹시 주변에 적당한 곳이 없을까? 총관이 천거를 해주면 믿을 만한 곳일 테니까."

"글쎄요… 너무 갑작스런 말씀이라……."

말과는 달리 혁련광은 얼마 전 돈을 빌리고자 찾아왔던 원후승을 떠올리고 있었다.

'대풍방 정도라면…….'

소주에서 가장 든든한 세력을 가진 곳이니 운송을 맡겨도 걱정할 필요는 없을 것이다. 정 미덥지 않으면 노련한 표두로 서넛 딸려 보내는 것으로 족했다.

거래가 성사되는 것은 순전히 대풍방의 의사에 달려 있지만 총관이 직접 나서서 급전(急錢)을 융통할 정도라면 사소한 수고로 천 냥 단위로 금을 챙기는 일을 거절하지는 않을 터였다.

그것을 빌미로 원후승의 콧대를 꺾어줄 수 있고, 유원회의 신임까지 얻는 일이니 일석이조(一石二鳥), 아니, 자신이 얻을 이익까지 감안하면 일석삼조(一石三鳥)였다.

"한 군데가 있기는 한데……."

혁련광은 말끝을 흐리며 눈치를 살폈다. 소운평이 희색을 떠올리는 것을 보고서 나머지 말을 풀어놓았다.

"일이 제대로 풀릴지는 자신할 수 없겠군요. 일단 의사를 타진해 본 다음 대인께 연락을 드리지요. 여전히 호계원에 계시던가요?"

"여전히 그렇지!"

소운평은 힘차게 대꾸했다.

2

'연락이 올 때가 지났는데…….'

대류전장에서 돌아온 것이 거의 세 시진 전이다. 그동안 소운평은 식음을 전폐(?)하고 기다렸는데 준다던 연락은 종내 감감무소식이었다. 이제 반 시진 정도가 지나면 날이 바뀌게 될 터였다.

'에구, 이러다 내가 먼저 쓰러지겠다!'

뭐라도 먹을 생각으로 몸을 일으키는 순간, 밖에서 초칠의 음성이 들려왔다.

"대인, 죄송합니다만 잠시 나와주셔야겠습니다. 대류전장에서 사람이 도착했습니다."

'왔구나!'

소운평은 반색을 하면 달려나갔다.

하지만 잠시 후, 모습을 드러내는 그의 입술은 한 뼘은 튀어나와 있었다.

"자식이 말야! 잽싸게 튀어와서 말로 하면 되지 알아보지도 못하는 글줄을 써 보내?"

누구 놀리는 것도 아니고 말야.

'할 수 없지, 노경이한테 신세를 지는 수밖에. 어차피 그 녀석도 곧 알게 될 일이니까.'

소운평은 방을 나섰다.

"어쩐 일이십니까?"

왕노경은 침상에 누워 있다 서둘러 일어났다.

"읽어줘야 할 게 있어서."

소운평은 서찰을 내밀었다.

왕노경은 고개를 갸웃거렸지만 곧 소리 내어 서찰을 읽기 시작했다.

" '직접 찾아뵙고 고해야 옳겠지만 돌연 일이 생겨 부득불 서찰로 고하게 되었습니다. 삼가 송구스럽게 여기며 한 가지 기쁜 소식을 전해 드립니다. 의사를 전한 바, 명일 사시(巳時) 말에 본 전장에서 회합을 갖기로 했습니다. 그럼 그때 다시 뵙지요' 라 써 있고, 그 밑에 '대륙전장 소주지부 총관 혁련광' 이라 쓰였군요."

왕노경은 다소 굳은 얼굴로 서찰을 건넸다.

모종의 일이 벌어지는 것은 분명한데 소운평이 일언반구조차 알려주지 않아 기분이 상한 듯했다.

소운평은 피식 웃었다.

"애들도 아니고 뭘 그런 거 갖고 삐치고 그래? 다 말해 주면 되잖아."

"정말입니까?"

왕노경의 얼굴이 환히 밝아졌다.

밤새 왕노경의 방에는 불이 꺼지지 않았다.

*　　　　*　　　　*

"어서 오십시오, 유 대인."

혁련광은 문가에까지 달려나와 소운평을 맞아 상석(上席)으로 인도했다. 그에 비해 원후승은 자리에서 일어서는 것으로 간단히 예를 차렸다.

소운평을 중심으로 좌측엔 혁련광이, 우측엔 원후승이 자리했다. 그리고 왕노경은 자리에 앉는 대신 소운평의 뒤쪽에 조용히 시립했다.

"일전에 스치듯 뵈었으니 얼굴은 대강 아시겠지만 따지고 보면 초면이나 마찬가지지요. 이쪽은 대풍방의 원 총관이시고 이분은 남해상단의 총아이신 유 대인입니다. 두 분, 서로 인사를 나누시지요."

대뜸 상석을 내주는 짓거리를 벌이더니 이번에는 누구는 이쪽이고 누구는 이분?

전에 당한 일이 있었는지라 한소리 하고도 남을 만한 상황이었지만 원후승은 꾹꾹 눌러 참았다. 아무래도 아쉬운 놈이 참아야 하는 법이니까.

"원후승입니다. 혁련 총관의 말씀대로 대풍방의 총관 직을 맡고 있습니다."

"유원회란 장사꾼이오."

두 사람은 가볍게 인사를 주고받았다.

"하면 뒤의 분은?"

원후승이 자신을 가리키자 왕노경은 앞으로 나서며 정중히 허리를 숙였다.

"저는 왕 아무개로 일개 집사에 불과합니다. 이 자리에서 거론할 인물이 못 되지요."

"허허, 그렇군요. 불편할 텐데 이리 앉지 그러시오?"

"아니올시다. 이젠 숙달이 되어서인지 소인은 이게 더 편합니다. 총관께서 호의를 베풀어주신 것으로도 불초는 그저 감사드릴 따름이지요."

왕노경이 거절의 뜻을 비추자 원후승은 더 이상 권하지 않았다.

'종복(從僕)은 주인(主人)을 닮는다던데…….'

그 말이 믿을 게 못 된다는 사실을 원후승은 오늘에야 알았다. 그는 다시 한 번 왕노경을 살피고 이내 소운평에게 시선을 돌렸다.

"혁련 총관을 통해 그간의 사정은 알고 있습니다. 대인께서 목적지와 대금을 말씀해 주시면 답변은 이 자리에서 드리도록 하지요."

"작포(作浦)에서 배를 이용해야 하니 마땅히 그곳까지 가야 하지만 돌아갈 사람들의 여정을 감안하여 평호(平湖)까지 마중을 나갈 생각이오. 출발 일시는 보름 후요. 그리고 운임은 내 특별히 천 냥을 드리겠소."

소운평은 액수를 유독 강조했다.

평호까지는 대략 사흘 거리였다. 행렬을 이끄는 것을 감안해도 나흘 이상은 걸리지 않을 거리였다.

'나흘에 천 냥이라…….'

원후승에게는 횡재나 마찬가지였다. 그 정도 금액이면 유용하게 쓸 수 있는 액수였다. 상대가 혹시 마음을 바꿀까 싶어 그는 서둘러 쐐기를 박았다.

"좋습니다. 동의하지요."

"역시 화끈하구려."

소운평도 짐짓 기쁜 표정을 지었다.

"자, 일이 성사된 것 같으니 마무리를 지어야겠지요? 읽어보시고 서명을 부탁드립니다."

혁련광은 서류 한 장을 원후승에게 내밀었다.

계약서(契約書)였다. 지금까지 두 사람이 거론한 것들이 빼곡하게 적혀 있고, 문제가 생기면 배상한다는 등등의 내용이 적힌 보통의 계약서였다.

원후승이 별 거리끼는 기색 없이 서명하자 혁련광도 증인 자격으로 서명한 다음 소운평에게 건넸다.

"유 대인, 일이 원만하게 마무리되었으니 술이라도 한잔하시는 것이 어떻습니까?"

"내가 좀 바빠서 말이야. 거래 준비를 하려면 지금 당장 주산도로 떠나야 하고, 그것 말고도 이래저래 신경 써야 할 것이 많아서 곤란한데."

"허, 아쉽지만 다음으로 미루어야겠군요."

"일이 생기면 왕 집사를 보낼 테니 그렇게 알고 난 그만 가야겠군."

소운평은 서둘러 자리에서 일어났다.

"나리, 한푼만 보태주십쇼!"

사람이 나오는 기척을 느낀 거지는 언제나 그랬듯 애절한 목소리로 도움을 호소했다.

그는 구멍이 숭숭 뚫린 거적을 머리끝까지 뒤집어쓴 채 엎드려 있었다. 밖으로 나온 부분은 두 손뿐이었는데, 오른손은 손목 부근부터 예리하게 잘려 나간 모습이었다. 날이 더워서일 리는 없고 행인들의 측은지심을 유발하기 위한 자구책인 듯싶었다.

발걸음 소리가 근처에서 멈추자 거지는 몸을 웅크리며 더욱 간절한
목소리로 말했다.

"사흘을 굶었습니다요. 제발 도와주십시오, 나리!"

딸랑!

"고맙습니다요. 복 받으십시오."

인사를 하느라 거적이 흘러내리는 바람에 거지의 용모가 언뜻 드러
났다. 얼기설기 얽은 얼굴엔 땟물 자국이 선명했고, 주독이 오른 코끝
은 붉은 칠이라도 한 듯 붉었다.

한데 그는 뜻밖에도 유상이 아닌가!

소운평에게 농락당하고 손목이 잘려 쫓겨난 운영루의 곰보 유상임
이 분명했다.

"나리, 살펴 가……."

고개를 들고 재차 인사를 하던 유상은 흡사 귀신이라도 본 것 같은
얼굴이 되었다.

적선을 끝내고 막 등을 돌리는 두 사람은 대륙전장에서 나온 왕노경
과 소운평이었다. 두 사람은 금세 거리 아래로 사라졌다.

유상은 두 사람의 모습이 완전히 사라진 연후에도 한동안 눈을 떼지
못했다.

손목이 잘려 운영루를 나서던 그날 밤!

불바다가 된 운영루에서 살아남은 사람은 아무도 없다고 들었다. 며
칠 후에 그곳을 지나다 우연히 보았는데 완전히 재만 남아 있었다. 그
잿더미 속에서 사람이 살았으리라고는 자신을 포함한 그 누구도 믿지
못할 터였다.

'한데 저놈이 어째서…….'

멀쩡히 살아 있으며 본 적도 없는 고급 비단옷을 걸치고 수행원으로 보이는 자를 데리고 다닐 정도의 인물이 되어 있느냐는 소리일 게다.

'혹시 잘못 본 게 아닐까? 아냐, 그럴 리 없어. 그 원수 놈의 얼굴을 내 어찌 잊을쏘냐!'

놀란 가슴이 진정되자 유상은 무섭게 분노했다.

외팔이가 되어 쫓겨난 것이 누구의 농간인지 깨닫는 데는 오랜 시간이 걸리지 않았다. 자신이 불행을 당함으로써 이득을 얻을 자는 하나뿐이었으니까.

'이놈, 그날의 원한을 갚아주마! 내가 겪은 고난이 어떠했는지를 네 놈에게 반드시 알려주마!'

빠드득! 유상은 이를 갈았다. 그러자면 우선 놈에 대해 아는 것이 순서였다.

유상은 서둘러 일어나 대륙전장 쪽으로 다가갔다.

정문을 지키는 자는 두 명이었는데, 유상은 그들 중에 한 사내에게 물었다.

"여보시오! 좀 전에 나온 사람이 뉘시오?"

"가뜩이나 날씨도 추워죽겠는데 이젠 거지새끼까지 나타나 귀찮게 구는군! 일진도 참……."

질문을 받은 사내는 어이가 없다는 듯 중얼거리더니 느닷없이 발길질을 해댔다.

"억, 크억!"

유상은 맥없이 바닥을 굴렀다.

그 모습이 불쌍해 보였는지 다른 경비 무사가 넌지시 말을 건넸다.

"그분은 남해에서 오신 거상으로 유원회 유 대인란 분이시다. 본 장

의 귀한 손님이시니 행여 불손하게 굴었다가는 큰 곤욕을 치를 것이다!'

'유원회? 남해의 거상?'

이름이 다른 것은 둘째 치고 주루의 술 창고나 관리하던 까막눈이 반 년 만에 그렇게 변할 리는 없는 것이다.

'그렇지. 역시 내가 잘못 본 거였어!'

힘겹게 몸을 일으킨 유상은 옆구리를 부여안고 구걸하던 자리로 돌아왔다. 거적을 두르고 다시 숙달된(?) 자세를 잡은 유상이 발딱 몸을 일으키는 데는 불과 셋 세기도 어려운 짧은 시간이 걸렸다.

'아무래도 확인해 봐야겠어!'

유상은 서둘러 몸을 일으켰다.

허겁지겁 소운평의 자취를 쫓아 달려가는 그의 모습 뒤로 하나둘씩 빗방울이 떨어지기 시작했다.

봄이 멀지 않았음을 알리는 때 이른 비였다.

＊　　　＊　　　＊

"에… 그러니까 뭐냐… 면 자리를 만든 이유는… 그게 다 이유가 있어서인데, 그게 또……."

머리 속에 든 생각은 또렷했다. 처음부터 끝까지 일관성있고 설득력 있게 준비되어 있었다. 장작을 정(井) 자 형태로 쌓은 듯 흔들림없이 어떠한 질문의 소나기가 쏟아져도 웃으며 대답할 수 있도록 수십 수백 번 철저히 점검하고 이 자리에 섰다.

한데…….

얼굴은 왜 붉어지고 몸이 덜덜 떨리지?

게다가 혀란 놈은 왜 이렇게 꼬이느냐 말이야!

대체 왜?

무슨 억하심정으로…….

머리 속은 여전히 기름칠을 한 마차 바퀴마냥 팽글팽글 돌아갔다. 고심 끝에 짜낸 생각들이 어서 선보이게 해달라고 서로 아우성을 치는 판이다.

솔직히 누구는 그러고 싶지 않겠는가!

그간 숨겨온(?) 진면목을 고스란히 내보일 수 있는 절호의 기회를 누군들 놓치고 싶겠냐마는 시선만 맞받으면 몸이 굳어지고 혀는 쪽 들어가는데 어쩌란 말야. 그렇다고 먼 산 바라보고 떠들 수는 없는 일이 아닌가!

미치기 일보 직전!

한마디로 말하면 딱 그 꼴이었다. 석상에 서서 당당히 의견을 밝히던 위청후가 얼마나 대단한 심장의 소유자인지 소운평은 새삼 고개가 숙여질 지경이었다.

답답하기는 다른 이들도 마찬가지였다. 느닷없이 들이닥쳐 사람을 모으더니 반 각 가까이 '에'와 '그게'를 읊어대니 짜증이 솟는 것은 당연했다.

몇몇 사람들은 금세 몸을 일으킬 것처럼 보였다.

가장 대표적인 이는 역시 이환이었다. 위청후가 묵묵히 자리를 지키지 않았다면 누구보다 먼저 자리를 박차고 말았을 눈치였다.

"난 그만 가야겠군."

안도가 먼저 행동으로 옮겼다. 자리를 박찬 그는 망설이는 기색도 없이 움직였다.

"자리에 앉으시죠. 이런 자리에 익숙지 않아서 그러실 뿐 곧 중요한 말씀이 계실 겁니다."

왕노경이 재빨리 일어나 막아섰다.

안도의 눈초리에 삽시간에 새파랗게 변해가는 것을 보면서도 그는 조금도 두려운 기색이 없었다.

자고로 털어서 티끌 하나 안 나오는 어진 선비에게는 폭군도 함부로 못하는 법이다. 왕노경은 어진 선비가 아니고, 안도 역시 폭군은 아니었다.

하지만 안도는 그의 말대로 조용히 자리에 앉았다.

그러자 왕노경은 위청후에게 양해를 구하고 밖으로 나갔다. 잠시 후 다시 모습을 나타낸 그의 손에는 따끈하게 데워진 찻잔이 들려 있었다.

"이걸 드시면 좀 나아질 겁니다."

차와 함께 건네진 것은 얼마 전 사용하고 남은 청심환(淸心丸) 한 알이었다.

소운평은 허겁지겁 약을 복용했다. 시간이 얼마 지나지 않았는데도 불그레 혈색이 도는 것이 상당히 편안해진 모양이었다. 약효가 탁월해서인지, 아니면 효과가 있을 거라는 믿음 때문인지는 잘 모르겠지만.

"험, 허― 엄!"

소운평은 두어 번 헛기침으로 목을 점검했다. 두 번 다시 실수하지 않겠다는 투철한 의지가 엿보였다.

"에― 본론으로 들어가기 전에 우선 드릴 말씀은… 질문은 따로 받을 예정이니 도중에 말을 끊지 말아달라는 것입니다. 그리고 물잔이나 기타 여러가지 물건들을 던지는 몰지각한 행위는 가급적 자제를 부탁……."

"아하하하하― 큭큭큭!"

요란한 웃음소리가 소운평의 말을 잘랐다. 안도는 아랫배를 부여잡고 죽어라 어깨를 들썩였다. 고개를 드는 그의 눈에는 눈물이 흥건했다.

"이거 약장수가 따로 없구만! 타고난 자질 같은데 아예 발벗고 그 길로 나서는 게 어때?"

"형님!"

왕노경이 매섭게 추궁하자 안도는 더 이상 비아냥거리지는 않았지만 입가의 웃음기는 여전했다. 무시한다기보다는 꽤나 즐겁다는 눈치였다.

실내가 조용해지자 소운평은 품에서 옥패를 꺼냈다.

"이 물건이 십오만 냥짜리라는 사실은 다 아실 겁니다. 옥패와 여기 있는 여덟 명이 우리가 가진 전부라 할 수 있지요. 적은 수가 많고 우리는 적다. 그래서 싸움과는 다른 접근 방법을 생각해 보았습니다."

"싸움을 안 하면 무슨 방도가 있나? 가서 봐달라고 사정이라도 할 텐가?"

안도가 또다시 말을 끊었다.

'저 인간이 진짜……'

소운평은 한소리 하려다 생각을 바꿨다. 철저하게 무시하기로 생각한 것이다.

"제가 생각한 것 역시 종쾌를 상대한 것과 마찬가지로 간접적인 공격을 가하는 것입니다. 가재를 잡으려면 바닥이 보일 때까지 하나씩 돌을 들어내야 하듯 조금씩 타격을 주어 손발을 잘라 나가는 겁니다. 결국 남는 우두머리 몇몇만 상대하면 되니까 간단한 거 아닙니까? 뭐 장담하기는 어려워도 지금보다는 쉬워지겠죠."

모두의 눈에 기대감이 어렸다. 제법 일리가 있다고 받아들인 것인지 안도 역시 토를 달지 않았다.

"얼마 전에 제가 알아낸 바에 의하면 대풍방은 지금 자금이 달리는 형편이라……."

얘기가 이어질수록 실내는 조용해졌다.

처음 사람들의 눈에는 호기심만이 가득했다. 그러던 것이 점차 수긍하는 빛으로 바뀌고, 소운평이 말을 마쳤을 때는 경악으로 돌변했다.

사실 하늘이 놀라고 땅이 뒤집히는 기기묘묘(奇奇妙妙)한 계책은 아니었다. 다른 이들이 몰랐을 뿐이지 같은 상황에서 같은 정보가 주어진다면 누구나 떠올릴 수 있는 평범한 계획이었다.

하지만 사람들은 놀랄 수밖에 없었다.

그것은 처음부터 끝까지 계획을 주관한 이가 다름 아닌 소운평이란 것에 있었다. 늘 요리조리 빠져나갈 궁리만 해대던 나태한 인간이 보여주는 놀라운 모습에 그들은 하나같이 넋을 빼앗겼다.

느닷없이 뒤통수를 맞은 것이다.

사람들은 저마다 즐거운 비명을 질렀다. 특히 위청후는 더 더욱 그러했다.

의미가 부여되면 시간은 빠르게 흐르는 법이다.

보름!

짧다면 눈 한 번 돌리는 순간만큼 짧고, 길다면 한없이 지루할 보름이란 시간이 지났다. 소주(蘇州) 땅에 눈[雪]다운 눈 한번 흩뿌리지 않은 겨울은 그렇게 시간의 그늘 속으로 사라졌다.

그리고 삼월 십구일이 되었다.

3

“금(金)은 요청하신 대로 마차로 옮겼습니다. 여기 증서(證書)에 날인만 하시면 됩니다.”

혁련광이 두 장의 서류를 내밀었다.

왕노경은 내용을 살펴보는 기색도 없이 용두(龍頭)가 조각된 인장을 꺼내 주사를 듬뿍 묻혔다.

쿵! 쿵!

두 번 눌러 찍고 그만이었다. 주사를 닦아내고 인장을 갈무리할 뿐 여전히 증서에는 무관심했다.

혁련광은 제법 놀란 눈치였다.

“허허, 대단하십니다. 역시 대상(大商)은 아무나 하는 것이 아닌가 봅니다.”

“설마 그렇기야 하겠습니까? 귀 장의 신용을 믿는 것뿐이지요. 미리 말씀드렸듯 앞으로의 거래 대금은 모두 귀 장을 통해 움직일 텐데 이런 사소한 일 하나 믿지 못한다면 어찌 동반자가 될 수 있겠습니까?'

히히히힝!

갑자기 밖이 소란스러워지더니 말 울음소리가 요란하게 들려왔다.

"대풍방에서 온 것 같은데 서둘러야겠군요."

왕노경이 먼저 몸을 일으켰다.

두 사람은 두런두런 얘기를 나누며 실내를 벗어났다.

건물 앞에는 다섯 대의 마차가 일렬로 늘어서 있었는데, 마차 한 대당 두 명의 쟁자수(爭子手)가 붙어 마구를 점검하느라 부산을 떨고 있었다.

그 뒤로 서른 명이 넘는 청의무사들이 대오를 갖춘 채 운집해 있는 것이 눈에 들어왔다.

소주에서의 청의는 곧 대풍방의 무사임을 의미하는 표식과도 같았다. 아니나 다를까, 대오가 쫙 갈라지더니 다섯 필의 말이 나타났다.

원후승은 선두에 선 백마에 몸을 싣고 있었다. 흑마를 탄 다른 네 사람은 이번 운송을 실질적으로 담당한 자들 같았다. 눈빛이 형형(炯炯)하고 기도가 잘 갈무리된 것이 상당한 고수들로 보였다.

이윽고 왕노경을 발견한 원후승은 말을 몰아 다가왔다.

"왕 집사, 이거 본인이 약간 지체를 했소이다."

"늦기는 했지만 책망받을 정도는 아니니 허물이라 할 수는 없겠지요."

왕노경은 조용히 미소를 지었다.

"하핫, 그 말씀이 더 무섭게 들리오만."

원후승은 껄껄 웃더니 이내 말에서 내렸다.

"대충 준비가 끝난 듯하구려."

"그렇습니다."

"곧 출발하시는 게요?"

"그래야겠지요. 눈이라도 내린다면 일정에 차질이 생길 수 있으니 바삐 서둘러야지요."

두 사람만이 대화를 이어가자 멀뚱히 서 있어야 했던 혁련광이 불만을 토로했다.

"이거 서운하군요. 원 총관께서는 이 사람은 안중에도 없는 모양입니다."

"설마 그럴 리가 있겠소?"

원후승은 정색을 하곤 말을 이어갔다.

"이 원 모는 혁련 총관의 호의를 늘 가슴 깊이 새겨두고 있을 거외다."

"그 말씀 기억해 두지요."

"아무튼 다녀와서 한번 만납시다!"

두 사람은 의미있는 눈짓을 주고받았다. 오가는 말과 눈짓으로 미루어 혁련광은 이번 거래를 주선한 것으로 상당한 대가를 받게 되는 것 같았다.

그때였다. 마차가 늘어선 쪽에서 나이를 짐작키 어려운 털북숭이 사내가 뛰어왔다.

"모든 채비가 마무리되었습니다, 총관!"

"오, 그런가? 여기 원 총관은 구면일 테고 화주(貨主)이신 왕 집사께 인사를 드리게."

혁련광이 왕노경을 소개하자 털북숭이 사내는 절도있게 포권했다.

"이번 표행을 맡은 총표두(總鏢頭) 노종도(魯宗道)가 화주께 인사드립니다. 목적지까지 성심을 다해 안전하게 모시도록 하겠습니다!"

듬직한 덩치만큼이나 믿음을 주는 음성이었다.

올해 마흔하나인 노종도는 표행(鏢行)으로 잔뼈가 굵은 인물로 이 계통에서는 제법 알아주는 인물이었다. 원래 그는 닷새 뒤에 황도(皇都)로 가는 귀한 물건을 수행키로 되어 있었는데 갑작스레 일정을 바꿔 이번 일을 맡게 된 것이었다. 혁련광의 작은 배려였다.

"제반 준비는 모두 마쳤으니 곧 출발하실 수 있게끔 대오를 갖추겠습니다!"

노종도는 다시 한 번 포권하고 행렬로 돌아갔다.

그가 큰 소리로 외치자 마부들은 일제히 어자석에 올랐고, 쟁자수들은 제 위치를 잡았다. 그리고 말을 탄 두 사내가 각기 반대 방향으로 달려갔다.

펄럭—

행렬의 전후(前後)로 길이가 일 장에 달하는 깃발이 펼쳐지고 대륙전장을 상징하는 영물(靈物)인 금구(金龜)의 웅장한 모습이 드러났다.

표사들의 눈에 뭐라 형언할 수 없는 감정들이 피어 올랐다. 그 감정은 마부와 쟁자수들도 마찬가지였다.

다만 왕노경은 미덥지 못하다는 불안한 얼굴로 주위를 두리번거리고 있었다.

사실 원후승이 이끌고 온 자는 고작 서른다섯 명뿐이었다. 대륙전장에서도 표두(鏢頭)가 두 명에 표사(鏢士)가 이십, 나머지는 무공을 모르는 쟁자수들이었다.

'혹시 다른 사람이 더 있는 것은 아닐까?' 하는 생각이 드는 것은 당연했다. 물론 그렇게 생각한 배경에는 전혀 다른 뜻이 숨어 있었겠지만.

"총관, 이 인원이 다입니까?"

"하하! 미덥지 못하신 모양인데 그건 나중에 보시면 알게 될 겝니다."

혁련광은 전혀 개의치 말라는 얼굴이었다.

역시 한 점 우려의 기미도 보이지 않는 원후승을 힐끔 응시하고 왕노경은 말에 올랐다.

"표행(鏢行)이오!"

앞쪽의 표두가 금구기를 흩날리며 달려갔다. 동시에 노종도의 우수가 힘차게 전면을 가리켰다.

"출발!"

마차는 질서 정연하게 움직였다.

*　　　*　　　*

소주를 벗어난 이후의 행보는 더없이 순조로웠다.

팔십을 넘겨 구십에 육박하는 인원을 상대할 도적들이 인근에 없다는 사실도 그렇거니와 무리 전후에 대륙전장의 금구기(金龜旗)가 걸린 행렬을 습격할 만한 간담을 지닌 자는 없다고 여겨도 좋을 것이다.

원후승이 무리한 조건을 선뜻 수락한 것도, 겨우 서른다섯 명만 이끌고 호송에 참여한 것도, 혁련광이 무사안전(無事安全)을 호언장담한 것도 다 그런 이유에서였다.

그날 늦은 오후, 행렬은 소주에서 백여 리 이상 떨어진 숭림현(崇琳縣)을 지나고 있었다.

이곳은 유원회, 아니, 소운평이 마중 나오기로 한 평호(平湖)와는 이틀 반 정도의 거리로 전체적인 일정으로 보아 상당히 빠른 진전이었다.

그러나 마을을 지나쳐 호젓한 길로 들어서면서부터 사정이 달라졌다. 회안령(回雁嶺)이란 고갯길 때문이었다.

회안령은 말 그대로 '기러기가 돌아갈 정도로 높은 고개'를 의미했는데, 실제로는 어디서나 볼 수 있는 보통의 높이였다. 주변이 워낙 저지대인지라 느낌을 그대로 이름으로 사용한 탓인 듯했다. 그렇다 해도 평지에 길들여진 일행에게는 충분히 고역이었다.

가다 서다 지지부진을 면치 못하던 일행은 회안령의 두 번째 고비에서 드디어 발을 멈췄다.

이후부터는 더욱 험난한 고갯길인지라 이곳을 넘는 자들은 고개 아래서 허기를 면한 뒤에 길을 재촉하는 것이 보통이었고, 행렬도 필요성을 느꼈기 때문이었다.

쟁자수들은 서둘러 불을 피워 음식을 장만했고, 표사들과 무인들은 흙바닥에 앉아 교대로 식사를 했다. 원후승을 비롯한 네 흑의인과 왕노경, 그리고 노종도는 따로 마련한 장막 안에서 편히 식사를 했다.

점심도 저녁도 아닌 어정쩡한 식사를 마친 노종도가 행렬을 떠나 한적한 곳에서 바지춤을 까내릴 무렵, 어디선가 인기척이 들려왔다.

"호오― 이것이 어디로 사라진 걸까?"

목소리는 젊은이의 것이었다.

두리번거리는 차에 오 장쯤 떨어진 고목 그루터기에 주저앉아 푸념을 해대는 사내가 눈에 들어왔다.

'헛, 저 얼굴은……?'

노종도는 하마터면 소피를 발등에 부을 뻔했다.

알록달록한 옷을 걸치고 얼굴에는 온통 붉은 물감을 발라 사내인지 계집인지도 구분할 수 없는 자였다. 경극에 등장하는 인물이라 여기면 정확할 터였다. 사내라 넘겨짚은 것도 목소리 때문이었다.

이쯤이면 호기심이 생기는 것이 당연했다.

부르르 진저리를 치며 뒷처리를 마친 노종도는 본격적으로 사내의 말에 귀를 기울였다.

"이 망할 놈이 대체 어디로 도망갔단 말인가? 잡히면 그 순간 부로 반쯤 죽는 줄 알아라!"

사내는 뭔가 잃어버린 것 같았다. '이것'에서 '이 망할 놈'으로 표현이 바뀐 것으로 미루어 살아 있는 생명체, 혹시 사람일 수도 있을 것이다.

그제야 사내의 손에 가죽 끈이 들린 것이 보였다.

'아하, 이 사람은 무슨 짐승을 사서 재를 넘다가 잃어버린 것이로구나.'

노종도는 그렇게 여기고 등을 돌렸다.

"아, 곧 날이 저물 텐데 이놈을 어디서 찾는단 말이냐? 전 재산을 털어 마련한 놈인데……."

심금을 울리는 탄식에 이어 처량한 독백이 들려왔다.

"이제 꼼짝없이 죽은 목숨이로구나. 밥벌이가 끊겼으니 굶어죽고, 날이 추우니 얼어죽는구나."

노종도는 턱살이 보이지 않을 정도로 빽빽한 수염 개수만큼이나 정이 많은 사람이었다. 지나가는 개가 다리를 절어도 서너 번 돌아보며 혀를 차는 사람이 그였다. 하물며 사람이 죽는다는데, 굶어서 얼어죽는다는데 나 몰라라 갈 길을 갈 사람은 아니었다.

그는 덩치에 어울리게 성큼성큼 걸어가 사내의 어깨를 슬며시 건드렸다.

"이보시오!"

정신을 놓고 있던 사내는 이 산중에 누굴까 하는 얼굴로 올려보다 노종도와 눈이 마주치자 화들짝 놀랐다. 그것도 잠시, 사내는 곧 고개를 떨궜다.

"난 한푼도 없소."

"난 도둑이 아니오. 당신이 중얼거리는 소리를 듣고 도와주러 온 사람이니 안심하시오."

노종도는 쓴웃음을 지으며 변명을 했다. 한편, 내내 궁금했던 '이 망할 놈' 의 정체를 물었다.

"형장은 대체 무얼 잃어버린 거요? 듣자니 무척 중요한 것 같던데."

"원숭이요!"

불쑥 내뱉고 사내는 또다시 고개를 떨궜다. 그러다가 무슨 생각이 떠올랐는지 펄쩍 뛰어 일어났다.

"혹시 내 원숭이를 못 보았소? 누가 보아도 금방 알아볼 수 있는 특징을 가진 놈인데."

"그 특징이 뭐요?"

"이놈이 어찌나 교활한지 곧잘 사람 말을 하는 데다 냄새까지 기가 막히게 맡는 놈이오. 그중에서 특히 금덩이 냄새를 잘 맡아 반 마장 안에 금덩이가 있으면 귀신같이 알아낸다오."

사람 말을 하고 금 냄새를 맡는 원숭이?

전 중원을 죄다 돌아다니다시피 한 노종도로서도 금시초문인 놀라운 얘기였다.

'금덩이에서 무슨 냄새가……?'

노종도가 고개를 갸웃하는 사이, 사내는 그제야 마차 행렬을 발견하고 나는 듯이 달려갔다.

"이 배신자 원숭이 놈아, 빨리 나오지 못해! 셋 셀 동안에 나오지 않으면 나중에 껍질을 벗겨주겠다!"

사내는 고래고래 고함을 질렀다. 비쩍 마른 몸에 무슨 힘이 있어 그리 큰 소리가 나는 것인지 메아리가 되어 산중이 떠나갈 듯했다.

하나둘 쟁자수들이 모여들었다. 그들은 느닷없이 나타나 소리를 질러대는 사내를 가리키며 두런거렸다.

'저 작자가……'

노종도는 인상을 찡그렸다.

더 이상 시끄러워지면 장막 안의 사람들에게 알려질 것이고, 별것 아닌 일에 끼어들어 소란을 일으킨 자신은 질책 아닌 질책을 받게 될 터였다. 그는 훌쩍 몸을 날려 사내를 막아섰다.

"이곳에 원숭이는 없소! 당신은 마땅히 다른 곳을 찾아보는 것이 좋을 거요."

"그걸 어떻게 단정할 수 있소?"

되묻는 사내의 눈초리에 의구심이 가득했다.

갑자기 태도가 돌변하다니… 혹시 당신이 내 원숭이를 챙기고 오리발을 내미는 게 아니오?

그렇게 다그치는 듯한 눈초리를 대하자 노종도는 황당하기 그지없었다.

"그 따위 원숭이 한 마리를 훔쳐 무엇에 쓰겠소? 선량한 사람을 함

부로 의심하는 것은 열화지옥(熱火地獄)에 떨어질 커다란 죄악(罪惡)이
란 말이오."

하지만 한번 의구심을 떠올린 사내는 여전히 인정치 못하겠다는 눈
치였다.

일이 이렇게 꼬이자 노종도는 난감했다. 오래 머물 곳이 아니라 곤
란하기는 했지만 행여 원숭이 도둑이란 오점(汚點)을 남긴 채 떠날 수
는 없는 노릇이었다.

"좋소! 생김새를 말해 주면 수하들을 시켜 이 근방을 찾아보도록 하
겠소."

그제야 사내의 얼굴이 밝아졌다.

"저 사람과 꼭 닮았소."

사내는 생각할 것도 없다는 듯 한 사람을 지목했는데, 손끝과 일직
선상에 놓인 사람은 원후숭이었다.

때마침 소란이 이는 곳을 응시하고 있던 원후숭은 기괴한 행색을 한
자가 자신을 가리키는 것을 의식하고 몸을 솟구쳐 장내로 내려섰다.

"노 총표두, 무슨 일이오?"

"별일 아닙니다. 이자가 무얼 잃어버렸다고 하기에 잠시 얘기를 주
고받던 중이었습니다."

그때였다. 사내가 원후숭을 힐끔 보고는 중얼거렸다.

"호오— 생김새만 닮은 줄 알았더니 말투도 똑같구나. 한 배서 나온
것이 아닐진대 어찌 이렇게 닮았을까? 마치 형제라 여겨도 좋을 것 같
은데?"

순간 노종도의 얼굴이 시커멓게 물들었다.

그가 들었을 정도이니 원후숭이 못 들을 리 없었다. 그저 의아한 기

색만 떠올리는 것은 전후 사정을 전혀 모르기 때문일 것이다.

이윽고 원후승의 시선이 사내에게 꽂혔다.

"무엇을 잃어버렸다는 것이냐?"

"원숭이 한 마리요."

"원숭이?"

되묻는 원후승의 얼굴이 기괴하게 일그러졌다.

사내가 중얼거렸던 소리와 자신과의 어떤 상관 관계를 떠올린 눈치였다. 화를 내자니 심증(心證)에 불과하고, 그렇다고 모른 척하자니 괘씸하고, 내심이 이러하니 나오는 소리가 부드러울 리 없었다.

"이곳은 너 같은 비천한 작자가 소란을 일으킬 곳이 아니다. 썩 사라지거라!"

"내 원숭이를 찾으면 가지 말라고 애원해도 갈 거요. 그리고 회안령은 개인 소유가 아닌 곳일진대 떠나라 마라 강요하는 것은 너무 심한 것 아니오?"

상대가 두려워하는 기색은커녕 오히려 한술 더 떠서 훈계까지 하자 원후승은 분기(憤氣)를 느꼈다.

하지만 그는 참았다. 꼴을 보아 원숭이를 이용해 먹고 사는 재주꾼이 분명할진대 그 따위 것들에게까지 일일이 감정을 드러낸다면 체면을 깎아먹는 것이 아닌가 말이다. 물론 주변에서 바라보는 눈들이 없다면 상황은 확연히 달라지게 될 테지만.

"그건 그렇구나. 하면 그 원숭이가 어떻게 생겼더냐? 생김새를 알아야 보아도 알아볼 것 아니냐."

"그건 말이오."

사내는 히죽 웃고는 말을 이어갔다.

"키는 당신처럼 작고 못생긴 데다 입술도… 당신을 많이 닮은 것 같소. 게다가 걸음걸이와 목소리도 닮았으니, 어허! 꼭 당신처럼 생겼소그려."

"이놈, 무슨 헛소리냐!"

원후승은 불같이 노했다.

그제야 좀 전에 사내가 중얼거렸던 '형제라 여겨도 좋을 듯싶은데?'란 말의 의미를 깨닫게 된 것이다. 졸지에 원숭이와 형제지간(?)이 된 셈이었다.

사람이 원숭이를 닮아야 얼마나 닮겠는가?

상대가 자신을 놀린다고 볼 수밖에 없는 상황이었다.

사태를 알아챈 쟁자수들 몇몇이 소리 죽여 웃자 원후승은 귀에서 연기가 솟구칠 지경이었다.

하지만 그의 머리 속은 여전히 '근엄'과 '체모'를 외치고 있었다.

"무릇 길흉화복(吉凶禍福)은 스스로 초래하는 법이다. 네놈의 경망스러운 주둥이를 처벌하지 않는다면 언제고 더 큰 위험을 불러들일 터, 따끔한 징계를 내린다 해서 원망하는 일은 없어야 할 것이다!"

준엄한 꾸짖음 후에 원후승은 우수를 휘둘렀다.

주먹을 쥔 것도 아니고 손바닥이 활짝 펼친 채 날아갔다. 말 그대로 입을 쳐 징계만을 할 생각인 듯했고, 모두의 눈에도 그렇게 비춰졌다.

그러나 손바닥에는 수백 근의 거력(巨力)이 담겨 있었다. 무공을 모르는 한낱 재주꾼이 감당할 능력이 있을 리 없으니 머리통이 박살나는 것은 불을 보듯 뻔했다. 실로 악독한 처사였다.

'이놈, 네놈 주둥이를 원망해라!'

원후승은 상대가 피를 뿌리며 쓰러질 것을 확신했다.

그러나 세상사는 생각만으로 이루어지는 것은 아니다. 종종 뜻하지 않은 복병을 만나기도 하는 것이다.

막 손바닥이 사내의 얼굴에 작렬할 순간!

돌연 사내의 몸이 고무줄처럼 쭈욱 늘어나는가 싶더니 일 장 밖으로 밀려나는 것이었다. 그것만으로도 화가 치밀 지경인데 사내는 고래고 래 고함을 지르며 원후승의 심화를 부추겼다.

"원숭이 닮은 놈이 사람 잡는다!"

여기저기서 와— 하는 웃음소리가 터졌다.

"이놈, 무공을 지녔구나!"

해연히 놀라는 태도를 보였지만 원후승은 내심 좋아라 미소짓고 있 었다.

드러내 놓고 손을 쓰지 못하는 이유가 되었던 일반인이라는 제약이 사라진 이상 그가 본격적으로 나서서 추궁한다 해도 아무런 허물이 되 지 않는 것이다.

쨍!

스스로 절세보검(絕世寶劍)임을 드러내기라도 하려는 것인지 정점을 한참이나 지난 시간임에도 불구하고 검은 눈부시게 빛을 반사시켰다.

이 척 팔 촌의 쇠붙이에는 잡은 자의 감정이 고스란히 실려 있었다. 그것은 살기였다.

"목 위의 물건을 떼어주마!"

원후승은 득달같이 달려들어 손을 뿌려댔다.

서릿발 같은 검광이 줄기줄기 뿜어지는 가운데 검극은 수십 차례 변 화를 일으키며 사내의 목덜미로 날아갔다. 눈이 어지러울 정도로 현란 한 수법이었다.

하지만 사내는 검초가 이르기도 전에 훌쩍 몸을 날려 사정권을 벗어났다. 그리고는 한다는 소리가…….

"이 배신자 원숭이 놈아, 네놈을 닮은 자가 주인을 죽이려드는구나. 빨리 나타나 말려다오.!"

"이, 이……!"

생김새와 이름이 주는 느낌 때문에 어릴 적에 놀림의 대상이었던지라 원숭이의 '원' 자만 들어도 사지가 떨리는 원후승이었다. 말끝마다 과거의 아픔을 들쑤시는 언행을 일삼는 사내의 행위는 그로 하여금 이성을 잃게 만들기에 충분했다.

"개 같은 놈, 사지를 찢어주겠다!"

급기야 원후승의 눈이 휙 돌아갔다. 검초에는 노골적인 살기가 실렸다.

그러나 번번이 상황은 달라지지 않았다.

검을 뿌려댈 기미만 보이면 상대가 사정권 밖으로 훌쩍 달아나니 아무리 예리한 검과 충분한 실력을 가졌어도 결과를 이끌어내지 못하는 것이다. 더군다나 원후승은 신법에 조예가 깊지 못했다.

고장난명(孤掌難鳴)이라 했듯 피하려고 작심한 상대와는 싸움 자체가 성립될 수 없는 것이다.

상대가 그럴수록 원후승은 선불 맞은 황소처럼 달려들었고, 사내는 능숙한 소몰이꾼처럼 원후승의 공격을 피하며 약을 올려댔다.

하지만 원후승은 모르고 있었다. 사내가 그를 끌고 조금씩 행렬에서 멀어지고 있다는 사실을. 어쩌면 뻔히 알고 있으면서도 신경 쓰지 않는 것일지도 몰랐다. 그렇게 여겨도 좋을 만큼 사내의 입심은 대단했다.

이리 뛰고 저리 뛰고, 쫓고 쫓기는 추격전은 이각이 넘는 지금까지 지속되는 중이었다. 그사이 원후승은 행렬에서 십여 장 떨어진 곳까지 이동해 있었다.

"사내라면 정정당당히 겨루자!"

거칠게 숨을 몰아쉬며 원후승은 백기(白旗)라고 여겨도 좋을 선언을 했다.

그때였다. 장막 안의 네 흑의인이 쟁자수들을 헤치며 장내로 달려왔다. 원래 그들은 왕노경을 보호하라는 명을 받은 터라 줄곧 자리를 벗어나지 못하고 있었는데 상황이 여의치 않아 보이자 부득불 나선 것이다.

"원숭이 놈이 제 힘이 부치니까 이젠 부하들까지 내세우는구나. 못된 원숭이!"

사내는 악을 쓰더니 곧장 산속으로 달아났다.

"이놈, 거기 서라!"

원후승은 앞뒤 잴 것도 없이 사내를 쫓았다.

네 흑의인이 달려와 본 것은 사내를 쫓아 산속으로 사라진 원후승의 등뿐이었다.

그러자 한 사내가 나섰다. 사십 대 후반쯤으로 머리가 반쯤 벗겨진 사내였다.

"둘째와 셋째는 노 총표두를 도와 이곳을 지켜라. 아무래도 느낌이 좋지 않다. 주변을 철저히 경계하도록!"

"알겠습니다, 대형!"

이윽고 대머리 사내는 다른 사내에게 눈짓을 했다. 두 사람은 원후승이 사라진 곳을 향해 질풍처럼 달려갔다.

제29장

원흉 속은 거듭 땅을 치고 위험은 예상치 못한 곳에서 다가온다

1

"이놈, 어디로 숨은 거냐! 썩 나와라!"

원후승은 미치기 일보 직전이었다. 절벽을 돌아서자마자 이각 가까이 추격하던 '때려죽여도 시원찮을 놈'이 감쪽같이 사라진 것이다.

서거걱!

아름드리 고목(古木)이 뭉텅 잘려 나갔다.

"나와라, 나와!"

수령이 백여 년은 된 고목들 수십 그루가 잇달아 수난을 당했다. 잘린 나무들은 이리저리 엉켜 쓰러졌다. 흙먼지가 자욱히 일고 바위가 날았다.

원후승은 광태(狂態)에 가까운 모습을 보이고 있었다.

인기척이 인 것은 그 순간이었다. 전신을 흑의로 감싸고 얼굴 또한 같은 색 복면으로 가린 자였다.

"너는 꼭 한 시진 동안 이곳에 있어야 한다!"

복면인의 입에서 나직한 음성이 흘러나왔다. 목소리에는 꼭 그렇게 돼야만 한다는 의지가 가득했다.

처음 원후승은 상대의 말을 이해할 수 없었다. 이 자리에 있을 이유도 없을 뿐더러 더군다나 꼭 한 시진을 채워야 한다니… 그 또한 알 수 없었다.

"내가 왜 그 따위 말을 들어야……."

무심코 반문하던 그는 황급히 말을 잘랐다.

한 시진 동안 자신과 두 명의 수하를 대열에서 떼어놓으려는 의도가 무엇일까?

이유를 떠올리는 것은 어렵지 않았다. 바보가 아닌 이상 누구나 알 수 있는 기초적인 상식이었다. 원후승은 절대 바보가 아니었다.

"감히 대풍방과 대륙전장이 호송하는 금을 탈취할 생각을 하다니, 간(肝)이 부어 배 밖으로 나왔구나! 혼자서 우리를 막을 수 있다고 여겼나?"

원후승은 가소롭다는 듯 피식 웃었다.

스윽!

일그러진 입매가 제자리로 돌아오기도 전에 장내에는 한 사람이 더 모습을 드러냈다. 복면인과 같은 복장을 한 자였다. 차이가 있다면 나중에 나타난 자가 한 뼘 정도 키가 크다는 것이었다.

"둘? 그래도 변하는 건 없다!"

원후승은 한껏 여유를 부렸다. 분을 이기지 못해 뜻하지 않게 우를 범했지만 그에게는 만회할 자신이 있었고 그에 어울리는 능력도 있었다.

휘류류—

나중에 나타난 복면인의 우수가 허리춤을 더듬는가 싶더니 어느새 뿌연 유백색의 검신이 드러났다.

'연검(軟劍)?'

원후승의 눈빛이 거세게 흔들렸다.

연검은 수발이 까다로워 강한 위력을 지니고 있음에도 사용하는 자가 많지 않았다.

이것을 뒤집어 생각하면 상대가 연검을 주 무기로 사용할 만큼 충분히 강하다는 사실의 증거였다.

하지만 그가 놀란 것은 상대가 강할 것이라는 막연한 생각 때문만은 아니었다. 연검은 한 사람을 떠올리기에 충분했다.

상대가 어줍잖은 도적에 불과하다면 대강 상대할 수도 있는 노릇이지만, 만약… 만약 기억 속의 '그'가 분명하다면 생사(生死)를 갈라야 했다.

'그인가?'

원후승은 상대를 세세히 살폈다.

키는 육 척이나 그보다 약간 더 큰 정도?

훤칠하게 큰 키에 비해 팔다리가 유난히 가늘고 길었다. 아마도 연검이라는 특수한 병기를 사용하는 것과 관계가 있을 듯싶었다. 뻥 뚫린 검은 공간 사이로 흘러나오는 눈빛은 투명하도록 맑았다.

알아낸 것은 그게 다였다. 두툼한 흑의를 걸친 데다 복면으로 얼굴을 가린지라 아무리 안력(眼力)이 좋아도 그것을 뚫고 진면목을 살피는 일은 불가능했다.

'일단 겨루어보면 드러나겠지!'

촤앙!

원후승은 소리나게 검을 뽑았다.

그때였다. 옷자락이 날리는 소리가 나며 두 흑의인이 절벽 위에서 떨어져 내렸다.

"오! 너희가 왔구나!"

원후승은 반색을 했다.

비호사살(飛虎四殺)이라 불리는 자들 중에 첫째와 넷째가 합세한다면 이미 싸움은 승리에 가까웠다. 그는 내심 필승(必勝)을 자신했다.

"최대한 빨리 처리하고 호송 대열로 돌아간다!"

말이 끝나는 것과 동시에 그는 몸을 날려 '그'로 의심되는 인물을 향해 달려들었다.

평소의 원후승답지 않게 서두르고 있었다.

＊   ＊   ＊

사내는 혈전(血戰)이 이는 곳으로 기어가는 중이었다.

바위는 혈전장에서 대략 십여 장 떨어진 위치였는데, 사내는 여간 조심스러운 게 아니었다. 바닥에 배를 깔고 납작 엎드려 기어가는 모습은 먹이를 노리는 한 마리 고양이처럼 신중하기 그지없었다.

이윽고 사내는 무사히 바위에 도착했다.

사내의 얼굴은 여전히 붉게 칠해진 상태였는데, 조금 전 꽤나 긴장을 한 탓에 땀이 흐른 자국이 선명했다. 그것이 거추장스러웠는지 사내는 소매로 얼굴을 문질렀다.

드러난 얼굴의 주인은 소운평이 아닌가!

사실 원후승을 유인하는 일을 자청한 것은 표풍영이란 걸출한 신법을 믿은 탓도 있었지만 궁극적으론 싸움에 끼지 않아도 된다는 사실을 노린 것이었다.

계획대로라면 자신도 혈전장에 끼어야 옳았다.

그러나 피를 보기는커녕 상대의 눈을 마주 볼 자신도 없는지라 몰래 숨어 지켜보다 일이 마무리되는 즈음에서 나서려는 얄팍한 생각에 몸을 감춘 것이다. 군이 위험을 감수하면서까지 바위까지 기어간 것은 좀 더 자세히 보기 위한 방편이었다.

'불 구경', '계집 구경'과 더불어 그가 세 손가락에 꼽는 재미가 바로 '싸움 구경'이니까.

전장이 눈에 훤히 들어오는 곳까지 다가가기는 했지만 막상 소운평은 구경은 뒷전이었다.

아직도 원후승의 살기 찬 음성이 들리기라도 하는지 내심 가슴을 쓸고 있었다. 눈앞에서 보란 듯 약을 올려대던 그 사람이 맞는지 의구심이 일 정도였다.

하기야 좀 전의 상황을 돌아보면 누가 보아도 평소의 소운평을 떠올리지는 못할 것이었다.

이것은 얼굴을 가린 효과 때문이었다. 복면을 한 도둑이 평소보다 담대해지듯 소운평 역시 자신이 드러나지 않는 상황이 되자 그가 가지고 있는 능력이 십분 발휘되어 마치 다른 사람처럼 보였던 것이다. 가면이 사라진 지금은 마법이 풀리듯 원래 모습으로 돌아온 셈이었고, 소운평도 그것을 어느 정도 느끼는 눈치였다.

'그렇다고 마냥 얼굴에 칠을 하고 살 수는 없지 않겠어?'

나직이 중얼거리며 소운평은 장내를 살폈다.

팔십오 대 열여섯!

말도 안 될 것 같은 싸움은 소수의 압도적인 우세였다.

싸움은 크게 세 군데서 벌어지고 있었다.

안도와 위청후는 홀로 싸웠고, 다른 인물들은 무리를 지어 적을 상대했다. 당연히 세 무리가 되어야 옳았지만 정작 한 무리가 더 있었다. 왕노경과 한 떼의 무리가 마차를 중심으로 둥글게 모여 있었던 것이다. 그들은 마부와 쟁자수들이었다.

왕노경이야 한편이니 그렇다 쳐도 옆에서 도검(刀劍)이 춤을 추고 피가 흩뿌려지는 상황에도 그들은 조금도 두려운 기색이 없었다. 게다가 싸움을 벌이는 이들도 신경조차 쓰지 않았다. 알 수 없는 노릇이었다.

마부와 쟁자수는 죽이지 않는다!

이 웃기다 못해 하품이 날 것 같은 소리는 이 세계 전반에서 통용되는 불문율(不文律)과도 같은 것이었다.

그들이 맡은 임무는 오로지 '운반'과 '의식주(衣食住)의 해결'일 뿐이다.

물건을 빼앗기면 표사나 표두들은 엄히 책임 추궁을 당하는 반면, 그들은 아무런 제재를 받지 않았다. 이편이 이기면 가던 길을 이어가면 그만이오, 저편이 이기면 두 손 툭툭 털고 소속지로 되돌아가면 그만이었다.

싸움에 끼어들지 않는다는 전제 하에 그들은 온전히 목숨을 부지할 수 있는 것이다.

마부와 쟁자수를 합하면 모두 열다섯이었다.

게다가 표두 하나와 표사들 중의 일부는 물건을 보호키 위해 마차를 수비할 뿐이지 싸움에 가담하지 않았다.

그들은 열하나였다.

실질적인 싸움은 스물여섯이란 숫자를 뺀 나머지인 쉰아홉 대 열여섯의 싸움이었다.

그렇지만 여전히 두 배가 넘는 숫자상의 이점에도 전세가 불리한 것은 누가 봐도 이상할 정도였다.

기습을 받을 것이라 예상치 못한 것도 이유 중의 하나일 테지만 무엇보다 일조(一助)를 한 것은 역시 원후승이 자리에 없다는 사실일 것이다.

피아(彼我)를 구분할 수 없는 혼전(混戰)에서 우두머리의 유무(有無)는 승패와 직결된다. 지휘 계통이 무너진 허술한 대군(大軍)보다는 잘 짜여진 소수정예(少數精銳)가 더 큰 힘을 발휘할 수 있는 이유가 여기에 있다 하겠다.

바야흐로 싸움은 절정을 향해 치닫고 있었다.

빼앗으려는 자와 지키려는 자!

그 치열한 공방의 결과를 섣불리 예측하는 것은 어리석은 일이겠지만 변화만큼은 또렷하게 느낄 수 있었다.

육십에 가까웠던 적의 머릿수는 간신히 스물을 넘길 정도였다. 반면 이편의 피해는 겨우 여섯이었다.

죽거나 바닥에 널브러져 신음하는 이는 홍사독이 데려온 삼류 인물들뿐이었고, 정예라 부를 수 있는 사람들 거의가 무사했다. 다소 무공이 떨어지는 왕노충이 상처를 입어 피를 흘릴 뿐이었다.

상황을 이렇게 만든 이를 첫손에 꼽으라고 한다면 역시 안도를 들

수 있었다.

그가 보여주는 활약상은 실로 놀라웠다. 좌충우돌(左衝右突), 이편과 저편을 넘나들며 베고 찌르는 모습은 살인에 굶주린 악귀(惡鬼)와도 같았다.

게다가 이환은 놀랍도록 변해 있었다. 그는 철검이 아니라 다른 무기를 사용했다. 바로 비도(飛刀)였다.

네 치 길이에 손가락 두 마디 두께, 끝 부분에 붉은 수실이 매달려 앙증맞게까지 보이는 이 무기가 빛을 뿌리면 반드시 비명이 일었다.

운애곡에 마련한 수련장 한 귀퉁이에서 곽연과 심각하게 얘기를 주고받은 뒤로부터 그가 염두에 두었던 것은 원거리 공격이 가능한 무기였다. 그렇게 되기까지는 아마도 아도의 영향이 지대했을 것이다.

한 팔이 잘린 그로서는 '울며 겨자 먹기' 식으로 선택한 것이겠지만 그의 선택이 잘못되지 않았음은 칠 개월여가 지난 지금 확연히 드러나고 있었다.

다른 이들이 동(動)적인 모습으로 적을 상대한다면 위청후는 그 반대였다.

그는 비호사살의 둘째와 셋째, 그리고 노종도를 홀로 상대하고 있었는데 가장 강한 적들에게 둘러싸인만큼 정(靜)적인 공수(攻守)를 취하고 있었다.

솔직히 말하면 위청후의 진실한 무공을 감당할 사람은 장내에 아무도 없었다. 다섯 살 나이에 입문하여 연무종 같은 고인에게 지도를 받은 것 하며, 십육 년 동안 달리 할 일이 없다는 이유로 일로정진(一路精進)했으니 성취가 남다를 것임은 두말할 일이 없는 것이다.

그런데도 불구하고 그는 이렇다 할 승기(勝氣)를 잡지 못하고 있었다. 승기는커녕 간혹 위기에 몰리는 아찔한 순간도 있었다.

이것은 그의 성격 탓이라 보는 것이 정확했다.

천성이 중후하고 유순한 데다 항시 타인을 배려하는 마음이 앞서는 그가 살인의 첫 순간을 맞아 능동적으로 행동하지 못하는 것은 당연했다. 안도가 약간 떨어지는 무공을 타고난 살기와 추호의 망설임없는 결단력으로 보안하는 한편, 위청후의 경우에는 독(毒)으로 작용하는 셈이었다.

살인(殺人)이 그만큼 어려운 것이라는 사실의 증거라고 볼 수 있을 것이다.

그렇다고 위청후의 행동이 전혀 쓸모없는 것은 아니었다. 그들의 손발을 묶어놓음으로써 다른 이들이 좀 더 원활하게 행동할 수 있게 만들어주었으니까.

이윽고 자신의 몫으로 정해진 이들을 모조리 해치운 안도가 위청후를 돕기 시작하자 가뜩이나 기울었던 저울추는 아예 바닥에 닿아버렸다.

싸움은 급격히 종국(終局)으로 치달렸다.

노종도가 가장 먼저 생을 마감하고 비호사살의 셋째가 그 뒤를 따랐다. 우두머리에 준하는 자들이 생을 마감하자 다른 자들은 속속 투항했다.

'끝났군!'

막 비호사살의 마지막 인물이 쓰러지는 것이 눈에 들어오자 소운평은 둔부를 털며 몸을 일으켰다.

그 시각 원후승은 행렬을 떠나올 때와는 비교도 안 될 속도로 산중을 달리고 있었다.

한 번 내디딜 때마다 이삼 장은 거뜬히 지나쳤고, 작은 개울이나 웅덩이쯤은 아무렇지도 않게 뛰어넘었다. 평소에 비해 한 단계쯤 진보한 놀라운 신법을 보였다.

복면인과의 싸움은 치열했다.

겉으로는 우열을 가릴 수 없는 용호상박(龍虎相搏)의 양상이었지만 삼 대 이라는 이점을 빼면 복면인의 무공이 약간 앞선다고 보는 것이 옳았다. 시간을 끌기 위해 전력을 다하지 않았다는 사실을 추가로 감안한다면 그 차이는 더욱 벌어졌을 것이다.

그 외중에 비호사살의 첫째가 죽고, 둘째와 원후승 자신은 여러 군데 부상을 입게 되었다. 물론 상대도 상처를 입긴 했지만 그건 거론할 가치도 없는 일이었다.

빌어먹을 두 복면인은 처음 내뱉은 말대로 한 시진이 지나자 귀신같이 사라져 버렸다.

탈진하여 쓰러진 수하를 팽개치고 그는 눈썹이 휘날리도록 마차 행렬로 돌아가는 중이었다.

제발 무사하기를… 원후승은 빌고 또 빌었다.

반 시진 가까이 헤맨 후 행렬에 도착한 그를 반기는 것은 아무것도 없었다. 아니, 있었다.

여기저기 널린 시체와 반쯤 혼이 나간 채 주저앉아 있는 왕노경, 그리고 아무렇지도 않게 얘기를 나누며 낄낄거리는 쟁자수 무리였다.

마차는 흔적조차 없이 사라진 뒤였다.

원후승은 원래부터 철저한 무신론자(無神論者)였다. 그날 그는 처음으로 천지신명(天地神明)을 외치며 목놓아 부르짖었다.

　　　　　*　　　　　*　　　　　*

"뭘 그리 걱정해? 이게 있잖아?"

소운평은 계약서를 꺼내 흔들어 보였다.

이것만 있음 거저 먹는다, 그런 눈치였지만 왕노경은 전혀 그렇게 여기지 않는 듯했다.

"계약서라는 것은 상대가 인정할 때에나 효력을 발휘하는 겁니다. 그렇지 않을 경우에는 길가에 뒹구는 휴지 조각보다도 못합니다."

"에이, 설마? 그래도 소주 제일입네 떠드는 자들이 한 입 가지고 두 말이야 하겠어? 더군다나 우린 가장 확실한 증인까지 확보해 둔 상태잖아."

"대류전장이라면 진작에 포기하시죠."

내심 혁련광을 떠올리고 있던 소운평은 깜짝 놀랐다.

"그건 왜지?"

"혁련광이 소 공자의 비위를 맞추려 애쓰는 것도 배경을 탐하기 때문이지요. 만약 문제가 생기고 대풍방에서 더 큰 이익을 볼 수 있다고 판단하면 그들은 주저없이 등을 돌릴 겁니다. 장사꾼들이란 돈에 따라 가니까요."

'그렇담 이거 큰일인데.'

소운평은 낯빛을 흐렸다. 인정하기는 싫지만 왕노경의 말에도 일리가 있었다.

장소가 대류전장이라는 것이 위안이 되긴 했지만 그 또한 대풍방의 영역에 속한 곳이었다. 수 틀리면 우~ 달려들어 쓱삭 해치우는 것쯤은 일도 아닌 것이다.

내일 저녁이면 어느 벌판, 어느 산골짜기에 연고를 알 수 없는 토막 시체로 뿌려질 가능성을 배제할 수 없었다.

그렇다고 가지 않을 수는 없었다. 대외 활동이 많은 원후승은 가장 좋은 전시 효과를 볼 수 있는 상대였다. 들인 공이 아까워서라도 꼭 가야 했다.

'가긴 가되 놈들이 수작을 못 부리게 하는 방법을 찾아야 한다는 얘긴데……'

한동안 생각에 잠겨 있던 소운평은 어느 순간 자리를 박차고 일어섰다. 그리고는 왕노경이 뭐라 묻기도 전에 휑하니 실내를 나섰다.

"어딜 가시는 겁니까?"

놀란 음성이 뒤늦게 방 안을 울렸다.

*　　　　*　　　　*

"어쩐 일이냐?"

위청후는 내심 긴장했다.

동생과 긴 시간을 함께한 것은 아니었지만 두문불출 술타령을 한 뒤에는 반드시 커다란 변화가 있었다는 사실만은 기억하고 있었다.

"내일 저도 함께 가겠어요."

"그건 안 된다."

고개를 가로저으며 위청후는 자신의 예감이 틀리지 않았음에 쓴웃음을 지었다.

"왜 안 된다는 거죠?"

"위험한 일이다. 운평을 위하는 네 심정을 모르는 바 아니지만 만에 하나 그자가 널 알아본다면 걷잡을 수 없는 일이 벌어질 게 뻔하지 않느냐?"

"……."

그녀는 대꾸 대신 반투명한 면사를 둘렀다.

눈 아래가 완벽하게 가려지자 그녀는 다른 사람으로 변했다. 미리 알고 있지 않은 이상 눈만을 보고 그녀라는 사실을 떠올리는 것은 거의 불가능할 지경이었다.

"그렇다 해도 허락할 수 없다!"

위청후의 음성은 단호했다. 모친과의 약속을 떠나 유일한 혈연이었다. 더 큰 위험을 초래할 가능성이 농후(濃厚)한 일을 허락할 수는 없었다.

그러자 그녀는 나직한 음성으로 대꾸했다.

"저는 혼인을 한 몸이에요. 이미 오라버니의 가부(可否)와는 상관없는 몸이 아닌가요?"

흠칫!

그렇다면 내게 허락을 구할 필요가 없지 않느냐?

그렇게 반문하고 싶은 것을 억지로 참기라도 하는 것인지 위청후는 세차게 몸을 경직시켰다.

'여필종부(女必從夫)라… 어차피 네가 원하는 대로 흘러가겠구나.'

위청후는 한숨을 쉬었다.

"유 대인!"

초칠은 소운평을 발견하자 반색을 했다. 꽤 먼 거리를 쏜살같이 달려오는 폼새가 주인을 반기는 시골집 누렁이의 모습을 보는 듯했다.

"나리, 오늘은 늦으셨군요?"

'귀여운 놈!'

소운평은 초칠의 어깨를 두드렸다.

자신을 바라보는 초롱초롱한 눈망울이 무엇을 의미하는지 잘 알고 있었다. 요즘 들어 부쩍 돈 쓰는 재미를 알아가는 중이었고, 남의 돈인지라 아낄 필요도 없었다.

소운평은 품속을 더듬어 손에 짚이는 대로 동전을 짚어주었다.

"어이구, 매번 감사합니다, 나리!"

초칠의 허리가 직각으로 구부러졌다.

'그래, 이 맛이야!'

소운평은 흐뭇한 얼굴로 별원으로 향했다.

수북히 쌓인 동전의 무게는 왜 달려왔는지 잊어버리기에 충분했다. 동전을 짤랑거리며 주방으로 향하던 초칠은 뒤늦게 잊었던 것을 떠올리고는 부리나케 달려갔다.

"나리, 출타하시고 얼마 지나지 않아 부인께서 찾아오셨습니다. 한 시진 하고 반쯤이나 지났을까요? 이 근방의 본가에 잠시 들르셨다가 대인과 함께 가겠다고 하시던데요? 다루에서 기다리겠다고 하시기에 소인이 직접 별원으로 모셨지요."

"이놈, 비켜라!"

소운평은 초칠을 젖히고 별원으로 달려갔다.

한달음에 별원에 도착한 소운평은 방문 앞을 한동안 서성여야 했다. 그가 떨리는 손으로 문고리를 잡은 것은 마음속으로 오십 가까이 헤아린 뒤였다.

끼—이—익!

문 여는 소리까지 음산했다.

여자가 있었다. 두 손을 탁자에 올린 채 턱을 괴고 있었다. 무슨 생각을 하는 탓인지 돌아보지도 않았지만 뒷모습만으로도 누군지 확연히 알 수 있었다.

한순간 소운평은 방 안의 여자가 그녀라는 사실을 알려주는 눈알을 후벼파고 싶은 충동을 느꼈다.

"어쩐 일로 오셨습니까?"

소운평은 태연스러움을 가장했다.

그녀는 그제야 생각에서 깨어났는지 흠칫했다. 그리고는 맑고 커다란 눈을 몇 번 깜빡이더니 고개를 들어 소운평을 응시했다.

"내일 함께 갈 거야. 오라버니께는 이미 기별을 하고 왔으니까 그렇게 알아."

쿵!

소운평에게는 하늘이 무너지는 소리였다.

고수를 동반하는 것은 기쁘다 못해 쌍수(雙手)를 들어 환영할 일이지만 아무래도 그녀는 예외였다.

'설마 자고 가는 건 아니겠지?'

소운평은 마지막 희망을 버리지 않았다.

"저기… 오늘은 날이 꽤 쌀쌀하던데 돌아가실 거면 서두르시는 게 어떨까요? 새벽엔 더 추워질 텐데……."

"오늘부터 여기서 지낼 거야."

"네~에?"

그가 벌린 입을 다물기도 전에 위청란은 벌써 등을 보인 채 옷을 벗고 있었다.

　'또 그 신세야?'

　푹신한 침상은 저 멀리 날아가고 또다시 바닥 신세를 져야 하는 비운의 시대가 도래한 셈이었다.

　그나마 약간 위안이 되는 것은 황산에서와는 달리 푹신한 융단(絨緞)이 깔린 바닥이라 뒤척여도 허리가 덜 아플 거라는 사실 정도일까?

　밤은 새벽으로 치닫고 있었다.

2

딸그락!

소운평은 요란스레 옥저(玉箸)를 내려놓았다. 불과 서너 번 손을 댔을 뿐인지라 상 위에는 접시마다 음식이 고스란히 남은 상태였다.

"어째 속이 안 좋으신 것 같습니다?"

혼자 먹기 미안했던지 왕노경이 여러 차례 음식을 권했지만 소운평은 두 번 다시 손을 대지 않았다.

"그럼 차라도 올릴까요?"

"아니, 거기 술병이나 좀 줘!"

왕노경이 반주(飯酒)로 따라나온 과실주를 건네자 소운평은 다짜고짜 입에다 부었다.

"벌컥! 벌컥!"

텅!

소리가 요란한 것이 단번에 비운 게 분명했다.

덕분에 왕노경은 한창이던 식욕을 잃고 말았다. 차를 한잔 따라 마시고 그도 탁자에서 물러났다.

"걱정되십니까?"

"아니, 뭐 그렇다기보다는……."

"신경 쓰지 마십시오. 소 공자께서 애쓰신 것을 하늘도 외면하시지 않을 겝니다. 잘 되겠지요."

'만약 그 '하늘' 이란 놈이 있다면 말이지… 이렇게 사사건건 일이 꼬이게 만들지는 않을 거라구! 양심이 코딱지만큼이라도 있다면 말이야.'

소운평은 땅이 꺼져라 한숨을 쉬었다.

언제 터질지 모르는 화약을 안고 불구덩이 속을 누비는 일보다 더 위험한 존재인 그녀!

그녀는 문제였다.

그 순간 밖에서 초칠의 음성이 들려왔다.

"대인, 부인께서 채비를 마치셨답니다."

"오냐, 가마!"

시원스레 대꾸를 하기는 했지만 소운평은 차마 발길이 떨어지지 않았다.

"불편하시면 제가 부인을 모시고 다녀올까요?"

제 딴에는 몸이 불편한 사람을 생각해서 꺼낸 말일진대… 왕노경은 분위기 파악을 제대로 못한 죄로 난데없이 싸늘한 질책을 받아야 했다.

"넌 사내가 배알도 없냐? 중요한 일을 하찮은 마누라한테 덥석 맡기게."

사시(巳時)가 가까워지고 있었다.

*　　　　*　　　　*

"입이 있으면 뭐라 대꾸라도 해야 할 것 아냐! 어떻게 처리할 생각인
지 누가 말 좀 해봐!"

일각이 훨씬 넘는 시간을 길길이 날뛰던 소운평은 그렇게 말하는 것
으로 끝을 맺었다.

말을 꺼내면 유원회의 노기를 고스란히 받아들여야 한다는 것을 아
는 탓에 누구도 입을 열지 않았다. 워낙 큰 사건이라 몸소 자리한 모국
충도 연신 헛기침만 토할 뿐 굳게 입을 다물었다. 젊은 놈이 반말지거
리를 한다는 사실 따위는 안중에도 없었다.

원후승 역시 꿀 먹은 벙어리라도 된 듯 좀처럼 입을 열지 않았지만
시뻘겋게 달아오른 얼굴은 그의 심정이 어떠하다는 사실을 고스란히
나타내 주었다.

그동안 퍼부어진 모욕(侮辱)과 수모(受侮)를 어찌 몇 마디 말로써 표
현할 수 있을까?

눈에 들기 위해 안달하던 혁련광조차도 눈살을 찌푸리며 고개를 외
면할 정도였으니 그 치욕스러움이야 두말할 나위도 없었다.

'어쩌겠는가, 자초한 일인 것을……'

원후승은 될 대로 되라는 심정으로 입을 열었다.

"어느 정도나 손해를 보신 게요?"

"그건 제가 말씀 올리는 것이 좋겠군요."

왕노경이 앞으로 나섰다.

"이번 거래의 총 규모는 사십만 냥에 달합니다. 보통 이 할 정도의 이익을 남기니 팔만 냥이 되겠지요. 여기다 거래 이후에 추가로 얻을 이익까지 손실로 감안하면 가히 상상조차 못할 액수가 됩니다. 귀 방이 이것을 배상할 능력이 된다고 여기십니까?"

"……"

"물론 어림도 없는 일이겠지요. 해서 대인께선 이번에 잃은 금액과 이 할의 이익금만을 돌려받기 원하십니다."

왕노경은 엄청나게 선심 쓴다는 투로 말했지만 십팔만 냥이다. 가뜩이나 금전적인 어려움을 겪는 대풍방으로서는 도무지 지불할 능력이 안 되는 것이다.

"지금 당장은 어렵겠으나 한달 후면 운영루가 완공되니 본 방은 곧 예전 상태로 돌아갈 수 있소. 그때까지 유예 기간을 주신다면 반드시 갚겠소. 원한다면 내 기꺼이 증서를 써 드리리다."

"그건 좀 곤란하군요."

왕노경이 인상을 찡그리자 원후승은 속이 탔다.

독단적으로 벌인 일이었다. 행여 주인의 귀에 들어가는 날엔… 생각만으로도 끔찍한 일이었다.

"왕 집사, 좀 도와주시구려. 본인의 말대로 해주신다면 내 평생의 은인으로 모시겠소."

"그럴 수는 없어요!"

뾰족한 음성이 실내를 울렸다. 위청란이었다.

'저, 저 여자가……'

소운평은 기겁할 정도로 놀랐다.

어째 조용히 앉아 있는 게 용하다 싶었는데 기어코 일이 벌어진 것이다. 여차하면 튈 생각으로 그는 진기를 모으는 한편 상황을 주시했다.

"이미 본 상단의 실패는 남해 전역에 알려졌을 테고, 앞으로 거래를 하는 데 상당한 지장이 있을 거예요. 이것을 만회하려면 더 큰 거래를 성사시키는 수밖에 없죠. 막대한 금액이 오가야 하는 이 시점에서 한가하게 귀 방의 사정을 보아줄 수는 없지 않겠어요?"

뚫어져라 원후승을 응시하는 그녀의 눈에 아주 잠시 동안 색다른 감정이 실렸다.

분노 같기도 했고 어찌 보면 살기와도 같았다.

원후승 역시 그것을 느꼈지만 일을 그르친 것에 대한 책망이라 여기고 대수롭지 않게 넘겨 버렸다.

조마조마 두 사람을 살피던 소운평은 안달이 났다. 우려했던 일이 발생하지는 않았지만 더 이상 얘기를 나누다가는 어떻게 꼬일지 모르는 일이었다.

"험, 험! 남해상단의 주인은 내 마누라가 아니야! 그 사실을 잊지 말았으면 좋겠군."

원후승의 시선이 소운평에게 돌려졌다.

'공처가(恐妻家)!'

숨 막히는 상황임에도 불구하고 한순간 그의 뇌리를 점령한 생각이었다.

"하면 대인께서 원하시는 것은 무엇이오?"

"나야 별 게 있을 리 있나? 손해를 입은 만큼 되돌려 받으면 그만이니까."

"현재는 그만한 현금이 없소이다."

원후승은 한숨을 쉬듯 대꾸했다. 입밖으로 꺼내기조차 어려웠던 치욕스러운 말이었다.

순간, 소운평의 입가로 슬쩍 미소가 스쳤다.

"그렇다면 물건으로라도 갚아야지. 예를 들면 토지(土地)라든가 건물(建物)이라든가… 그런 거 말이야. 적검문의 토지와 건물 문서라면 더 좋겠고!"

'감히 함부로 주둥이를 놀리다니!'

원후승은 매섭게 혁련광을 노려보았다. 부주인 모국충도 알고 있을 가능성이 있다고는 하지만 그는 주어진 상황을 이용할 줄 모르는 자였다.

그러나 정작 잡아먹을 듯한 시선을 받은 혁련광은 태연했다. '나는 관계없소' 라는 눈치였다.

"그 사실을 어찌 아셨는지 모르지만 내 소관 밖의 일이라 불가(不可)하오."

"돈도 없고 물건도 안 된다? 그럼 방법은 한 가지밖에 없겠군. 주인을 만나서 따지는 수밖에."

"유 대인!"

목소리가 어찌나 컸던지 소리를 지른 당사자인 원후승조차 놀랄 지경이었다. 정신을 차렸을 때 그는 자신이 자리에서 일어나 있음을 발견하고 또 한 번 놀라야 했다.

"대인, 결례를 용서하십시오!"

원후승은 쓰러지듯 자리에 앉았다.

"줄 수 없다면 일단 담보로 거는 게 어떨까? 일이 잘 풀려서 갚으면 되돌려 받으면 그만인 거고 정 안 되면 어쩔 수 없는 일이겠지만."

'담보라……'

원후승은 허탈해졌다.

토지 문서를 담보로 걸면 조만간 대류전장에서 나올 팔만 냥은 물 건너가는 셈이다. 도로 찾으면 그만이지만 그때까지 버틸 뾰족한 방법이 없었다. 말은 담보라 해도 실제 인도하는 것이나 다름없는 것이었다.

당장 열흘 안쪽에 치러야 할 방도들의 봉급(俸給)은 어떻게 한단 말인가!

완공 이전에 들어갈 마지막 대금은…….

응하지 않을 도리는 없었다. 유원회가 대풍방을 찾아가는 순간부로 모든 것이 끝장 나는 것이다.

"좋습니다. 그렇게 하지요."

원후승은 천천히 고개를 끄덕였다. 한순간 그의 눈에 날카로운 광채가 스치는 것을 누구도 보지 못했다.

혁련광은 서류를 준비하기 위해 자리를 떴고, 원후승은 그에게 차(茶)를 부탁했다.

잠시 후, 혁련광이 토지 문서를 가지고 나타남으로 해서 일은 일사천리(一瀉千里)로 진행되었다. 그리고 서류 작성이 마무리될 즈음해서 시비가 차를 가져왔다.

달그락!

원후승은 소리나게 찻잔을 내려놓았다.

좀 전과는 달리 평온한 모습이었다. 긴장감이나 안달하는 모습은 전혀 없었다. 마치 모든 것을 포기한 사람처럼 일말의 미련조차 없는 듯했다.

과연 그런 것일까?

교토삼굴(狡兎三窟)이라 했다. 교활한 토끼가 여러 개의 굴을 파서 여우의 이빨을 피한다는 소리다.

그런대로 머리가 돌아가는 원후승이 이러한 상황을 예측하지 못했을 리 없었다. 역시 교활한 토끼답게 그는 마지막 수를 준비해 둔 상태였다.

일이 틀어졌음을 안 직후부터 그는 앞으로 벌어질 일에 대해 생각했다. 최악의 상황이긴 했지만 방금 소운평이 제시한 것 역시 그가 생각했던 것 중의 하나였다. 물론 그에 대한 대비책도 마련되어 있었다.

살(殺)!

그가 원하는 것은 사건 자체를 묻어버리는 것이 아니라 단지 몇 달간의 시간을 버는 것뿐이었다. 이후에 돈을 갚으면 문제는 없는 것이다.

장소를 대륙전장으로 정한 것에도 이유는 있었다.

엄청난 금액이 오가는 채권자(債權者)와 채무자(債務者)가 있다고 치자. 어느 날 채권자가 불의의 사고를 당해 죽는다면 누가 가장 먼저 의심을 받을까?

유원회가 반드시 그가 자리한 곳에서, 여러 증인들 앞에서 제삼자의 칼에 죽어야 하는 이유였다.

반쯤 열려진 창문 밖 어디에 수하는 숨어 있을 것이다. 삼백 명 중에서 은신과 암습에 뛰어난 자로 둘을 골랐으니 실패할 일은 없을 터였다. 아니, 반드시 성공해야 했다.

암습의 신호는 찻잔을 놓는 횟수였다. 그가 세 번째로 찻잔을 들었다 놓는 순간 유원회와 그의 일행은 목이 달아나게 되는 것이다.

"흰 줄이 그어진 곳에다 서명하시면 됩니다!"

혁련광이 서류 몇 장을 건넸다.

달그락!

찻잔과 받침이 요란스레 부딪쳤다. 두 번째였다.

일필휘지(一筆揮之)로 서명을 마친 원후승은 서류를 건네주고는 느릿하게 찻잔으로 손을 뻗었다.

그사이 혁련광은 유원회와 머리를 맞대고 서류를 검토하는 중이었다.

'유원회, 한 달만 기다려 주었으면 이런 일은 없었을 것이다. 나를 원망 말고 네 조급함을 원망해라!'

원후승의 눈가에 나타났던 일말의 동정심은 언제 그랬냐는 듯 사라졌다.

사적인 감정은 없었다. 그는 장애물이었다. 앞을 가로막는 것은 언제나 그렇듯 제거되어야 했다. 이십 년 동안 섬겨온 주인까지 배신한 마당에 망설일 이유는 없었다.

원후승은 천천히 찻잔을 내렸다.

이제 달그락 소리가 한 번 울리면 모든 일은 끝나는 셈이었다. 그것을 아는지 모르는지 소운평은 하던 일에 열중할 뿐이었다.

방문이 부서져라 열린 것은 그 순간이었다.

쾌장장!

한 사람이 구르듯 뛰어 들어왔다.

"이 사람아, 어찌 이리 무심할 수 있는가! 이곳에 왔으면 의당 나부터 찾았어야 하거늘."

다짜고짜 나타나 소운평을 얼싸안은 사내는 이십대 중반쯤으로 키가 훤칠한 미장부(美丈夫)였다. 체구가 가늘고 얼굴도 희어서 전체적으로 유약해 보이는 것만 빼고는 나무랄 데 없는 모습이었다.

그의 이름은 관승원(棺承原)으로 소주를 관장하는 최고 관리인 지부주(知府主)의 독자(獨子)였다.

"아니, 관 공자께서 여긴 어쩐 일로?"

상대를 알아본 모국충은 해연히 놀라 일어섰다.

"모 부주, 이 무정한 친구는 어릴 적 나와 동문수학한 사이로써 친형제처럼 가까운 자라오. 볼 일이 끝났다면 이 친구를 당장 빌려가고 싶소만!"

관승원은 껄껄대며 연신 소운평의 등을 두드렸다.

모충국은 몹시 놀라고, 혁련광은 더욱더 유원회에게 잘 보여야겠다고 생각하는 가운데 위청란은 투명한 눈으로 두 사람을 주시하고 있었다.

한 사람은 그녀의 강요로 억지 혼인한 사내요, 다른 사람은 그녀가 거절하지 않았으면 지금의 남편이 되어 있을 사내였다. 한순간 그녀의 눈에 의미를 알 수 없는 묘한 기운이 스쳐 지나갔다.

가장 큰 혼란을 겪는 이는 역시 원후승이었다.

'어찌할 것인가?'

그는 흔들리고 있었다.

두 사람은 마치 남색(男色)을 즐기는 사이처럼 비집을 틈도 없이 몸을 붙이고 있었다. 같은 공간에 있어도 어렵거늘 하물며 외부에서 침입해 한 사람만을 선택해 죽이는 것은 더 더욱 어려운 일이었다.

유원회를 죽이는 일도 최후의 구명책(救命策)이라 여길 정도로 신중히 고려했던 그였다. 자칫 지부대인의 독자(獨子)가 희생된다면 일은 건잡을 수 없는 지경으로 확대될 것이 분명했다. 일개 상인이라면 모르되 관부(官府)가 개입하면 '모르는 일이오' 란 발뺌만으로는 아무것도 해결되지 않는 것이다.

내리느냐 마느냐!

갈등하고는 있지만 결코 찻잔을 내려놓지 못할 것이라는 사실을 이미 알고 있었다.

불과 서너 호흡이 억겁의 시간처럼 느껴졌다.

"원 총관, 일어나지 않을 셈이오?"

다소 짜증이 섞인 목소리가 들려와 원후승은 퍼뜩 정신을 차렸다.

실내는 텅 비어 있었다. 유원회와 관승원을 비롯한 다른 이들이 모두 사라지고 없었다. 문가에 선 혁련광이 안됐다는 눈치로 바라보고 있었고, 앞에는 어느새 들어온 시비가 찻잔을 추스르고 있었다.

'허허, 가야겠지!'

원후승은 무심코 손을 내렸다.

달그락!

소리가 나는 것과 동시에 창문을 통해 시커먼 그림자가 날아 들어왔다.

서걱!

"아악!"

애꿎은 시비 하나가 생을 마감했다.

"아, 암습(暗襲)이닷! 자객이 원 총관을 죽이려고 한다."

혁련광이 비몽사몽간에 부르짖었다.

덕분에 원후승은 애지중지하던 수하의 심장에 자신의 검을 찔러 넣어야 했다.

　　　　　　*　　　　　*　　　　　*

　원후승은 불도 켜지 않은 방에 홀로 앉아 있었다.

　정적과 침묵, 방 안을 잠식한 어둠은 가뜩이나 번민(煩悶)에 휩싸인 그의 마음을 무겁게 짓눌렀다.

　실수!

　그것도 통한의 실수였다.

　꿈에도 상상 못할 일이었다. 최초로 저지른 실수가 목을 철저히 옭아매는 결정적인 것일 줄이야! 배신자란 낙인을 감수하며 쌓아 올린 이십 년 공덕이 한순간에 날아갈 수 있는 절체절명의 위기였다.

　어렵게 얻은 지위가 날아가는 것은 둘째 치고, 그가 섬기는 주인은 이번 일을 그냥 넘기지 않을 것이다.

　다른 무엇보다 두려운 일은 그것이었다.

　'어디서부터 틀어진 것일까?

　원후승은 곰곰이 지난 일을 떠올렸다.

　마차를 탈취한 자들은 스무 명 남짓한 소수라 했다. 행렬이 지날 곳을 미리 알고 그에 맞춰 꼼꼼히 준비하지 않았으면 불가능한 일이었다.

　행로를 알고 있는 자로 현장에 없었던 자?

　첫머리에 떠오른 것은 역시 유원회였다. 다른 자들은 안면이 있거나 이전부터 소주에 기거하던 자였다. 갑작스레 등장한 이는 그자밖에 없었다.

　하지만 그는 곧 고개를 가로저었다.

　이번 일을 겪으면서 느낀 것이지만 혁련광은 일에서만큼은 철저한 자였다. 그가 신분을 보장할 정도라면 믿을 만했다. 게다가 지부대인의 독자와 동문수학한 사실이 드러난 마당에 신분을 의심하는 건 무쇠로 만든 다리[橋]를 거듭 두드려 보고 건너는 것이나 마찬가지였다.

'혹시?'

문득 뇌리를 스치는 생각이 있었다.

전 방주의 잔당들을 소탕하기 위해 황산으로 떠났던 손철기와 적마대 소속 백오십의 고수가 흔적도 없이 자취를 감췄던 일대 사건!

까맣게 잊혀졌던 일이 다시금 기억을 채웠다. 그 일은 아직까지도 미궁에 빠진 듯 결말이 나지 않은 상태였다.

원후승의 뇌리는 빠르게 움직였다.

당시 살아서 도주한 인물은 전 방주의 여식을 포함해 넷에 불과했다. 그들은 왜 황산으로 갔을까?

거기, 그들이 찾는 '무엇'이 있었던 것은 아닐까?

그 '무엇'이 손철기와 일백오십 고수들을 흔적도 없이 지워 버린 것이고…….

그렇게 생각하면 미진했던 종쾌의 죽음도 간단하게 설명할 수 있다. 그는 반역의 일등 공신이니까.

금(金)을 탈취한 것도 같은 맥락에서 보면 충분히 이해가 가는 일이었다. 가장 큰 피해자인 자신과 더불어 대풍방 자체에 커다란 타격을 주는 일이므로. 무엇보다 확신을 준 것은 연검을 사용하던 자가 곽연을 닮았다는 사실이었다. 끝끝내 정체를 확인하지는 못했지만 지금에 와서는 외려 확실하게 여겨졌다.

"음—!"

원후승은 등받이에 몸을 묻었다.

채 아물지 않은 상처가 고통을 호소했지만 또 다른 의문이 뇌리를 가득 채운 터라 그는 의식조차 못했다.

왜 방주는 아무런 반응이 없는 걸까?

자신이 떠올릴 수 있는 사실을 진무방 같은 위인이 모른다는 것은 어불성설(語不成說)이요, 두 번 생각할 필요도 없는 일이었다.

한데 왜?

원후승은 와락 머리를 움켜쥐었다. 그렇게라도 하지 않으면 머리 속이 터질 것만 같았다.

그때였다. 문밖에서 인기척이 들려왔다.

"누구냐?"

원후승의 반응은 상념에 빠진 사람답지 않게 예민했다.

지체없이 대꾸가 터졌다.

"순찰당(巡察堂) 소속 야간 경비를 맡은 삼조의 조장(組長)입니다. 긴히 아뢸 말씀이 있어서……."

"말해라!"

"누가 총관을 뵙고자 찾아왔습니다. 오른손이 없는 자인데 행색이 남루하고 냄새도 심한 것이 비렁뱅이 같아 쫓아보내려고 했습니다만 워낙 간곡하게 청하는 것이 사연이라도 있는 듯싶어 일단 잡아두었습니다."

'오른손이 없는 비렁뱅이?'

언뜻 생각해도 기억 속에 있는 자는 아니었다. 원후승에게 쓸데없는 곳에 신경 쓸 여력은 없었다.

"돈냥이나 쥐여주어 돌려보내도록!"

"명대로 하겠습니다."

저벅거리는 소리가 점점 멀어져 갔다. 이윽고 소리가 들리지 않을 무렵, 원후승은 느닷없이 자리에서 일어나 벌컥 창문을 열어젖혔다.

"만나보겠다! 데려오도록!"

특별한 이유가 있는 것은 아니었다. 왠지 꼭 그렇게 해야 될 것 같아서였다.

왠지…….

'이곳이란 말이지?

조용히 동가장을 살피던 원후승은 칼 같은 시선으로 유상을 돌아보았다.

"확실히 이곳이렷다?"

"그, 그렇습니다요, 나리!"

유상은 저도 모르게 부르르 떨며 열 번도 넘게 지껄였던 말을 되풀이해야 했다.

"놈이 이곳으로 들어가는 것을 똑똑히 보았습니다. 이전에도 가끔 이곳을 찾는 것을 목격한 것만도 꽤 되니 이곳이 소굴임이 분명합니다요."

"그 소운평이란 놈이 유원회라는 것도 사실이고?"

"원수 놈을 어찌 몰라보겠습니까요. 두 번, 세 번 거듭 확인한 결과 틀림없었습니다요."

유상은 정신없이 머리를 조아렸다.

'저 정도면 믿을 만하다!'

원후승은 이내 등 뒤를 향해 외쳤다.

"적은 열 명 안쪽의 소수(少數)다. 계획대로 한곳으로 몰아 소탕한다. 앞서 말한 삼 인은 반드시 생포하도록!"

사사삭!

백여 명의 청의 무사들이 어둠 속으로 녹아들었다.

"나리, 약속하신 돈은……."

실로 어렵사리 말을 꺼낸 유상을 돌아보며 원후승은 섬뜩하게 웃었
다.

"아직 확인해 줄 것이 남았다!"

3

"잔 받으시죠."

'이 자식이 누굴 잡으려고…….'

소운평은 내심 기가 막혔다.

그도 그럴 것이 왕노충이 내민 것은 도무지 술잔이라고 여길 수 없는 것이었다. 모양새는 중들이 사용하는 발우처럼 생겼는데, 그 크기가 어찌나 컸던지 두 세 근 정도 부어야 가득 찰 듯싶었다.

"잔 안 받으실 겁니까?"

솥뚜껑만한 손을 흔들며 재촉을 하는 왕노충이 그렇게 미워 보일 수 없었다.

쾰쾰쾰쾰!

반은 잔에 고이고 반은 흘러 바닥에 쏟아졌다. 그럼에도 불구하고 술잔에 고인 술은 웬만한 술동이처럼 보일 정도로 양이 많았다.

보기만 해도 눈앞이 아찔했다.

그러나 번듯하게 '축하주(祝賀酒)'라는 명목을 달고 건네지는 것이 니 빠져나갈 방법이 없었다.

술자리가 벌어진 것은 한 시진쯤 전부터였다.

한 사람도 다치지 않고 말끔하게 일이 마무리된 것을 자축하기 위해 자연스럽게 만들어진 자리로 위청란을 제외한 모두가 한 자리에 모였다.

반 시진 즈음해서 불편한 몸을 내세워 위청후가 가장 먼저 자리를 떴고, 그 후 이각도 못 되어 곽연, 이환, 연좌기가 우르르 몰려 나갔다. 유유상종(類類相從)이라고, 결국에는 남아야 할 사람만 남아 술판을 이어온 셈이었다.

그 와중에 홍사독이 늘 그래 왔듯 돌아가며 '축하주'를 올리자고 제안했던 것이고, 첫 번째 순서로 나선 것이 왕노충이었다.

사양하면 대다수의 호의를 무시하는 비겁한 처사요, 졸지에 '사내도 아니다!'라는 오명을 뒤집어쓰고도 남을 상황이니 어쩔 수 없는 노릇이었다.

'아우— 죽었구나!'

소운평은 눈을 질끈 감고 고개를 처박았다.

"벌컥벌컥—"

처음엔 눈에 띌 정도로 술이 사라지는 듯했는데 반을 넘기면서 현저하게 비는 속도가 줄어들었다.

배는 불러 터질 지경이고 목은 또 얼마나 따가운지, 그렇다고 약한 모습을 보일 수는 없는 노릇이다. 늘 들었던 '좀팽이'란 소리는 두 번 다시 듣기 싫었다.

'까짓, 죽기 아니면 까무러치기다!'

소운평은 와락 술잔을 들어 입에다 들이부었다.

"우와아ㅡ"

환호성이 터졌다.

"이걸로 됐지?"

소운평은 자랑스레 술잔을 뒤집어 보였다. 한 방울도 남기지 않고 깨끗이 비운 것이다.

홍사독이 냉큼 술잔을 낚아챘다.

"자, 또 한 번 갑니다!"

"또 한 번이라니?"

눈이 휘둥그레지는 소운평을 향해 홍사독은 손가락 세 개를 펴 보였다.

"원래 축하주는 삼(三) 세 번입니다."

'망할 놈들, 아예 날 죽여라!'

소운평은 빠드득 이를 갈았다.

삼시 후, 소피를 본다는 핑계로 빠져나온 소운평은 후원을 걷고 있었다.

평소에 비해 많이 마신 축에 속했지만 취기는 거의 느껴지지 않았다. 비틀거리지도 않았고 정신도 또렷했다. 걸을 때마다 출렁거리는 배가 문제였지만.

한참을 걸어 연못가에 도착한 그는 일 장은 됨직한 평평한 정원석(庭園石)에 드러누웠다.

싸늘한 감촉으로 인해 온몸에 소름이 돋았지만 계절은 눈에 띄게 달라져 있었다. 밤하늘의 별자리도 모양새가 달라졌고, 밤 공기 역시 약간 서늘하다 싶을 정도로 부드러웠다. 곧 봄이 닥칠 시기였다.

'좋구나!'

말할 수 없이 흐뭇했다.

식초에 절인 듯 노곤하게 만들어주는 술기운 때문만은 아니었다. 평생 처음 남에게 인정받았고 주목받았다는 사실이 그를 들뜨게 만든 것이다.

시간이 흐르면 사람은 달라지기 마련이다.

좋은 쪽이든 나쁜 쪽이든 개개인에 따라서 차이를 보이겠지만 어떻게든간에 변한다는 사실만큼은 누구도 부정할 수 없을 것이다.

스스로 의식하지는 못하지만 요즘 들어 소운평은 조금씩 변해가고 있었다. 말투와 행동은 여전히 구태(舊態)를 전전하고 있다 해도 눈빛은 달라졌다.

그 속에 담긴 것은 작은 '자신감'이었다.

축 늘어져 있던 소운평은 어느 순간 퉁기듯 일어나 허리를 꺾었다.

"우웨— 엑!"

한바탕 토하고 나자 급속도로 취기가 밀려들었다. 그리고 졸음이 쏟아졌다. 입가를 슥 문지르고 소운평은 그대로 쓰러져 코를 골았다.

듣는 것만으로도 소름이 돋을 정도로 섬뜩한 비명이 울린 것은 채 이각도 지나기 전이었다.

"크악!"

"으아악!"

소운평은 토할 때보다도 더 빠른 속도로 일어났다.

     *   *   *

"원가야, 실로 잔인하구나!"

곽연은 치를 떨었다.

정원으로 몰린 사람들은 소운평을 제외한 전부였다. 그 와중에 인질
로 잡힌 사람은 가장 변변찮은 무공을 지닌 왕노충과 매향, 그리고 홍
예였다.

첫 희생자는 왕노충이었다. 원후승의 칼이 단번에 목을 벤 것이다.
이유는 소운평의 행방이었다.

원후승은 징그럽게 웃으며 홍예를 가리켰다.

"이번에도 입을 다물면 이 어린 계집의 목이 달아날 것이다! 셋 셀
여유를 주마!"

"나리, 전 일개 몸종에 불과해요. 아무것도 모릅니다. 살려주세요,
나리!"

홍예는 울부짖었다. 눈앞에서 두 사람이 목이 잘리는 광경을 직접
본 데다 자신이 다음 차례가 될지 모른다는 두려움에 거의 실신 지경
이었다.

"가주 나리, 곽 나리! 제발 저 좀 구해주세요!"

"누가 어느 가문의 가주라는 소리냐?"

어려서부터 기루에서 자란 탓에 홍예는 눈치가 빠른 편이었다. 한
가닥 생로를 발견한 그녀는 앞뒤 가릴 것 없이 줄줄이 읊어댔다.

"저분이 바로 위가의 가주예요. 그리고 유원회라는 사람은 위 가주
의 매제 되는 사람이구요."

"닥쳐라, 요망한 계집!"

이환이 노성을 질렀다. 놀랍게도 그의 두 눈엔 이글거리는 살기가 가득했다.

그와 곽연은 위청후의 존재를 숨기려 했다. 위청란과 소운평은 무사했다. 위청후까지 무사히 탈출한다면 후일을 기약할 수 있는 것이다. 어린 소녀를 상대로 살기까지 드러낸 것은 이러한 마지막 희망이 사라진 탓이었다.

"가만, 가만! 위가의 가주?"

원후승은 코웃음을 쳤다.

여식이 살아 있으나 계집은 계집일 뿐, 위충량이 사라진 것으로 위가는 절손(絶孫)되었다 여겨도 무방했다. 느닷없이 불거져 나온 가주 타령은 웃기는 소리였다.

"그 아이 말은 분명한 사실이오."

위청후가 앞으로 나서며 조용히 읊조렸다.

"푸하하핫! 설마 네가 위충량이 숨겨놓은 자식이라 우기기라도 할 셈이냐?"

"그렇소!"

원후승은 흠칫 놀랐다.

우스갯소리로 던진 말에 상대가 이렇듯 진지하게 답할 줄 몰랐고, 대꾸 또한 전혀 예상 밖이었다.

"하면 그걸 어찌 증명할 수 있다냐? 증명해 줄 수 있는 자는 모두 죽어 땅에 묻혔다."

"당장 증명해 보일 수 있소."

이 또한 의외의 대꾸였기에 원후승은 전에 없이 노기가 치솟았다.

"그렇다면 해보거라! 만약 증명할 수 없다면 이 자리에서 죽는 자들

중에 가장 처참하게 죽여주겠다."

위청후는 찬찬히 유년 시절을 떠올렸다.

"아마 다섯 살이 되던 해 봄일 거요. 당신은 내게 선물을 해줬소. 자그마한 보검(寶劍)이었는데 실제로 사용하는 것이 아니라 장신구였소. 손잡이 중앙에 홍옥(紅玉)이 박힌 손바닥만한 것이오."

번쩍!

한줄기 뇌전(雷電)이 원후승의 뇌리 속을 훑었다.

미래의 방주에게 잘 보이려는 속셈에서 벌인 일로 누구도 모르는 비밀이었다. 세상에서 단 두 사람만이 아는, 단 두 사람만이 아는 비밀……

"그, 그럼 너는?"

"맞소. 그때의 어린아이가 바로 나요. 지금은 이런 추한 몰골로 변했지만 분명히 나요."

위청후는 얼굴을 가린 장포를 벗었다.

"그, 그 몰골은!"

드러난 얼굴이 과거 위충량의 모습과 다를 바 없음을 본 원후승은 크게 놀랐다.

경악에 부릅떠진 눈에는 오만 가지 감정들이 물 흐르듯 스쳐 지나갔다. 얼굴색 또한 수십 차례 변했다. 모호하게 흐려졌던 눈동자가 서서히 제자리를 잡아갔다. 그리고 그 마지막은 무섭게 차오르는 분노였다.

"그래서 뭐가 어쨌다는 거냐? 설마 그 사실을 지껄이면 내가 무릎이라도 꿇을 것이라 여겼더냐? 과거는 과거! 넌 이미 대풍방의 소방주도, 위가의 가주도 아닌 썩어가는 몸뚱이에 불과하다."

썩어가는 몸뚱이에 불과하다!

그 말 한마디, 한 음절이 날카로운 비수가 되어 위청후의 가슴속을 헤집었다.

"잔소리 말고 소운평이란 놈의 행방이나 털어놔라. 아니면 이년처럼 될 것이다!"

"악!"

뾰족한 비명이 울리는 가운데 머리가 잘린 홍예의 몸은 바닥으로 쓰러졌다.

"마지막 경고다. 이년의 목이 떨어진 후에는 이 자리의 그 누구도 살아남지 못할 것이다!"

원후승의 장검이 마지막 남은 인질인 매향의 목에 올려졌다.

"누구든 소운평이란 놈의 행방을 말하는 자는 무사히 이곳을 떠날 수 있게 해주겠다!"

"그 말 믿어도 되나?"

목소리의 주인공은 안도였다.

원후승의 얼굴은 밝아졌고 곽연을 비롯한 다른 이들의 얼굴은 흙빛으로 변했다. 다만 위청후가 아무런 제지를 않기에 참고 있을 뿐이었다.

안도는 방금 전까지 동료였던 이들의 살기를 뒤통수로 받으며 무리의 경계까지 걸어나갔다.

"그 여자를 이곳에서 나가게 해주는 것이 내 조건이다. 얘기는 그 다음에 해주지. 설마 삼중으로 포위를 해놓고 나 하나를 두려워하는 것은 아니겠지?"

"좋다!"

원후승은 흔쾌히 수락했다. 무공도 모르는 계집 하나 더 죽인다고 득 될 것도 없었다. 취할 것을 얻으면 그것으로 족하다는 생각에서였다.

"넌 가도 좋다!"

검이 거두어지자 포위망이 쫙악 갈라졌다.

사박사박 몇 걸음 걸어가던 매향은 걸음을 멈췄다. 그리고는 뒤를 돌아 안도를 응시했다. 두 사람의 눈이 마주쳤다. 아주 짧은 순간이었다.

매향은 지그시 입술을 깨물었다. 그리고 그 입술이 펴지기도 전에 그녀는 달려와 안도의 품에 안겼다.

"난 당신을 떠나서는 살 수 없어요. 죽더라도 함께 이곳에 있겠어요."

"큭큭큭큭, 아하하하하—!"

안도는 그녀를 안은 채 미친 듯이 웃었다. 웃음을 그친 그의 두 손에는 어느새 묵룡이 쥐여져 있었다.

"좋아, 좋아! 미친개가 드디어 임자를 만났군. 한번 신명나게 놀아보자구!"

"미친개? 네가 광구자인가? 수로연맹에서 쫓겨나더니 패잔병들과 노닥거리고 있었군."

언뜻 놀랍다는 기색을 보이더니 비웃음으로 마무리를 짓는 원후승이었다.

"네 생각도 그런 것이냐?"

시선은 위청후에게 고정되어 있었지만 사실은 모두에게 묻는 소리였다.

'가능한 불필요한 살생을 피하려 했거늘……'

위청후의 눈에 갈등이 어렸다.

그러나 상황은 최악이었다. 자신이 죽는 마당에 다른 이들의 생명을 챙긴다는 것은 명백한 오만(傲慢)이었다. 서서히 그의 눈에 결연한 의지가 새겨졌다.

스르릉!

위청후의 대답은 검명(劍鳴)이 대신했다.

그것이 신호라도 된 듯 다른 이들도 분연히 저마다의 병기를 뽑아 들었다.

필사의 의지!

그 점에 있어서는 원후승도 결사적인 입장이었다. 소운평의 목이면 좋을 것이나 최소한 위청후나 곽연의 목은 들고 가야 문책을 면할 수 있는 상황이었다.

쌍방 모두가 물러날 수 없는 요건을 갖춘 셈이었지만 외세는 압도적으로 원후승 편이 유리했다. 스무 배에 달하는 수적인 우세였다. 실력 차이가 나는 상대라 해도 절대 무시할 수 없는 숫자였다.

그렇다고 위청후 쪽이 일방적으로 불리하다 여기는 것은 어리석은 사람들의 짧은 생각일 것이다.

안도와 곽연의 실력은 이미 상당한 경지였고, 이환과 연좌기 역시 무시할 수 없는 실력자였다. 또한 아직까지 진정한 능력을 보이지 않은 위청후가 변수였다. 다소 능력이 떨어지는 홍사독이 문제였지만 밑바닥 근성이 강한 자는 생존 능력만큼은 끈질긴 법이다.

결국 어느 한 단면만을 보고 승패를 점치기 어려운 건곤일척(乾坤一擲)의 승부였다.

스윽!

원후승의 우수가 들려졌다.

곧 요란한 발자국 소리가 지면을 뒤흔들더니 포위망이 두 배로 넓어졌다. 그리고 마지막 포위망을 구축한 자들의 손에 장궁(長弓)과 '악마의 화살'이란 별칭으로 불리는 견치전(犬齒箭)이 들려졌다.

"쏴라!"

슈슈슈슉!

맹렬한 속도로 견치전이 날았다. 불빛을 받아 은빛으로 번쩍이는 화살들의 물결은 아름답다 못해 차라리 황홀할 지경이었다.

한 무리의 화살이 휩쓸고 지나간 뒤의 짧은 정적, 그리고 양편은 무서운 기세로 서로를 향해 달려들었다.

살기에 찬 눈빛들이!

귀를 찢을 듯한 함성이!

도검(刀劍)이 부딪치는 요란한 소리가 삽시간에 천지 사방을 삼켜버렸다.

"크어!"

"우아악!"

실타래가 풀리듯 비명이 줄을 이었다.

*   *   *

'또 숨어 있다 나가야 되나? 아냐. 저러다 청후 형이 사로잡히기라도 하는 날엔……'

소운평은 부르르 떨었다. 이틀 전에 해약을 복용했으니 사흘이 지나면 독이 발작하여 죽는 것이다.

전장의 인물들이 모두 쓰러진다 해도 자신과는 무관했다. 왕노충과 홍예가 목숨을 잃을 때만 해도 눈살을 찌푸리며 가슴 아파했지만 곧 아무렇지도 않게 변해 버린 그였다. 중요한 건 자신의 생명이었다.

그것을 챙기기 위해 뭔가 해야 한다는 건 분명히 느낄 수 있었다. 선뜻 떠올릴 수 없다는 것이 문제였지만.

그때였다. 생각에 몰두하는 소운평을 일깨우는 음흉한 음성이 울렸다.

"내 이럴 줄 알았지! 어딜 가나 쥐새끼처럼 숨어 있는 놈들이 하나쯤은 있거든."

'들켰구나!'

소운평은 순식간에 자라목이 되었다. 그 숨 막히는 와중에도 그는 재빨리 진로(進路)를 생각했다.

앞은 피 튀기는 전장이요, 뒤는 달랑 하나다. 생각하고 자시고 할 것도 없는 것이다.

막 몸을 돌리는 소운평의 귀에 등 뒤의 사내가 외치는 소리가 들렸다.

"조장, 여기 한 놈을 발견했습니다!"

곧 한 무리의 사내들이 눈에 들어왔다. 족히 십여 명은 되는, 아니, 그 두 배도 훨씬 넘어 보였다.

"별 놈 아닌 듯한데 죽여 버려라!"

우두머리로 여겨지는 자의 시큰둥한 음성에 이어 도검이 번뜩이는 것이 눈앞에 아른거렸다.

"우와아아아—!"

눈알이 튀어나올 정도로 놀란 소운평은 앞뒤 가릴 것 없이 몸을 날렸다. 아마 이렇게 빠른 몸짓을 보인 것은 표풍영을 배운 후 처음일 것이다.

피 튀기던 싸움은 일시에 멈췄다.

병기를 휘두르던 자들은 병기를 든 모습으로, 쓰러져 상처를 감싸쥐고 신음하던 자들도 그 자세 그대로 화석(化石)인 듯 굳어졌다.

그들은 경악에 찬 얼굴로 한곳을 바라보고 있었다. 그곳에는 소운평이 서 있었다.

'어라?'

앞뒤 안 가리고 피한다는 것이 재수 없게 싸움터 한복판인지라 내심 '죽었구나!'를 연발하던 차였다. 그런데 하나같이 마누라가 다른 사내와 침상에 누워 있는 것을 본 듯한 얼굴로 굳어졌으니 몹시 이상했던 것이다.

소운평은 멀뚱거리며 주위를 살폈다.

'거 알다가도 모를 일이네. 이 자식들이 진짜 왜 이러는 거지?'

그는 습관대로 뒤통수를 긁으려 손을 올렸다.

한데 대풍방의 무사들이 놀란 얼굴로 화닥닥 물러나는 것이 아닌가!

'오호, 이것 봐라?'

머리 속에 떠오른 것을 확인하려는 생각에 소운평은 우수를 등 뒤에 감췄다가 홱 뻗었다.

사사삭!

돌연 무수하게 울리는 뒷걸음질치는 소리들… 서너 걸음씩 물러나는 무사들은 사냥꾼에게 놀란 기러기 떼와 다를 바 없었다.

'귀신같은 놈들, 내가 혈수를 익힌 줄 어떻게 알았을까? 하지만 제대로 펼칠 수 없다는 건 몰랐나 보지?'

소운평은 키득거리며 웃었다.

아마 대풍방의 무사들이 그런 속마음을 알았다면 거품을 물고 뒤로 넘어갔을 것이다.

처음 귀를 찢을 것 같은 굉음(轟音)이 울린 곳은 십여 장이 넘는 거리였다. 사자후(獅子吼)가 아닐까 싶을 정도로 우렁찬 소리와 함께 한 사내가 나타났다.

놀라운 것은 굉음이 들리는 것과 사내가 나타난 것이 거의 같은 순간에 이루어졌다는 사실이다. 하늘에서 뚝 떨어진 것처럼 말이다.

웬만한 수준에 오른 자들은 상대가 펼치는 수의 고하(高下)를 알아보는 것이다.

극도로 겁에 질린 소운평은 한순간 초인(超人)적인 능력으로 표풍영을 펼쳤고, 장내의 인물들은 그것을 상대의 진실한 실력으로 받아들인 것이다.

어이가 없기는 해도 장내의 인물 중 가장 고명하다 할 수 있는 위청후조차 소운평이 펼친 것을 능가하기 어려울 정도였으니 충분히 가능한 일이었다.

"이놈, 유원회! 네놈이 이 정도로 고수인 줄은 꿈에도 몰랐구나!"

퍼뜩 정신이 든 소운평의 시선에 원후승이 들어왔다.

"아직도 나를 유원회로 착각하는군."

"이, 이… 때려죽일!"

"때려죽여? 거기서 말로만?"

소운평이 유들유들 웃자 원후승은 분노로 머리 속이 터질 것 같았다.

"이놈들아, 뭐 하느냐! 어서 저놈을 육시를 만들어라!"

원후승은 길길이 날뛰었다.

하지만 무사들은 잡아먹을 듯한 눈으로 노려보기만 할 뿐 좀처럼 움직일 기미가 없었다. 우두머리조차 꺼리는 상황인데 그들이야 두말할 나위가 없었다.

일이 이상하게 돌아가자 위청후를 비롯한 다른 이들은 휴식을 취하며 상처를 치료했다. 서른 명 이상이 쓰러졌다 해도 배 가까운 수가 건재한 이상 언제 전투가 이어질지 모르는 상황이었다. 그들은 두 사람을 살피면서도 경계를 늦추지 않았다.

소운평은 안하무인(眼下無人)은 저리 가라 할 정도로 기세가 올라 있었다.

"원가야, 맞고 꺼지겠느냐, 그냥 꺼지겠느냐?"

허리에 두 손을 얹고 호령하는 것이 마치 장내 제일고수라도 된 듯한 모습이었다.

원후승은 기가 막힌 듯 입을 썩 벌렸다. 그 와중에도 그는 곁에 서 있던 수하에게 뭔가를 지시했다.

잠시 후, 모습을 나타낸 것은 유상이었다.

'죽일 놈!'

소운평은 잡아먹을 듯 유상을 노려보았다. 그제야 원후승이 동가장에 나타난 것이 이해가 갔다.

준비한답시고 보름이 넘도록 미친년 널뛰듯 쏘다녔으니 길거리 어딘가에서 부딪쳤던 모양이었다.

원한이 사무쳤을 놈이니 보자마자 알아봤을 테고, 며칠 동안 따라다니며 미행을 했을 것이다. 그리고 대충 상황이 파악되자 쪼르르 원숭이 녀석에게 달려갔으리라. 그 정도는 보지 않고도 훤했다.

이윽고 유상과 몇 마디를 주고받은 원후승은 희색이 돌아 소리쳤다.

"이놈, 나를 속이다니! 불과 일 년 남짓 배운 무공으로 허세가 너무 심한 것 아니냐?"

"일 년은 무슨 일 년, 반 년이다! 그리고 그렇게 생각하면 왜 덤비지 않는 거냐?"

내친 길이라 소운평도 지지 않고 소리쳤다.

'무공에 문외한(門外漢)인 자를 불과 반 년 만에 저 정도의 고수로 만들 정도라면······.'

저도 모르게 경외심이 생겨나는 한편 의구심이 떠올랐다. 원후승은 싸늘하게 노려보며 다그쳤다.

"사부가 대체 누구냐? 명호를 대라!"

'대충 넘어갈 것이지······.'

소운평은 난감했다. 어찌 사부의 이름을 모를까마는 단지 '명호' 가 무엇을 뜻하는지 의미를 모르는지라 덥석 대꾸할 수 없는 것이다.

"그건 내가 말해 주지!"

구세주처럼 등장한 사람은 뜻밖에도 안도였다. 그는 사람들의 시선을 받으며 앞으로 나섰다. 전신에 꽤 많은 상처를 입은 듯 보였는데 눈빛만은 여전했다.

그의 입에서 노랫말 같은 몇 구절이 흘러나왔다.

〈장강(長江)에 한 마리 흑룡(黑龍)이 노니나니, 해신(海神)의 아들이요, 천하 배들의 수호신(守護神)이니라.)

'흐, 흑룡왕(黑龍王)!'

원후승은 하마터면 그 자리에 주저앉을 뻔했다.

흑룡왕(黑龍王) 마달(摩達)!

그는 수로연맹의 맹주로 중원의 젖줄이라 일컫는 장강의 절대자였다. 그 이름을 듣고 아무렇지 않게 서 있을 수 있는 자는 천하를 털어도 몇 안 될 것이다.

"소 공자는 그분께서 말년에 거둔 분이다."

'커흑!'

거듭되는 충격으로 원후승은 몸까지 휘청거렸다.

마달의 제자라면 반 년이 아니라 오 일 만에 저런 능력을 보인다 해도 하등 이상할 게 없는 것이다.

한차례 충격이 지나가자 원후승의 뇌리에는 몇 가지 의문이 떠올랐다.

사람들은 왕왕 이해할 수 없으면 불신(不信)을 택하게 된다. 원후승도 마찬가지였다.

"믿을 수 없다! 수로연맹이 무엇 때문에 본 방을 적대시한단 말이냐? 게다가 마달이 직접 나서지 않더라도 대풍방 정도는 반나절이면 끝장날 것을 어째서 조무래기를 보내 시간을 끈단 말이냐?"

"별로 믿고 싶지 않은 모양이군!"

안도는 피식 웃고는 다시 정색을 했다.

"강소총단은 맹주의 명을 어기고 등소와 야합(野合)했다. 그것도 모자라 팔백에 달하는 맹도(盟徒)를 잃었지. 그 팔백은 종쾌에게 죽었다.

종쾌는 누구의 수하지? 나 역시 그때의 과오를 만회하라는 맹주의 명에 따라 이번 일에 참가하게 된 것이다."

"그렇다면 왜 제자 하나만 보낸 것이냐?"

"지금부터 꼭 보름이 지나면 그분께서 장강을 떠나 이곳으로 오실 것이다."

'보름 후?'

원후승은 선뜻 이해가 가지 않았다.

한참을 고생한 연후 그는 드디어 상대가 '꼭'이라는 말을 사용한 이유를 떠올릴 수 있었다.

보름 후면 청명(淸明) 다음날이다. 청명은 일 년에 한 번 열리는 수로연맹의 총회(總會) 날이고, 이것은 수로연맹이 한 해의 시작을 장식하는 제물로 대풍방을 선택했다는 소리나 마찬가지였다.

안도는 경악해하는 원후승을 위해 선심 쓴다는 얼굴로 말을 이어갔다.

"듣기에 맹수(猛獸)는 새끼를 강하게 키우기 위해 스스로 절벽에서 떨군다고 하더군. 소 공자께서 홀로 이곳에 보내진 것은 아마도 그런 이유일 것이다."

"하하하하핫!"

원후승은 웃었다. 하늘을 우러르며 보는 사람이 통쾌하다 여길 정도로 시원스레 웃었다.

하지만 그는 속으로 피눈물을 흘리고 있었다.

정황과 시기, 그 모든 것이 조각난 판화(版畵)를 맞추듯 들어맞았다. 안도의 얘기에는 한 치의 오차도 없었다. 의심이 가는 구석이 쇠털만큼이라도 있었다면 이렇게 절망적이지는 않을 것이다.

마달이 나서기로 된 이상 대풍방은 한낱 봄날 아지랑이처럼 스러지고 말 것이 분명했다.

그럼 그의 지위는?

배신자의 오명은 아무런 가치도 없게 되는 것이다.

뚝!

어느 순간 원후승은 웃음을 그치고 고개를 떨궜다.

그런 그를 향해 소운평이 입을 열었다.

"안 건드릴 테니까 돌아가더라도 입은 다무는 게 좋을 거야. 자신이 없다면 아예 보따리를 싸든가. 할 말 다 했으니 이만 꺼져 주지?"

소운평은 파리라도 쫓는지 손을 휘휘 내저었다.

날씨는 시원할 정도이건만 원후승은 전신을 부들부들 떨었다. 단지 그것뿐이었다.

상대는 중원을 쥐고 흔드는 절대자의 제자, 변두리 문파의 총관 나부랭이가 어찌할 수 없는 거물인 것이다. 솔직히 일 대 일로 맞붙는다 해도 승리할 자신도 없었다. 그래서 원후승은 조용히 꺼져 주기로 결심했다.

이래서 사람은 이름이 나고 보아야 한다.

"모두 철수한다!"

축 늘어진 어깨로 돌아서는 그에게 유상이 다가왔다.

"나리, 저기 돈, 커억!"

유상이 가슴을 부여안고 앞으로 고꾸라지는 것을 시작으로 대풍방의 무사들은 동가장을 빠져나갔다.

털썩털썩!

여기저기서 허탈하게 주저앉는 소리가 울렸다. 꼿꼿하게 서 있는 이는 위청후가 유일했다.

　물론 제일 먼저 바닥에 쓰러진 이는 소운평이었다. 진땀으로 범벅이
된 채 말이다.

제30장

위청후는 옛정으로 돌아오고 소운평은 생사의 위기를 맞다

1

인간사(人間事)에 영원한 비밀이란 있을 수 없는 법이다. 수백 수천
의 생명과 직접적인 관련이 있다면 더 더욱 그럴 것이다.

대풍방의 주인이 돌아왔다.
그들은 수로연맹과 함께 적도들을 공격할 것이다.
시기는 청명절 전후다.
총관 원후숭은 벌써 달아났다.
살고 싶으면 우선 대풍방을 떠나라.

이틀 전 동가장을 다녀온 일부 무사들의 입을 통해 흘러나온 이 얘
기는 은밀하게 다른 이들에게 옮겨갔다.
그들은 또 다른 이에게, 다른 이들은 역시 그들의 동료들에게……

입에서 입으로 퍼진 소문은 채 하루가 지나기도 전에 대풍방 전체로 확산되었다.

소문은 사실임이 확인되기도 전에 내외(內外)로 엄청난 파장을 불러 일으켰다.

*　　　*　　　*

"날씨가 점점 푸근해지는군요."

옷깃을 추스르며 자리에 앉는 홍사독은 아닌 게 아니라 복장이 달라져 있었다. 누렇고 구질구질하던 솜을 덧댄 겨울옷 대신 홑겹 장삼을 입고 있었다.

"그래, 가보니까 어때?"

창가에 서서 밖을 내다보며 소운평이 물었다.

"노모(老母)는 반미친 사람이 됐고, 코흘리개 계집아이는 엉엉 울어대고… 민망해서 전표만 건네주고 곧장 돌아오는 길입니다."

홍사독의 태도가 금세 시무룩하게 변했다. 그는 왕노충의 장례식에 다녀오는 길이었다.

'그래도 울어줄 사람이라도 있는 놈은 다행이지! 나 죽으면 누가 울어나 줄까?'

팽! 소리나게 코를 푼 후 소운평은 자리에 앉았다.

시큰둥하게 앉아 있던 홍사독이 뭔가 생각났다는 짓을 한 것은 그때였다.

"참, 오다가 일 때문에 안면이 있는 친구를 만났는데, 그 친구 말이 원후승이란 놈 동가장에 왔던 다음날 새벽에 짐을 쌌다고 그러더군요."

"설마 달아났다는 얘기야?"

소운평은 깜짝 놀라는 눈치였다.

"돌아가더라도 입은 다무는 게 좋을 거야. 자신이 없다면 아예 보따리를 싸든가!"

그날 분명히 그렇게 말하기는 했었지만 그저 재미 삼아 지껄인 소리였다. 설마 진짜 짐을 싸서 달아날 줄은 누가 상상이나 했겠는가!

놀라움에 이어 원후숭 같은 인물이 가진 것을 모조리 포기할 수 있게 만든 인물에 대해 궁금해졌다.

"'마달'이란 사람이 그렇게 대단해?"

"설마 전혀 모른다는 얘기는 아니시죠?"

"자세히는 아니고 약간 아는 정도였는데, 워낙 오래돼 놔서 말이야."

소운평은 계면쩍게 웃었다.

하지만 그가 뒤통수를 긁는 것을 목격한 홍사독은 전혀 모르고 있음을 단박에 알아챘다.

"마달은 장강을 지배하는 장강수로연맹, 줄여서 수로연맹이라고 부르는 곳의 맹주입니다. 나이는 육십이 넘은 것으로 알고 있는데 정확한 것은 모르겠습니다. 수로연맹은 모두 서른여섯 개의 분타가 모여서 이루어진 연맹체입니다. 분타는 장강의 요처에……."

"다른 건 됐고, 대풍방과 비교하면 어때?"

"그거야 비교할 게 못 되지요. 대풍방이 우물이라면 연맹은 대해(大

海)나 다름……."

거기까지 말하던 홍사독은 황급히 입을 다물었다. 그리고는 두려운 듯 시선을 탁자 아래로 깔았다.

"화(禍)는 입에서 나온다고 들었다!"

등 뒤에서 들려온 음성 덕에 소운평은 연유를 알 수 있었다. 창가에 안도가 나타난 것이다.

안도는 훌쩍 몸을 날려 창가로 올라섰다. 안으로 들어오려다 말고 그는 창틀에 쪼그리고 앉았다. 측소에 가면 지겹도록 취하는 자세로 등을 돌린 소운평의 모습과 겹쳐져 목 위의 부분만 보였다.

"나 지금 떠난다."

"아주 가시는 겁니까?"

"……"

순간, 상황에 어울리는 질문이 아니었다고 판단한 홍사독은 재빨리 내용을 바꿨다.

"어디로 가시는데요?"

"수로연맹!"

"갑자기 거기는 왜……?"

안도는 매섭게 소운평의 뒤통수를 노려보다가 약간 짜증스런 투로 말했다.

"어떤 멍청이가 주제넘게 나서는 통에 그 멍청이는 맹주의 제자를 사칭한 사기꾼 신세고 우린 도매금으로 일당이 된 거다. 그 일로 벌써 소주 땅이 들썩거리는데 연맹에는 귀머거리만 모인 줄 아냐?"

순간 어떤 멍청이(?)의 얼굴이 확 붉어졌다.

"형님이 가신다고 해결된다는 보장도 없질 않습니까? 더군다나 형님은……."

연맹에서 쫓겨나지 않았습니까?

홍사독은 차마 그 말은 할 수가 없었다.

"총단에 그럭저럭 안면 있는 자가 있다. 어차피 피할 수 있는 것도 아니니 정면으로 부딪치는 수밖에. 맹주에게 분별력이 있기를 바래야지! 그리고……."

안도는 불쑥 손을 내밀어 뭔가를 던졌다.

어딘가를 표시한 약도(略圖)였다. 바둑판처럼 그어진 선과 선이 홍사독의 눈을 어지럽혔다.

"닷새쯤 뒤에 여길 좀 다녀와라. 가서 '주시오!' 하면 주인이 철궤 하나를 내줄 거다. 그걸 받아서 위 가주에게 가져다 주면 된다."

"언제쯤 돌아올 수 있는 겁니까?"

"글쎄, 별문제가 없다면……."

안도는 말끝을 흐렸다.

문제가 생긴다면 영영 돌아오지 못한다는 것쯤은 익히 알고 있었다. 맹주의 측근을 사칭한 이가 나타난 이상 연맹에서는 이번 일을 낱낱이 파악하려 들 것이 분명했다. 맹주의 칙명이 떨어지면 그들의 이목을 피할 수 있는 곳은 중원 천지 어디에도 없다고 여겨야 했다.

해결을 위해 누군가는 가야 했고, 가야 할 사람은 정해져 있었다. 그리고 그에게는 단순히 목숨을 연명하는 것 이상으로 중요한 의미가 함께했다.

"넉넉 잡고 보름 안쪽이면 돌아올 수 있겠지."

안도는 잇몸이 드러나는 특유의 웃음을 짓고 훌쩍 창틀 아래로 내려섰다. 아마도 곧장 떠나려는 듯했다.

"조심해서 다녀오십시오. 그동안 매, 아니, 형수님은 제가 잘 모시겠습니다."

홍사독은 창가로 달려와 인사를 전했다.

문득 저만치 멀어지던 안도의 그림자가 주춤했다.

"아, 그리고 맹주의 제자 나리에게 전해줘. 처남이 찾으니까 가보라고!"

전해주라는 말과는 달리 당사자가 들을 수 있는 우렁찬 음성이었다.

'날 찾는단 말이지?'

안도가 떠나는 것과 관계가 있을 것이라는 생각이 머리 속을 스치자 소운평은 재빨리 자리에서 일어났다. 홍사독이 배웅을 마치고 등을 돌렸을 땐 이미 그는 방을 나서고 있었다.

홍사독의 말처럼 날씨는 몸으로 느낄 만큼 달라져 있었다. 오후의 무지근한 햇살이 쏟아졌다.

동가장을 버리고 새롭게 은신처로 삼은 곳은 성안의 평범한 민가(民家)였다. 민가라고는 해도 규모가 큰지라 각자에게 하나씩 돌아갈 만큼 방이 여러 개였고 여타 공간도 충분했다.

소운평은 마당을 가로질러 위청후의 처소로 향했다.

"왔군. 그리 앉게나."

다탁에 앉아 있던 위청후는 자리를 내주고 몸을 일으켰다.

뒤쪽의 화로에는 물이 끓고 있고 다탁에는 이미 다기(茶器)가 놓여 있었다. 차를 준비하려는 모양이었다.

"오랜만에 손을 놀린지라 제 맛이 날지 모르겠네. 형편없다 흉 보지는 말게."

곧 김이 오르는 찻잔이 건네져 왔다. 투박하기 그지없는 싸구려 다

완(茶椀)이었지만 그 안에 담긴 초록색 액체에서는 비할 듯 없이 청아한 향기가 풍겼다.

다른 생각으로 가득 찬 머리 속은 차 맛을 음미할 여유가 없었기에 소운평은 한 모금 마시는 시늉만 하고 찻잔을 내렸다. 그리고 물었다.

"무슨 일입니까?"

설마 듣지 못했을 리가 없는데 위청후는 종내 대꾸가 없었다. 삼매(三昧)에 빠진 선승(禪僧)인 양 지그시 눈을 감은 것이 차 맛의 여운을 음미하는 것 같았다. 목소리가 들린 것은 한참이 지난 후였다.

"역시 서둘러서인가? 뒷맛이 개운치 않군."

동문서답(東問西答)이었다. 이윽고 위청후는 소운평을 응시했다.

"자네 처는 어떤가?"

'역시 못 들은 게 분명해!'

소운평은 그렇게 생각하며 대꾸했다.

"잘 지냅니다. 잘 지내지 못할 이유가 없죠. 사실 너무 조용해서 탈이라니까요."

"그런가?"

위청후는 다시금 찻잔을 입으로 가져갔다.

'대체 무슨 얘기를 꺼내려고…….'

소운평은 내심 바짝 긴장했다. 위청후가 단 한 번도 이러한 모습을 보인 적은 없었다. 그만큼 중요한 것을 말하리라는 것을 본능적으로 느꼈지만 뜬구름을 잡는 것처럼 도무지 내용을 짐작할 수 없었다.

달그락.

찻잔을 놓는 소리가 유난히 크게 울렸다. 그와 반대로 조용한 음성이 들려와 소운평의 상념을 깨웠다.

"내게 주어진 시간은 많지 않네."

'시간? 무슨 시간?'

여전히 알 수 없기는 마찬가지였다. 소운평은 이유를 묻기라도 하듯 빤히 위청후를 응시했다.

위청후는 말없이 장포를 걷어 우수를 내보였다.

우수는 두툼한 삼베로 겹겹이 싸여 있었는데, 군데군데 진물이 묻은 자국이 선명했다. 봄의 초입에 들었다고는 해도 아직은 한기가 분명한 실내였다. 그런데도 불구하고 악취가 물씬 풍겼다. 악취는 위청후가 붕대를 풀어갈수록 더욱 심해졌다.

'헙!'

소운평은 숨을 삼켰다.

드러난 손은 실로 끔찍했다. 누런 고름이 가득한 손가락들은 한 마디, 혹은 그 이상이 떨어져 나간 모습이었고, 그 사이로 허연 뼈와 힘줄이 고스란히 드러났다. 반쯤 삶아 흐물흐물 늘어진 돼지 발을 보는 듯했다.

"이 손으로는 머지않아 검을 쥘 수조차 없을 걸세."

음성에는 허탈감이 가득했다.

'아! 그럼 그게?'

소운평은 한 가지 의문을 해결할 수 있었다.

회안령에서 그랬고 동가장에서도 마찬가지였다. 안도에게도 못 미치는 실력을 보이는 것이 이상했다. 은연중 온화한 성격과 살인에 대한 거부감 때문에 망설이는 것이라고 짐작했던 차였다.

한데 그게 아니었던 것이다. 검을 제대로 다룰 수 없으니 본 실력은 커녕 반(半)의 반도 실력이 나오지 않은 것은 당연했다.

"하지만 난 분명히 진무방을 상대할 수 있네. 물론 자네가 계획을 앞당겨 주어야 가능하겠지만."

어떻게? 무슨 수로?

소운평은 다그치고 싶었다.

반 마디 남은 엄지손가락 뿌리가 완전히 사라지면 검을 쥐는 일조차 불가능할 것이 분명하거늘… 도무지 말이 되지 않는 소리였다.

생전 그럴 것 같지 않던 안도가 모두를 위해 수로연맹으로 떠나고 위청후는 마지막을 논한다?

뭔가 있음이 분명했다. 위청후의 자신에 찬 음성은 이 같은 사실과 맞물려 소운평으로 하여금 일말의 기대감을 갖게 만들었다.

이어 들려온 음성은 그에게 확신을 주었다.

"가능하면 청명절을 넘기지 않았으면 좋겠군. 그게 자네 계획에도 도움이 될 듯싶네."

'청명이면… 열흘에서 며칠 더 남은 건가? 당분간 발바닥에 불 나겠군.'

소운평은 나직이 한숨을 불어냈다.

위청후의 처소를 나선 소운평은 올 때처럼 마당을 가로질러 단풍나무가 만든 그늘 아래로 향했다. 거기엔 예전 주인이 사용했음직한 평상(平床)이 자리했다. 그는 평상에 앉아 생각에 잠겼다.

'역시 수가 너무 많은 것이 문제야……'

애초 원후승에게 받은 토지 문서를 적검문에 넘긴 후 반목을 유도하여 어부지리(漁夫之利)를 노리려는 것이 계획이었다. 어렵기는 해도 많은 시간과 공을 들인다면 충분히 가능한 일이었다.

하지만 주어진 시간은 채 보름이 안 되는 짧은 기간이었다. 사실 불가능에 가까웠다.

그런 점에서 볼 때 안도는 재삼 구세주였다.

'수로연맹과의 일전'이라는 사건을 목전에 두고 대풍방은 혼란을 겪고 있을 것이 분명했다.

어느 정도 세력이 비등하다면 모를까 홍사독의 말대로 우물과 대해의 싸움이라면 누가 봐도 결과를 알 수 있는 뻔한 승부였다. 승패를 가늠하기 이전에 싸움 자체가 성립되지 않는다 여겨도 좋을 정도였다.

윗자리는 어떻게든 투지를 세우려 할 것이다.

그에 비해 최하위나 적어도 서너 단계 위까지는 정신 차리지 못할 정도로 흔들릴 것이다.

그 정도면 빌미가 되기 충분했다. 중간에서 적당히 농간을 부린다면 세를 크게 줄이는 일이 전혀 불가능한 일은 아니었다.

'가만있자… 이용해 먹을 수 있는 게 뭐였더라?'

첫머리에 떠오른 것은 역시 위청후의 귀환이었다. 전 방주의 아들. 명분으로 부족함이 없을 것이고, 잘하면 이 편으로 넘어올 자들도 생길지 몰랐다. 그리고 원후승의 도주, 수로연맹, 그리고… 금(金).

"그래. 그게 있었지!"

소운평은 자리를 박차고 일어섰다.

굳이 이 편으로 끌어들이려 애쓸 필요도 없었다. 하루, 청명절 단 하루면 충분했다. 그날만 자리를 벗어나게끔 만들면 되는 것이다.

'좋아. 내 돈 될 것도 아닌데 팍팍 써주마!'

소운평은 재빨리 뒤꼍으로 향했다. 그곳에는 곽연과 이환의 처소가 있었다.

*　　　　*　　　　*

　"접니다."

　악무비는 문을 열고 조용히 들어섰다.

　원후승의 부재 이후 가장 뚜렷한 변화를 겪은 사람은 다름 아닌 그였다. 이원화(二元化)돼 있던 업무가 한 사람에게 집중되다시피 했으니 눈코 뜰 새 없이 바쁘다는 얘기가 과장이 아니었다.

　바쁜 와중에 느닷없는 호출은 의외였다. 그에 따른 의문과 짜증이 은근히 얼굴 한편에 서려 있었다.

　진무방은 태사의에 앉아 무서(武書)로 보이는 서책을 읽는 중이었다.

　"왔나? 거기 앉게."

　손짓에 따라 움직이는 악무비의 얼굴에는 의문과 짜증의 기운이 고스란히 남아 있었다.

　이윽고 그가 자리하자 진무방은 서책을 덮고 크게 몸을 뒤척여 자세를 바로했다. 그리고는 투명한 눈으로 악무비를 응시하다가 불쑥 말을 꺼냈다.

　"갑작스레 찾은 것이 꽤 부담이 되었던 모양이로군. 짜증도 좀 났을 테고."

　악무비는 내심 뜨끔했지만 굳이 억지를 써가며 부인하고 싶지는 않았다.

　"사실이 그렇습니다."

　"예나 지금이나 자네 성격은 그대로군. 하긴 그래서 자네가 더 좋아졌는지도 모르지. 그건 그렇고, 이거 웬만한 이유로는 자네 짜증을 잠

재울 수 없겠는걸?"

진무방은 금세 얼굴을 고쳤다. 방금 너스레를 떨던 사람이라고는 볼 수 없을 정도로 진지해졌다.

"안팎을 수습하느라 바쁜 것은 익히 아네만 자네에게 또 다른 짐을 지워야겠네."

"짐이라 하시면?"

"자네가 이 자리를 맡아주어야겠네."

진무방은 태사의를 가리켰다.

방주 자리를 이양(移讓)하겠다는 소리로 알아들을 만큼 악무비는 어리석은 사람이 아니었다. 그렇기에 더욱 알 수 없는 소리였다.

악무비는 잠시 망설이다 입을 열었다.

"생각 이상으로 방도들이 동요하고 있습니다. 이런 상황에서 방주께서 자리를 비우시면 본 방은 내외로 우환(憂患)을 맞게 될 것입니다."

그는 '동요'와 '우환'이라는 말을 사용해 내용을 축소시켰지만 실제 상황과는 상당한 차이가 있었다.

이미 방을 떠난 자는 상당수였다. 대다수가 직급조차 갖지 못한 하급 무사들이라 해도 점차 이탈하는 숫자가 늘어나는 점은 간과할 수 없는 문제였다. 행여 통제가 되는 인물들에게까지 영향이 미친다면 언제, 어느 순간 일시에 파국으로 치달을 수도 있는 심각한 상황이었다.

파국은 곧 죽음과 다름없었다.

그러나 진무방은 종내 태연한 모습이었다. 문제될 것 없다는 그 모습은 악무비로 하여금 무슨 소리를 지껄여도 마음을 돌릴 수 없다고 판단하게 만들었다.

"하면 어디를 다녀오실 겁니까?"

"합비(合肥)."

'합비?'

악무비는 틀림없이 기억하고 있었다. 작년 여름에 종쾌가 그곳엘 다녀왔었다. 그리고 그날 등소가 죽었다.

이번에도 같은 일이 벌어질 것인가?

"자네 벽호(壁虎:도마뱀)를 아나?"

문득 들려온 음성에 악무비는 상념에서 깨어났다.

"벽호 말씀입니까?"

"위기를 느끼면 꼬리를 자르고 달아나는 벽호에겐 꼬리란 구명의 방편이지. 자네 같으면 머리를 자르겠나? 그것은 피해가 거의 없는 부위기에 가능한 일이네. 떠나는 자들을 막지 말게. 그들은 꼬리와 같은 존재. 머리만 무사하다면 언제든 꼬리는 생겨나는 법이네."

이내 진무방은 자리에서 일어났다. 아마도 곧 출발하려는 듯싶었다.

"예정된 것이 아니라 꽤 시간이 걸릴 걸세. 하지만 청명절 이전에 반드시 돌아와야겠지."

"반드시 입니까?"

"상대를 실망시키는 일은 없어야 하지 않겠나? 누가 목을 드리우게 될지는 모르지만."

진무방은 실내를 가로질러 문을 열었다.

악무비는 황급히 그를 따라나서려 하다 멈칫했다. 진무방이 문가에 서서 등을 돌렸기 때문이다.

"나올 것 없네. 가면서 차(茶)를 내오라 이를 것이니 자리에 앉아 느긋하게 생각해 보게. 당분간 그 자리의 주인은 자네가 아닌가?"

묘한 미소와 함께 진무방은 문을 닫았다.

이윽고 발걸음 소리가 멀어지자 악무비는 천천히 태사의로 다가가 몸을 앉혔다. 호피(虎皮)의 푹신한 감촉 따위는 아예 느껴지지 않았다.

'가증스러운 놈!'

원후승을 떠올리자 노기가 치솟았다.

떠나도 결코 잡지 않았을 것이다. 그가 아는 진무방이라면 잡기는커 녕 최대한 배려를 해주었을 것이 분명했다. 어느 면으로 보나 말없이 떠나서는 안 될 상황이었다. 더군다나 양상군자(梁上君子)처럼 방의 재 산을 빼돌려 달아난다는 것은 말도 되지 않는 일이었다.

원후승의 배신이 차기 방주라는 야망에서 비롯되었다 한다면 그의 직접적인 원인은 진무방이었다. 한 인간의 매력에 이끌려 스스로 주인 을 바꾸었을 뿐이었다. 결코 배신이라고 여긴 적 없었다.

이제 배신자는 떠났고 그는 남았다.

떠난 자를 원망하는 일은 더 이상 없을 것이다. 앞으로의 일만이 그 를 채찍질할 것이다. 결과가 어떻게 나오든 그건 중요치 않았다. 주인 이 돌아올 때까지 자신에게 주어진 일을 하면 그것으로 족했다.

"총관 어른, 차를 가져왔어요."

시비의 앳된 목소리를 그는 듣지 못하고 있었다.

2

"그게 언제였더라?"

사월의 어느 날이라는 것은 분명했다. 날짜까지 기억나지는 않지만 대충 일 년쯤은 된 것 같았다.

조 노인의 배를 타고 태호(太湖)를 건너 도착한 소주. 밥 한 그릇 얻어먹고 성안으로 가던 때 비가 왔었다. 그리고 비를 피하려 달려가다 위청란과 만났었다. 그녀를 담 너머로 넘겨주며 은근히 몸을 비벼대던 것과 뒤이어 들이닥친 조인환에게 수작을 부리던 일.

솔직히 그날 위청란과 마주친 것이 모든 일의 시발점이라고 생각해도 좋았다. 그녀를 만나 어물거리지 않았다면 조인환을 만나는 일도 없었을 테고, 은 스무 냥이 생기지 않았으면 대화관에 묵을 일 또한 없었을 것이다.

'아직도 여전하겠지?'

시커먼 이빨과 누린내를 풍기며 여전히 돼지고기 볶음을 최고 요리로 팔고 있을 노파가 떠오르자 소운평은 히죽거리며 웃었다.

비가 새서 밤새도록 침상을 옮기던 일… 거기서 서이룡을 만났고, 되도 않게 노파에게 사기를 당했다.

그리고 운영루……. 몇 달 안 되는 짧은 시간에 불과했지만 유독 기억에 남는 것은 역시 생애 처음으로 가진 제대로 된 일자리였던 까닭일 것이다.

그 다음은 별로 기억하고 싶지 않은 일이 전부였다.

어찌어찌 하다 보니 쓸데없는 일에 말려들어 지금까지 헉헉대고 있는 꼴이라니… 그래도 몇 가지 기억할 만한 일들도 있었다.

기억할 만한?

그 정도로는 어림도 없지. 사무치다 못해 이가 갈릴 정도였으니까!

죽도록 패대던 여자는 어느 날 돌변해서 혼인을 하자고 덤비고, 그 오라비는 간이라도 빼줄 듯하더니 결국 발이 닳도록 뛰어다니게 만든다.

거기까지는 그런대로 참을 수 있었다. 억지 혼인이라 해도 강제로 눌림(?)을 당하는 일도 없었고, 머리에 쥐가 좀 나서 그렇지 여기저기 돌아다니기만 하면 되었으니까. 사부라는 인간이 벌인 짓에 비하면 '새 발의 피'는 저리 가도 한참을 가야 할 것이다.

두어 가지 가르치더니 난데없이 독을 써서 빠져나갈 구멍도 없이 만들어 버리다니… 그게 사부로서 제자에게 할 짓이냔 말이다.

물론 목숨을 구해준 것은 자자손손(子子孫孫) 제사를 모실 정도로 고마운 일이다.

하지만 애초에 끌어들이지 않았다면 위험에 처하지도 않았을 것이 아닌가. 요즘 같은 세상에 병(病) 주고 약(藥) 주면 뺨 맞지 않는 것이 다행일 것이다.

내심 원망에 가득 차 있으면서도 은근히 그때가 그리워지는 것은 또 왜일까?

역시 마지막이 될지도 모른다는 예감 때문일 것이다.

돈도 좀 만지고, 그럴싸한 계집도 꿰차고, 나도 한번 사는 것처럼 살아보자!

그렇게 외치며 송가네 집을 나선 것이 꽉 채운 십 년째였다. 그사이 벌어졌던 사건을 다 합해도 모자랄 정도로 말도 많고 탈도 많았던 한 해였다.

아무튼 내일이면 모든 것이 결정된다.

잘되면 한몫 챙겨서 떠나는 것이다. 아무 걱정 없이 누렇고 냄새나는 것을 이불에 바를 때까지 살 수도 있을 것이다. 손자 놈에게 '내게도 이런 때가 있었다!' 라며 자랑스럽게 말할 수도 있을 것이다.

물론 일이 잘 풀린다는 가정 하에서 말이다.

"무슨 생각을 그리 골똘히 하지?"

문득 들려온 소리에 소운평은 깜짝 놀랐다. 어느새 들어왔는지 맞은 편에 위청란이 앉아 있었다.

"한 가지 물어도 돼?"

소운평은 거듭 놀랐다. 그녀가 양해를 구한다는 식으로 말하는 것이 처음이었기 때문이다.

남이야 놀라거나 말거나 그녀의 질문은 이어졌다.

"그날 대륙전장에 갔을 때 갑자기 관승원이 나타난 것은 네 짓이지?

아마 상대가 허튼수작을 부리지 못하게 하려는 생각이었지?"

"……."

"내가 알아본 바로는 관중원이란 자는 절대 그런 자리에 나타날 인물이 아니었어. 무슨 수작을 부린 거야?"

'앗, 그렇구나!'

소운평은 연속해서 세 번을 놀라고 있었다. 허를 찔려서가 아니었다. 그가 놀란 이유는 다른 데 있었다.

그날 늦은 시간에 지부대인의 사저(私邸)를 찾은 그는 준비했던 한 사람의 이름을 거론했다.

초저녁에 이미 잠자리에 들었던 관승원은 거의 벌거벗다시피 달려 나와 칙사(勅使) 대접을 했다. 그리고 약속대로 대륙전장에 나타났다.

그렇다면 자신이 주어야 할 대가는?

사흘 전 밤, 아마도 관승원은 날이 새는 줄 모르고 북문(北門) 앞에 서 있었을 것이다. 오지도 않을 한 사람을 목이 빠져라 기다리며 말이다.

'꽤 골치 아프게 생겼는걸?'

그냥 속여넘긴 것도 아니다. 그걸 빌미로 기고만장은 기본에다 온갖 호사스런 대접까지 요구했으니 상대가 가만 있을 리 만무했다.

어쩌면 관졸(官卒)들이 눈에 불을 켜고 자신을 찾아다니는 중일지도 몰랐다.

'하긴, 그래 봐야 소용없지. 난 내일이면 영영 소주와는 이별이니까. 어쩌면 이승과도…… 어?'

그때서야 위청란이 신경 쓰이자 그는 뜨끔해서 서둘러 변명을 했다.

"아뇨. 그 사람 그렇지도 않던데요? 처음엔 아닌 것 같더니만 막상 얘기를 하니까 순순히 들어주던데요."

"그래?"

위청란은 잠시 고개를 갸웃했지만 금세 그럴 수도 있겠지 하는 얼굴이 되어 일어섰다.

"어딜 가시게요?"

"자야지. 그래야 싸움을 해도 할 것 아냐."

그녀는 톡 쏘아붙이고 여느 때처럼 옷을 갈아입었다.

지은 죄(?)가 있는지라 바짝 긴장했던 소운평은 맥이 풀려 등받이에 몸을 기댔다. 숨을 내뱉는 와중에 그녀의 등이 눈에 들어왔다.

젖가리개를 지탱하는 가느다란 끈이 전부인 등은 거의 벌거벗은 것이나 마찬가지였다.

불빛을 받아 분홍색 광채를 띠는 살결은 만지면 그대로 묻어날 듯 고왔지만 여느 때처럼 반응은 없었다.

'건드리면 죽는다!'는 강박관념이 하체로 쏠려야 할 혈액을 모조리 차단하기라도 하는지, 언제부터 그저 담담해진 그였다. 어쩌면 너무나 자연스럽게 행동하는 그녀의 태도도 한몫했을 것이다.

'이러다 진짜 고자가 되는 건 아닌지 몰라……'

소운평이 씁쓸하게 웃는 사이, 침의를 걸친 위청란은 이불 속으로 들어갔다.

불을 꺼야 잠드는 그녀의 성격을 아는지라 소운평도 자신이 누울 자리를 준비했다. 준비라고 해야 얇은 이불 한 장을 반으로 접어 까는 것이 전부였다.

"지금 끌까요?"

"응."

훅!

삽시간에 어두워졌던 실내는 시간이 지나자 뿌옇게 돌아왔다. 희미한 공간을 넘어 그녀의 모습이 보였다.

'곧 돌아누울걸? 하나, 둘……'

스륵.

셋을 세기도 전에 그녀가 벽을 향해 돌아눕자 소운평은 피식 웃었다.

함께 방을 사용한 게 여러 날이 지난 터라 자연스레 그녀에 대한 여러 가지를 알게 되었다. 무슨 음식을 좋아하고 어떤 색 속곳을 선호하는지, 심지어 언제쯤 달거리를 시작한다는 사실까지 아는 그였다.

그녀는 그가 지금까지 보았던 여자 중에 첫손에 꼽을 뛰어난 용모를 지녔다. 아마 앞으로도 그럴 것이다. 그런 여자의 비밀스러운 부분을 속속들이 알고 있다는 사실에 슬그머니 뿌듯한 감정이 솟아났다.

'에휴, 그럼 뭐 하나! 성격이 웬만해야지……. 도저히 버티지 못할 게 분명해!'

나직이 푸념하던 소운평은 화들짝 몸을 일으켰다.

어이가 없을 지경이었다. 남이야 성격이 좋든 말든 무슨 상관이란 말인가! 전혀 관계가 없다면 왜 한순간 그녀와 함께하는 생각을 했을까?

'뭐야? 서, 설마 내가… 그녀를……?'

끙~ 하는 신음을 토하며 소운평은 이불로 쓰러졌다. 후다닥 이불을 뒤집어쓰는데 조용한 음성이 들려왔다.

"아무래도 이 말은 하는 게 좋겠어."

소운평은 흠칫 놀라 침상을 응시했다. 그녀는 여전히 등을 돌린 채였다.

"그동안 고마웠어. 상처를 치료해 준 것이며 잠든 나를 몇 번이나 침상에 옮겨준 사실도 알고 있어. 오라버니를 돕는 것도 고마워. 무엇보다 황산에서 내 얘기에 귀를 기울여 준 것 감사하게 여기고 있어."

이윽고 그녀는 등을 돌려 소운평을 응시했다.

"바닥… 불편하지 않아? 힘들면 여기서 자도 돼. 이제 와서 이런 얘기를 하는 건 좀 우습게 들리겠지만… 우린 혼례를 치른 사이잖아."

역시 그녀도 내일의 험함을 알고 있는 듯했다. 그렇지 않았다면 그녀 스스로가 말했듯 우습게 들리는 소리 따위를 꺼내는 일은 결코 없었을 것이다.

그러나 소운평은 그녀의 내면에 신경 쓸 여력이 없었다. 그의 얼굴은 놀라운 일을 당한 인간이 보여줄 수 있는 다채로운 감정을 깡그리 모아놓은 듯했다. 그는 얼마 안 되는 사이에 벌써 다섯 번째로 놀라고 있었다.

"이인용(二人用)이라 충분히 넓어."

위청란이 몸을 뒤척여 자리를 만들어주자 소운평은 저도 모르게 그 안으로 기어 들어갔다.

그녀의 온기로 데워진 자리는 무척이나 따뜻했다. 두 눈 지그시 감고 온기를 느끼는 중에 팔꿈치 어림으로 말랑말랑한 감촉이 다가왔다.

'어딜까? 옆구리? 아냐, 그녀는 옆으로 누워 자니까 혹시 가슴일지도 몰라.'

별의별 생각이 다 떠올랐다. 잔가지를 쳐내듯 생각을 정리한 끝에 남은 것은 하나였다.

설마 그녀도 나를?

그렇게 결정을 내리고도 소운평은 한동안 고민을 해야 했다. 잠시 전 마주친 그녀의 눈에 욕정이란 것은 없었다. 목소리나 여타 다른 몸짓에서도 마찬가지였다.

'운평아, 그녀도 널 기다리고 있는 게 분명해! 이럴 때 망설이는 건 남자도 아니야!'

마음을 굳게 먹고 막 손을 뻗치려는 찰나였다. 바로 코앞에서 제법 감정이 느껴지는 음성이 울렸다.

"쓸데없는 짓은 아예 꿈도 꾸지 마. 그게 여러 사람을 이롭게 하는 거야. 누군 다치지 않아서 좋고 누군 오밤중에 힘쓸 일이 없어서 좋겠지. 다른 사람들은 잠 깰 일이 없어서 다행일 거야."

'컥!'

그녀가 순서대로 지칭한 세 부류의 사람이 누군지 모를 리 없는 소운평은 돌덩이처럼 굳어졌다.

가뜩이나 내일 일이 신경 쓰여 잠이 오지 않는 판에 그녀까지 가세한 이상 날이 샐 때까지 고문을 당하는 심정으로 보내야 할 것이 분명했다. 그렇다고 지금 같은 상황에서 내려가기도 껄끄러웠다.

'이, 쌍… 그럴 거면 뭐 하러 올라오라는 거야!'

화가 치민 소운평은 그녀의 면전에다 외쳤다. 단지 마음속으로 말이다.

*   *   *

"그만 기침하시지요."

늙수그레한 음성, 아마도 곽연이 온 듯싶었다. 소운평은 떠지지 않는 눈꺼풀을 억지로 밀어 올렸다. 묘시(卯時) 초쯤인지라 실내는 아직 어두웠다.

"소 공자, 사독이 돌아오기로 한 시간이 얼추 다 되어갑니다. 채비를 서두르십시오."

"아, 금방 갑니다!"

냅다 소리를 지르자 곽연이 물러가는 소리가 들렸다.

그가 완전히 사라지고도 한참이 지난 연후에야 소운평은 몸을 일으켰다. 그때서야 텅 비어 있는 옆 자리에 신경이 쓰였다.

'새벽부터 어딜 간 거지?'

그녀의 행방을 떠올리기도 전에 눈알이 빠질 듯이 아팠다. 눈 속에 모래를 한 주먹 집어넣는다면 이런 느낌이 들 듯싶었다. 소운평은 후닥닥 침상을 내려와 동경(銅鏡)에다 눈을 비췄다.

거기에는 웬 토끼가 한 마리 서 있었다.

며칠 전부터 잠을 설친 데다 엊저녁엔 밤새 고문(?)을 당하다 간신히 반 시진을 잤으니 당연한 일일 것이다. 가느다란 실핏줄까지 핏발이 곤두선 눈알은 새빨갛다 못해 검게 보일 지경이었다.

'에고, 사내 체면이 말이 아니군. 창피해서 어떻게 나가지? 밤새도록 고민한 걸 뻔히 다 알 텐데.'

그래도 서둘러야 했다. 대풍방의 동태를 살피기로 한 홍사독이 돌아올 시간이 코앞이었다.

대충 옷을 걸치고 달려나가려는데 탁자에 식기(食器)가 놓여 있는 것이 눈에 들어왔다.

"이게 뭐지?"

뚜껑을 여니 고소한 냄새가 풍겼다. 생선과 해산물을 넣어 끓인 죽이었다. 아직 따뜻한 온기가 남아 있는 것이 시간을 맞춰서 끓인 것이 분명했다.

'먹고 죽어라 힘쓰라는 소린가? 아무튼 차려놨으니 먹긴 먹어야지.'

소운평은 그릇째 들고 후루룩 마셔 버렸다. 그리고 재빨리 실내를 나섰다.

위가 남매를 제외한 모든 사람들—그래 봐야 셋이 전부지만—은 단풍나무 근처에 모여 있었다. 평상에 앉기도 하고 주변을 서성거리기도 했다.

소운평은 마당을 가로질러 그곳으로 갔다.

"여기 앉으시지요."

어쩐 일인지 이환이 자리를 양보했다. 심중은 어떨지 몰라도 마차 습격 사건을 비롯한 일련의 일들을 거치며 눈에 띄게 태도가 변한 그였다.

이환은 옆으로 옮겨 앉았다. 그리고 품속에서 비도(飛刀)를 꺼내 매만지며 중얼거렸다.

"사독이 좀 늦는군요."

"괜찮겠죠. 패거리를 데리고 간 데다 약삭빠른 친구 아닙니까? 설마 무슨 문제가 있을라구요."

소운평은 그와 눈이 마주치지 않으려 무던히 애썼다. 그렇지만 한계가 있는 법이다. 처음 그것을 발견한 것은 곽연이었다.

"허허, 잠을 못 주무신 게로군요."

'젠장, 들켰군!'

소운평은 그때서야 곽연에게 눈길을 주었다.

한데 기막히게 곽연도 같은 신세가 아닌가! 붉다 못해 아예 검게 변한 눈동자는 자신보다 더하면 더했지 덜하지는 않은 것 같았다.

어이없어하며 소운평은 고개를 돌려 이환을 살폈다.

그도 마찬가지였고 사정은 연좌기도 다르지 않았다. 약속이라도 한 듯 모두가 토끼눈이었다. 그들도 밤새 한잠도 못 잔 것이 분명했다.

'이거 아무래도 불안한데… 여차하면 다음으로 미루자. 근데 이 자식은 왜 안 오는 거야!'

그때였다. 사립문을 부서져라 열어젖히고 한 사람이 뛰어 들어왔다. 홍사독이었다.

'저 자식, 오래 살기는 글렀군.'

소운평은 내심 툴툴거렸다. 그러면서도 가장 먼저 달려간 사람은 그였다.

"어떻게 됐냐?"

"그, 그게… 조금만… 기……."

홍사독은 허리를 꺾은 채 한동안 숨을 몰아쉬었다. 후줄근하게 젖은 몸이 단숨에 달려온 듯했다. 잠시 후 허리를 드는 그의 얼굴에는 웃음기가 가득했다.

"됐습니다. 의도한 대로 대다수가 자리를 비우고 남은 자들은 얼마 되지 않습니다."

"다행이군."

"이것으로 한시름 덜었군요."

"그러게 말입니다."

제각기 한마디씩 토해내는 사람들의 얼굴에는 안도의 기색이 가득했다.

이윽고 곽연은 홍사독을 응시했다.

"자네가 할 일은 여기까질세. 이곳에 남도록 하게."

"그게 무슨 말씀이십니까?"

홍사독은 눈을 치켜떴다. 놀라움과 실망감, 노골적인 불쾌감이 가득했다.

"자네 감정을 객기로 매도하려는 것이 아닐세. 사심이 없다는 사실도 익히 아네. 하지만 자네는 이곳에 남아 달리 할 일이 있지 않은가?"

뭐라 반박하려던 홍사독은 말문이 막혔다. 곧 안도가 돌아올 터였다. 무사히 지켜주기로 약속한 이상 매향을 안전하게 보호하는 것은 당연했다.

"자네 뜻만으로도 나는 충분히 만족하네."

곽연은 그의 어깨를 한차례 두드려 준 다음 위청후의 처소로 향했다. 그가 가볍게 고하자 문이 열리고 두 사람이 걸어나왔다.

위청후는 언제나 보았던 같은 모습인 반면, 위청란은 검은 무복(武服)을 걸치고 있었다. 그 길던 머리를 동여매고 허리에 쌍검(雙劍)을 두른 모습은 그녀의 성격과 어우러져 자못 비장해 보이기까지 했다.

두 사람이 마당을 가로질러 단풍나무 아래까지 걸어오는 동안 누구도 입을 열지 않았다.

정제된 낮은 숨소리… 어둠을 가르며 솟아오르는 태양의 여린 그림자만이 뿌연 공간을 가득 채웠다.

'이 인간들이 왜 갑자기?'

소운평은 금세 숨이 막힐 것 같은 느낌에 주춤 물러났다. 심력(心力)이 부족한 그로서는 세 명의 절정 무인이 품어내는 기운을 감당하기에는 역시 무리였던 것이다.

이윽고 위청후는 단풍나무 아래 섰다. 막 제 모습을 드러낸 태양이 그의 몸으로 쏟아졌다.

검게 그늘진 두건 속 얼굴이 한 사람 한 사람을 향해 돌려졌다. 그리고 그것이 끝났을 때 위청후는 주저없이 등을 돌려 사립문으로 걸어갔다.

위청란을 선두로 사람들은 조용히 그를 따랐다.

마지막은 역시 소운평이었다. 그는 갑자기 변해 버린 위청후의 모습에 긴장하며 종종걸음을 쳤다.

"모두 무사히 돌아오십시오!"

홍사독이 사립문 밖에까지 나와 소리쳤다. 우렁찬 음성과는 달리 그의 얼굴엔 우려의 빛이 가득했다.

담은 길었다. 마름모꼴로 자른 돌을 일 장 높이로 쌓은 돌담, 끝도 없을 것 같던 놈이 마침내 한계를 드러냈다.

마침내 일행은 정문에 도착한 것이다.

문은 활짝 열려 있었다. 정문 근처에는 아무도 없었다. 평소라면 정복을 걸친 위사(衛士)들의 위풍당당한 모습을 볼 수 있을 그곳은 텅 비어 있었다.

'마침내… 돌아왔다!'

부친이 친필로 적은 '대풍방'이란 현판을 보는 위청후의 눈에는 말할 수 없는 감정이 어렸다.

무려 십칠 년이었다.

다섯 살 어린아이로 집을 떠나 스물둘 성인이 되어 돌아온 그였다. 그사이 부모를 모두 잃었다. 어린 시절의 추억이 함께하는 집은 원수의 차지가 되었고… 더 이상 무슨 말이 필요하랴.

위청후는 느릿하게 안쪽으로 걸어 들어갔다.

삼십여 장이나 곧게 뻗은 대로(大路), 그 끝에 보이는 중문(中門)도 역시 활짝 열려져 있었다. 정문을 지나며 그는 문득 양태를 떠올렸다.

이환을 통해 그의 최후를 알고 있었다. 다섯 대의 화살을 등에 꽂은 채 이천 근(斤)에 달하는 거마창을 옮기는 투혼을 발휘하는 모습이 눈앞에 선했다.

'양 숙부, 제가 왔습니다. 청후가… 못난 청후가 이곳으로 돌아왔습니다!'

위청후는 내심 그렇게 부르짖으며 걸었다. 삼십 장, 발걸음 하나하나에 이미 과거로 묻혀 버린 소중한 사람들이 흘린 피의 무게를 아로새겼다.

그 무렵 소운평은 가장 뒤에서 일행을 쫓으며 의문을 떠올리고 있었다.

'아무래도 이건 좀……'

모든 일이 계획한 대로 풀린 셈이었다. 토지 문서를 미끼로 적검문과 대풍방을 떼어놓는 것도 성공했고, 거금 십만 냥을 풀어 대풍방도들과 그 가족들을 설득한 것도 훌륭하게 먹혀들었다. 멀쩡히 정문을 지난 것이 증거였다.

하지만 손님을 반기는 반점 입구처럼 활짝 열려 있는 정문과 중문, 거기다 맞서는 이가 단 한 명도 없다는 사실은 이해하기 어려웠다.

'설마 한 놈도 남기지 않고 자리를 피한 걸까? 뭐, 그렇다면 나야 좋지만.'

아무리 좋은 쪽으로 여기려 해도 마음 한구석이 찜찜한 것은 어쩔 수 없었다.

그 불안감은 중문을 지나면서 현실로 나타났다.

"이놈들, 드디어 왔구나!"

듣는 것만으로도 오싹한 음성이 들려오자, 소운평은 내심 '그럴 줄 알았다!'를 외치며 앞쪽을 살폈다.

저만치 앞에 두 사람이 서 있었다. 뒤를 이어 청의 무사들이 속속 모습을 나타냈다. 백여 명은 족히 될 듯싶었다.

'어? 저놈은 적검문에서 보았는데?'

선두의 두 사람 중 하나는 과연 이연중이었다.

자신의 부주의로 친형처럼 여기던 종쾌를 잃은 데다 적검문에서 쫓겨오는 비참한 신세가 되었으니 첫마디부터 살기가 실리는 것은 지극히 정상이었다.

하지만 그는 노골적으로 살기를 드러내기만 할 뿐 정작 손을 쓰지는 않았다.

이유를 짐작케 해준 자는 옆에 서 있는 악무비였다.

"이 길을 지날 수 있는 자는 셋뿐이다!"

꼿꼿이 펴진 손가락이 위청후와 위청란을, 그리고 마지막으로 소운평을 가리켰다.

'왜 꼭 셋이고, 거기에 나까지?'

소운평은 잠시 어리둥절했지만 곧 이유를 깨달을 수 있었다. 세 사람을 이어주는 고리는 '위가의 혈족(血族)'이란 사실 하나였다.

"악가야, 무슨 수작질이냐!"

이환이 발끈 외쳤다. 그의 오른손에 들려 반짝이는 비도를 보면서도 악무비는 태연했다.

"누구도 이곳을 지나치게 하지 않아야 직성이 풀리겠지만 내겐 그분의 명을 거스를 만한 담력은 없다. 그렇다고 걱정은 말아라. 이후로 막을 자는 아무도 없으니까. 저들 셋은 곧장 청풍각으로 갈 수 있을 것이고 그분을 뵐 수 있을 것이다."

막을 자가 없다?

당연히 기뻐해야 할 소리임에도 불구하고 이환의 안색은 창백하게 보일 정도로 질려갔다. 그 모습을 보며 '왜?'라는 생각을 떠올리는 사람은 없을 것이다.

"가주, 어찌하시겠습니까?"

곽연이 다가와 묻자 위청후는 잠시 생각했다.

어찌 생각하면 잘된 일인지도 몰랐다. 눈앞의 인물들을 상대로 체력을 낭비하는 일은 없을 테니까. 자신은 죽음으로 걸어 들어가면 그만인 것이다.

하지만 남은 이들은?

그들은 절대 헛되이 죽는다 여길 사람은 아니었다. 오히려 자랑스럽게 최후를 맞는 것을 기꺼워할 것이다. 그럼에도 불구하고 그는 선뜻 대꾸할 수 없었다.

모두를 놀라게 한 낮은 음성이 들려온 것은 그때였다.

"여긴 우리가 책임지고 정리해 주지."

모두의 시선이 중문 꼭대기로 쏠렸다. 연한 청색이 도는 기와를 딛고 서 있는 이는 안도였다. 그리고 그의 뒤로 홍사독의 모습도 보였다.

"아아, 위 가주! 그렇게 감동한 얼굴 하지 말라구. 오지 않을까 생각도 했었는데 고용된 몸이니 대가만큼 값어치는 해야 할 것 같아서 말이야."

안도는 언제나 그랬듯 뻘건 잇몸을 내보이며 웃었다. 그리고 시선을 돌렸다.

"곽 노인, 약속은 잊지 않았겠지?"

"물론이네."

곽연의 입가에도 엷은 미소가 걸렸다. 미소가 사라지는 것과 동시에 그는 우수를 놀렸다.

휘류류류—

구부정하던 연검이 빳빳하게 고개를 들었다.

그것으로 그는 위청후에게 할 말을 대신했다. 때론 말이 필요없을 때도 있는 것이다. 이제는 젊음의 기세를 잃고 좁아져 가는 어깨가 한순간 거인의 그것처럼 커지는 것 같았다.

'모두… 무사하십시오!'

나직이 읊조리며 위청후는 등을 돌렸다. 그가 마지막으로 본 것은 기와를 박차고 이연중에게 쇄도하는 안도의 뒷모습이었다.

"청후 형, 자신은 있는 거야?"

"글쎄… 나는 최선을 다할 걸세."

"최선? 난 이길 수 있느냐고 묻는 거라니까!"

"……."

"저기 말이야… 그럼 해약을 주면 안 될까? 만약에 무슨 문제라도 생기면 나는… 나 혼자 살자고 도망치지는 않을 테니까. 지금 주면……."

"운평, 자네는 아직도 자네 사부님이 어떤 분이라는 것을 모르고 있는 것 같군."

“사부를 모르다니, 그게 무슨 소리야?”

“……”

“대체 그게 무슨 소리냐구?”

3

"왜 그 여자는 없는 거죠?"

냉기가 서린 듯 생기라곤 없는 위청란의 음성에 진무방은 고개를 갸웃했다.

"누구를 말하는 것이냐?"

"간부(奸夫)에게 어울리는 음부(淫婦)!"

"맹랑하구나. 그래도 낳아준 부모일진대… 네 어미가 지하(地下)에서 듣고 통곡을 하겠구나."

'지하?'

처음 위청란은 그 말을 이해하지 못했다. 어쩌면 인정하고 싶지 않은 마음에서 비롯된 것인지도 몰랐다.

"내게 크나큰 도움을 준 사실을 감안하여 웬만하면 살려두려 했었다. 하지만 그녀가 죽음을 자초하더구나. 깨끗하게 과거를 잊었다면 살 수 있었을 것을……. 그래서 이곳에 오기 직전에 죽어 버렸다. 이렇게!"

뚜두둑!

비틀려진 손마디에서 뼈 부딪치는 소리가 울렸다.

"아마 고통은 없었을 것이다."

'고통은… 없었… 을 것이라고?'

파르르 위청란은 전신을 떨어댔다. 인정하고 싶지 않은 상황은 현실로 굳어진 것이다.

그녀는 한동안 멍하니 서 있어야 했다.

부정한 여자라 해도 자신을 낳아준 모태(母胎)라는 사실이 변할 리 없었다. 그래서 숱한 날들을 번민에 싸여 지냈다. 한순간 내가 짊어져야 할 멍에를 대신 해결해 준 것인지도 모른다, 우습게도 그런 생각이 들었다.

하지만, 하지만… 그 번민의 고통 또한 온전히 그녀의 몫이어야 했다. 다른 누구도 아닌 오직 그녀만이 끊을 수 있는 사슬이어야 했다.

차앙!

그녀의 검이 예리한 광채를 드러냈다. 동시에 위청후는 동생을 가로막았다.

"더러운 피를 묻히는 것은 나 하나로 충분하다."

하지만 그녀의 머리 속은 아무런 생각을 떠올릴 수 없을 만큼 헝클어져 있었다. 벌써 그녀의 정신은 검극과 일체화되어 진무방의 목덜미로 내리꽂히고 있었다.

급기야 위청후의 입에서 대갈일성이 터져 나왔다.

"물러나지 못하겠느냐!"

그의 일갈은 삼라만상(森羅萬象)을 계도(啓導)하는 범종(梵鐘)의 울림처럼 위청란의 뇌리를 일깨웠다.

그녀는 차갑게 가라앉은 시선으로 오라비를 응시했다. 그 눈에는 원망과 분노, 그리고 의미를 알 수 없는 복잡한 감정들이 가득했다.

잠시 후 그녀는 뒤로 물러났다. 고개를 떨구는 그녀의 볼에는 눈물 자국이 선명했다.

마침내 위청후는 진무방과 마주 섰다.

삼 장이 조금 안 되는 거리! 상대의 이목구비는 물론이요, 얼굴에 난 터럭의 모양까지도 알아볼 수 있는 가까운 거리였다.

"나 위청후는 위가의 십팔 대 손(孫)으로 부친의 유진(遺塵)을 받으려 하오."

조용한 음성은 흐트러짐이 없었다. 살기 따위는 전혀 느껴지지 않았다.

스윽.

두건을 젖혀지고 장포가 바닥으로 떨어져 내렸다.

십육 년 만에 눈동자에 직접 닿는 양광(陽光), 그 따가움에 위청후는 잠시 눈을 감아야 했다. 그리고 그가 다시 눈을 떴을 때는 아침 햇살보다 더 강렬한 기운이 두 눈에 이글거리고 있었다.

진무방은 태사의에 조용히 앉아 있었다. 투명한 눈으로 위청후를 살피던 그는 천천히 고개를 끄덕였다.

"설마 했는데 사실이었군. 모습이 변했어도 나는 네가 위충량의 자식임을 인정하겠다!"

"약간 거추장스러웠을 뿐 결코 당신에게 인정받고자 함이 아니었소."

"아무래도 좋겠지. 하지만 그 손으로 복수란 말을 거론하는 것은 무리가 아니겠느냐?"

정곡을 찌르는 말이었다. 그저 무심하게 앉아 있는 듯했지만 역시 일인자의 자리를 차지한 자답게 진무방은 상대의 허점을 꿰뚫고 있었다.

"그건 당신이 걱정할 문제가 아니오."

위청후는 담담하게 대꾸하고 품속에서 조그마한 철궤를 꺼냈다. 그 속에서 모습을 드러낸 것은 쇳조각이었다.

손가락 정도 굵기에 길이는 두 치에서 두 치 반 정도로 모두 다섯 개였다. 한쪽 끝은 굵기가 훨씬 가늘어 송곳처럼 날카로웠고, 길이의 반을 지나면서 점차 안쪽으로 구부러진 기이한 모양새였다.

위청후는 바닥에 주저앉아 그중에 하나를 들어 훤히 드러난 오른손 손가락 끝에 꽂았다.

그그극!

뼈가 긁히는 소리가 섬뜩하게 울렸다.

위청후의 전신이 가볍게 떨렸다. 벌겋게 달아오르는 얼굴에서 그가 얼마나 심한 고통을 겪는지 느낄 수 있었다.

하지만 그는 신음 하나 흘리지 않고 나머지 네 개의 쇳조각을 박아 넣었다. 그 위에 사슴 가죽 수투(手套:장갑)가 씌워지자 쇳조각의 용도가 명백히 드러났다. 바로 떨어져 나간 손가락을 대신해 줄 물건이었던 것이다.

위청후는 우수를 검병으로 가져갔다.

서너 차례 검을 휘둘러 무리가 없음을 확인한 연후에 그는 조용히 몸을 일으켰다.

"위가는 이대(二代)에 걸쳐 나를 놀라게 하는군!"

진무방은 확실히 감탄했다. 단지 감탄뿐이었다. 그는 여전히 태사의에 앉아 있었다.

"대단한 각오야! 하지만 아직 때는 아니지! 이렇게 자리를 만든 성의를 보아 약간 미루는 것이 좋지 않을까?"

"오래 끌지는 마시오."

위청후는 애써 뽑은 검을 갈무리했다.

"과연 말이 통하는군. 역시 그의 아들답다!"

진무방의 안색은 몹시 격앙되어 있었다. 오랜 고민거리를 해결할 수 있다는 사실이 그렇게 만든 듯했다.

"모든 것은 대충이나마 짐작하고 있었다. 네 아비의 시신을 미끼로 내걸었어도 아무 반응이 없을 때부터 뭔가 어긋나고 있다는 사실을 느꼈다. 그때만 해도 의구심에 불과했지만 수 개월이 흘러 종쾌가 죽어서야 비로소 확신을 가질 수 있었지. '적은 소수다!' 나는 그저 기다렸다. 그렇지 않았다면 어찌 적검문이 반목을 일으키고 방도들이 이탈하도록 방관하고 있었겠느냐?"

두 사람의 태도는 희비(喜悲)가 분명히 갈렸다. 진무방은 갈수록 여유를 얻는 반면 위청후의 안색은 눈에 띌 정도로 바래졌다.

"하지만 그런 나로서도 네가 살아 있을 줄은 꿈에도 몰랐다. 그리고 또 한 가지, 이것이야말로 네게 묻고 싶었던 것이기도 하다. 황산으로 떠난 자들은 어찌 된 것이냐? 네 능력으론 어찌할 수 없었거늘."

"그들은 모두 한 분의 손에 쓰러졌소."

"한 사람이라……."

진무방의 눈이 약간 경직되는 듯했다.

"그렇다면 그자도 이곳에 왔느냐?"

"두렵소?"

"그런 건 아니다. 난 오히려 그자가 이곳에 오지 않았을까 신경 쓰고 있다."

"그분이 직접 오셨다면… 당신은 일초지적(一招之敵)도 되지 못할 거요."

이번에는 약간의 놀라움이 스쳐 갔다.

하지만 진무방은 곧 피식 웃었다.

"허세가 통할 상대로 보였나? 설령 그렇다 해도 바뀌는 것은 없을 것이다. 천하제일이 아니면 그 누구라도 오늘의 액운은 피하지 못할 것이다!"

"그건 오만(傲慢)이오!"

"믿지 못하겠다면 보여주는 수밖에. 덕분에 너희 셋은 수명이 더 짧아졌음을 알아라."

드디어 진무방은 태사의에서 몸을 일으켰다. 그리고 삼 장을 걸어서 위청후와 마주 섰다.

"너희가 많은 일을 꾸몄듯 나 역시 준비를 게을리하지 않았다. 어떤 변수가 생긴다 해도 너희가 이곳에서 뼈를 묻는다는 사실은 달라지지 않을 것이다."

진무방은 두 손을 들어 올려 가슴 어림에 모았다.

은은하게 푸른빛을 보이던 두 손은 시간이 지남에 따라 푸른 물을 뚝뚝 흘릴 것처럼 짙은 색으로 변해갔다. 절정에 달한 청마수(靑魔手)의 위용이었다.

그의 강함은 어느 정도 예상하고 있었기에 위청후는 별반 놀라지 않았다.

"흐으— 읍!"

들이마시던 숨이 급격하게 잘려지는 순간, 그는 이미 진무방을 향해 달려들고 있었다.

까아앙!

쩌렁한 쇳소리가 귀를 찢었다.

동시에 위청후는 엄청난 속도로 퉁겨졌다. 그는 가까스로 넘어지는 것만은 모면할 수 있었다. 그와 다르게 진무방은 제자리에서 두어 걸음 물러났을 뿐 여전히 여유가 넘치는 모습이었다.

원인은 내공의 차이였다. 아무리 영약을 복용하고 일찍부터 무도에 입문했어도 역시 사십 년에 가까운 세월의 차이는 무시할 수 없는 것이다.

'결국 그 방법밖에는 없는 것인가?'

위청후는 안색을 굳혔다. 이미 각오한 일이었지만 인간인 이상 흔들리는 것은 어쩔 수 없었다.

그는 검을 꼬나든 채 힐끔 뒤를 살폈다.

초조한 몸짓으로 자신을 바라보는 두 사람… 특히 위청란의 경우는 금방이라도 손을 쓰고 싶은 것을 애써 참는 기색이 역력했다.

'저들이 있어 위가는 쓰러지지 않을 것이다!'

고오오……!

누구도 들을 수 없는 세찬 기의 파동이 위청후의 내부에서 일었다. 단전을 벗어난 노도와 같은 기운은 무서운 기세로 혈맥 속을 치달렸다.

원양(元陽), 혹은 진원지기(眞元之氣)라 불리는 이것은 인간이 태어나면서부터 지니는 지고지순한 기운이다. 그런 만큼 놀라운 능력을 발휘하게 되지만 부작용은 실로 심각하다. 한순간 폭주하던 진기가 고갈

되면 이승의 생은 그것으로 끝인 것이다.

순간, 언뜻 진무방의 눈에 이채가 스쳤다. 놀라움 같기도 했고 비웃음 같기도 했다.

너무나 순식간에 사라졌기에 진정한 의미를 파악할 수는 없었지만 뭔가 심상치 않은 일을 예고하는 듯했다.

그건 도무지 이해하기 어려운 현상이었다.

첫 격돌에서 형편없이 밀렸던 위청후였다. 그런 그가 한순간 돌변해서 진무방을 몰아세운다는 사실은 쉽사리 현실로 다가오지 않았다. 믿을 수 없는 일이었지만 분명 눈앞에서 벌어진 일이었다.

한데 곧 끝장을 낼 것 같던 위청후가 돌연 살 맞은 기러기처럼 풀썩 바닥에 주저앉는 것이 아닌가!

저것도 무슨 무공일까… 머리를 굴리는 와중에 느닷없이 콧속이 간질거리는 느낌을 받았다. 한순간 전신이 짜르르 하더니 곧 원래대로 돌아갔다. 그리고 실로 기절초풍할 일이 벌어졌다.

이번에는 멀쩡히 서 있던 위청란이 쓰러졌다. 놀랍게도 뻣뻣이 선 채로 앞으로 넘어졌다.

만약 조금이라도 의식이 있는 사람이면 맨땅에다 정면으로 얼굴을 가져다 대는 일은 없을 것이다.

하지만 아무리 살펴봐도 그녀는 깨어 있었다. 바르르 떨면서 몸을 버둥거리는 것이 증거였다. 설마 오누이가 단체로 광기(狂氣)를 보이기라도 하는 것일까?

별의별 생각이 다 들던 차에 당황하는 기색이 역력한 음성이 들려온 것이다.

"네놈은 왜 쓰러지지 않는 것이냐?"

'왜 안 쓰러지냐구? 그걸 내가 어떻게 알, 헉!'

막 고개를 돌리려던 소운평은 할 말을 잃어야 했다. 얼떨결에 눈에 들어온 위청란의 귀밑이 시뻘겋게 변해가는 것을 발견한 것이다.

사실 놀라기로 치자면 진무방이 더했다.

'그'가 과거 속했던 곳은 총인원이 채 이백에 미치지 못하는 무림세가였지만 구대문파와 자웅을 논할 정도로 강한 곳이었다. 독과 암기에 관해서는 누구도 따를 수 없을 만큼 뛰어난 곳, 한때 그는 당문(唐門)의 후계자로까지 거론되었던 뛰어난 자였다.

그런 그가 평생에 다시없을 것이라 자신하는 독이다.

한데 둘은 쓰러졌고 하나는 멀쩡히 서 있다?

차라리 셋 모두 이상이 없는 것보다 더욱 믿을 수 없는 사실이었다.

'만독불침(萬毒不侵)의 몸인가?'

진무방은 짐짓 긴장하며 상대를 살폈다.

칼끝처럼 예리한 시선이 전신을 샅샅이 훑어오자 소운평은 심장이 오그라드는 것 같았다.

꽁지가 빠져라 달아나고 싶었지만 그는 그렇게 할 수 없었다. 의리 같은 건 안중에도 없었다. 그의 발길을 잡아두는 것은 오로지 위청후의 품에 든 해약이었다.

'응? 저것!'

소운평의 눈이 빛을 발했다.

위청후는 동생과 마찬가지로 바닥에 누워 있었는데 쓰러질 때 충격 때문인지 약병이 밖으로 굴러 나와 있었다. 일단 상대의 주의를 분산시킨 다음 최대한 표풍영을 펼친다면… 전혀 불가능한 일만은 아니었다.

하지만 그는 모르고 있었다. 탐욕스럽게 노려봄으로 해서 상대에게 약병의 존재를 알려주었다는 사실을.

진무방은 자로 잰 듯 걸어가 약병을 주워 들었다.

"이것이 무엇이냐?"

그때서야 사태를 깨달은 소운평은 눈을 후벼 파고 싶은 충동을 느꼈다. 바닥에 떨어진 것은 주우면 되었지만 이제는 빼앗아야 하는 상황이 된 것이다.

"제 물건이니까 돌려주시죠. 중요한 건 아니고 몸이 아파서 늘 가지고 다니는 구급약이거든요."

"네 물건이 어째서 남의 품에서 나오는 것이냐?"

"그, 그거야… 야, 약이 떨어졌는데 제가 돈이 없어서 대신 지어온 것이지요."

애써 태연한 척 가장했지만 목소리는 떨렸다. 삐끗하면 그 순간부로 끝장인지라 소운평의 등줄기는 질펀하다 싶을 정도로 젖어들었다.

다행스럽게도 진무방은 약병과 소운평을 번갈아 응시하더니 고개를 끄덕거렸다.

"그럴 수도 있겠군. 한데 너는 누구냐?"

"저들과 특별한 사이는 절대 아니고, 그냥 오다가다 만나 얼굴만 아는 사인데요."

오다가다 만난 사람이 생사(生死)를 다투는 복수혈전(復讎血戰)에 우연히 끼어든다?

말도 안 되는 소리였다.

하지만 진무방은 별반 이상하게 여기지 않는 눈치였다.

"하긴 살다 보면 그런 일도 있을 수 있겠지. 듣고 보니 이 물건은 네 것이 분명하구나. 원래 주인이 나타났으니 마땅히 돌려주어야 하겠지?"

"그, 그렇죠."

일이 너무 쉽게 풀리는 것 같아 왠지 떨떠름했지만 억지를 써서라도 받아내야 할 물건이었다. 소운평으로서는 거절할 이유는 전혀 없는 것이다.

"자, 가져가거라."

진무방은 선뜻 약병을 건넸다. 당연하다는 듯한 얼굴과는 달리 내심은 음흉하게 웃고 있었다.

매사에 철저한 그답게 준비한 독은 두 가지였다. 호흡으로 중독되는 것은 천하제일의 양독(陽毒)이요, 피부로 중독되는 것은 더욱 지독한 음독(陰毒)이라 했다.

처음 사용한 것은 양독으로 육안으로 보이지 않을 정도로 미세한 분말로 이루어진 것이었다. 수세에 몰리는 와중에 은밀히 장력에 섞어 날려 보냈다. 기대한 것보다 효과는 훌륭했다. 독을 날리고 불과 다섯을 헤아리기도 전에 두 사람이 쓰러졌으니까.

그러나 예외를 보이는 자가 나타났다. 독을 초월할 정도로 능력이 뛰어난 자도 아니면서…

도대체 왜?

참을 수 없을 정도로 궁금했다. 그래서 그는 두 번째 독을 사용하기로 결심하게 되었고, 독은 상대가 눈치 채지 못하도록 약병 바닥에 듬뿍 발라졌다.

대개 치밀한 성격을 가진 자들의 허점이란 바로 이런 것이다. 자신이 의도한 대로 일이 따라주지 않음을 견디지 못하는 것이다. 다짜고 짜 달려들어 손을 썼다면 후환을 남기는 일 따위는 없었을 것이다.

'일단 한 알을 먼저⋯⋯.'

소운평은 대뜸 마개를 열고 약을 삼켰다. 독이 뿌려졌으니 아무 해약이나 일단 먹고 보자는 생각에서였다.

꾸르륵 약이 목구멍을 타고 넘어가자 한결 심신이 개운해지는 것 같았다. 왼손에서 이상이 느껴진 것은 막 줄행랑을 놓으려는 찰나였다.

처음엔 그저 손바닥이 서늘할 뿐이었다. 그러던 것이 얼음을 오래도록 쥔 것 같은 통증으로 변했다.

미치고 환장할 일은 그 차가운 기운이 혈맥을 타고 서서히 다른 부위로 이동한다는 사실이었다. 손목을 타고 내려온다 싶었는데 냉기는 벌써 어깨를 지나 몸통으로 진입하고 있었다.

'으, 으⋯ 추워!'

소운평은 정신을 차릴 수가 없었다. 마치 알몸으로 빙굴(氷窟) 속을 뒹구는 것처럼 고통스러웠다. 의지와는 상관없이 신음이 토해졌다.

"크윽!"

'드디어 독이 발동했군!'

진무방은 그렇게 확신했다. 내심 득의에 차 있던 그는 한 가지 의문을 떠올렸다.

'생각대로 만독불침은 아니다. 그런데 왜 처음 사용한 독에는 반응하지 않은 것인가?'

여전히 알 수 없기는 마찬가지였다. 고개를 내젓던 그는 놀라운 사실을 목격했다. 시퍼렇게 변한 상대의 몸이 와들와들 떨리며 조금씩 부푼다는 사실이었다.

처음에는 단전 부위가 임부(姙婦)처럼 커지더니 곧 사지를 포함한 전신이 찐빵처럼 부풀어 올랐다. 중독 증상의 연장이라 보기에는 무리였다.

'심맥에 다른 이상이라도 생긴 것인가?'

진무방의 생각처럼 확실히 소운평의 체내는 엄청난 변화가 일고 있었다.

혈담의 열기는 천하제일의 양기(陽氣)라 해도 부족하지 않을 것이다. 혈라염 역시 양강지기를 생성하는 심법이니만큼 소운평이 간직한 삼십 년의 내력은 극양의 기운을 가득 담고 있었다.

양독은 당연히 발동하지 못했다. 큰불이 일면 작은 불은 흔적도 없이 묻혀 버리는 것과 같은 이치였다.

두 번째로 음독이 침입하자 사정은 달라졌다. 음양(陰陽)은 궁극적으로 조화를 추구하는 상서로운 기운이지만 성질 자체는 정반대이다. 느닷없이 침입한 음독을 몰아내려는 양기와 음독의 기운이 엄청난 기세로 충돌하는 와중에 숨죽였던 양독이 발작했다.

그것뿐이 아니었다. 여기 새롭게 끼어든 것은 소운평이 나중에 복용한 성분 불명의 해약이었다.

네 가지 각기 다른 기운의 전쟁터로 돌변한 몸뚱이가 온전할 리 없는 것이다. 혈맥은 터질 듯 부풀어 올랐고 온몸이 으스러질 것처럼 고통스러웠다.

"으, 으······!"

신음을 흘리며 소운평은 진무방을 향해 다가갔다. 사실 비몽사몽간에 움직였는데, 그 앞에 진무방이 있었다고 보는 것이 옳을 것이다.

곧 쓰러져야 할 놈이 기괴하게 변한 채 다가들자 진무방은 어이가 없었다. 그는 주저없이 일장을 날렸다.

퍼억!

삼 장을 날아가 처박힌 소운평은 놀랍도록 빠르게 몸을 일으켰다. 그리고는 비척비척 진무방을 향해 다가왔다. 마치 '더 때려주시오' 하듯 말이다.

'이놈이⋯⋯!'

진무방의 눈썹이 치켜졌다.

수백 근(斤)에 달하는 일장이 무위로 돌아간 것은 둘째 치고, 전혀 예상치 못한 방향으로 흘러가는 상황은 걷잡을 수 없으리만큼 분노를 자아냈다.

퍼퍼퍼퍽!

연달아 사 장이 퍼부어졌다.

하지만 결과는 종전과 마찬가지였다. 일 장이 퍼부어질 때마다 소운평은 몇 장이나 날아가 처박혔지만 언제 그랬냐는 듯 진무방을 향해 다가들었다.

급기야 진무방의 눈이 홱 돌아갔다. 그는 내공을 극성으로 일으키는 한편, 손바닥을 마주친 채 들어 올렸다. 포개진 손끝은 도검처럼 날카로웠다.

"이놈! 심장에 구멍이 생겨도 움직일 수 있는지 내 알아보아야겠다!"

쌍수는 소운평의 심장을 향해 쏘아졌다.

푸욱!

살을 가르는 소리가 섬뜩했다.

심장에 구멍을 내고서 멈춰야 할 쌍수는 놀랍게도 소운평의 가슴에 박혀 있었다. 반도 아니고 간신히 두 치쯤 살가죽에 박힌 상태였다.

'극성으로 일으킨 청마수가… 청마수가 한낱 인간의 살가죽 따위에 막히다니……!'

진무방은 더 이상 놀랄 여력도 없었다.

"우웨― 엑!"

때맞춰 소운평이 한 바가지도 넘는 피를 토했다.

거듭되는 의문으로 정신 차릴 수 없을 정도로 혼란스러워하던 진무방은 소운평이 토해낸 피를 고스란히 뒤집어쓰고야 말았다.

'너, 너무… 아파!'

온몸이 부서지는 듯했다. 조각조각 잘려져 맷돌에 갈리는 듯한 처절한 고통…….

아무리 발버둥치려 노력해도 손가락 하나 움직여지지 않았다. 목이 갈라지도록 비명이라도 지를 수 있으면… 그럴 수만 있다면 조금 나아질 듯싶었다.

그러나 이미 육신은 의지와 관계 없어진 지 오래였다.

'난 이대로, 이대로 죽게 되는 걸까? 그래도 좋아. 이 고통에서 벗어날 수 있다면!'

간절한 바람에 응답이라도 하려는 것일까, 새로운 변화가 일어난 것은 그때였다.

사지(四肢)에서 엄청난 힘이 꿈틀거리기 시작했다. 연무종이 불어넣어 준 일갑자가 넘는 내공, 그동안 굳게 봉인되었던 거대한 힘이 바야흐로 깨어난 것이다.

폭풍처럼 혈맥을 따라 이동한 힘은 그때까지도 팽팽한 줄다리기를 하는 네 기운과 충돌했다.

콰아아앙—!

엄청난 폭음이 뇌리 속을 강타했다.

고통도, 의식도, 존재감도, 모든 것이 일순간에 사라져 버렸다. 그어떤 감각도 느껴지지 않았다. 곧 이어 아득한 무의식의 세계가 찾아들었다.

'잘됐어……'

마지막 순간에 소운평은 희미하게 웃었다.

종장(終章)

종장(終章)

'어떻게 이럴 수가! 어찌 이런 일이⋯⋯!'

진무방은 망연자실한 채 서 있었다. 그의 얼굴은 태반이 검게 물든 상태였다.

분명 두 가지 해약을 모두 복용했다!

상대가 독을 쓴 흔석도 없다!

그렇다면 시시각각 혈맥을 굳게 만드는 이 지독한 독은 어디에서 비롯된 것인가?

'설마 놈이 토한 피?'

전혀 가능성이 없는 생각이었다.

"크하하하! 천하에 그 누가 있어 당문의 독을 또 다른 독으로 탈바꿈시킬 수 있단 말인가!"

진무방은 하늘을 우러르며 대소를 터뜨렸다. 아니라 여기면서도 그것 말고는 달리 설명할 방도가 없었다.

"인과응보요."

놀랍게도 위청후의 음성이었다. 진무방에게 걸어오는 모습에서 사자(死者)의 기미는 전혀 없었다. 회광반조(廻光返照)의 현상이었다.

"이 같은 일은 나 역시 이해할 수 없소. 하지만 당신의 말을 듣고 보니 짐작 가는 일이 있소."

"그게 무엇이냐?"

"내가 아는 한 분, 저 친구의 스승이시기도 한 그분은 과거 당문에 적을 두셨던 분이오. 반세기 이래 당문의 독술이 비약적으로 발전한 것은 모두가 그분이 전한 책자에서 비롯된 것으로 아오. 당신이 건넨 약병에는 그분이 손수 만든 환약이 들어 있었소. 저 친구는 그것을 어떤 독의 해약인 줄 알고 있을 것이나 사실은 수십 가지 영초(靈草)를 사용하여 내공 증진에 도움이 되도록 만든 것이오. 물론 해독약의 효과도 있다 들었소."

"흐, 흐흐……!"

진무방은 푸들푸들 웃었다. 열려진 입가로 검은 피가 꾸역꾸역 흘러나왔다.

"이건 내 생각에 불과하지만 당신이 사용한 독과 환약의 성분이 어우러져 독성이 증진되었거나, 전혀 다른 형태의 독으로 변질된 것이 아닌가 하오."

"흐흐, 흐하하하핫!"

참으로 통쾌한 웃음이었다. 누가 본다면 최후의 승자로 진무방을 지목할 정도였다.

"나는 스스로 죽음을 맞는 것이다! 절대로 저 같은 애송이에게 죽는 것이 아니다. 알겠느냐? 나 자신이 아니면 그 누가 내게 죽음을 선사할 수 있겠느냐!"

진무방은 위청후를 노려보았다. 제법 매섭기는 했지만 그 눈에는 이미 생기가 사라져 가고 있었다.

"독으로 성하더니 결국 독으로 종말을 고하는구나!"

그 말을 끝으로 진무방은 모로 쓰러졌다.

이십 년 동안 섬겨온 주인을 배반하고 얻은 것은 채 일 년이 안 되는 짧은 시간의 영화(榮華)… 화무십일홍(花無十日紅)의 허망한 최후였다.

위청후는 이내 등을 돌려 걸어갔다.

벌써 숨이 가빠지고 있었다. 얼마 남지 않은 시간… 그에게는 꼭 하고 싶은 말이 남아 있었다.

문득 저만치서 서로에게 의지한 채 다가오는 사람들이 보였다. 곽연과 이환, 그리고 안도였다. 몸은 상처로 가득했지만 얼굴에는 환한 미소가 서려 있었다.

*   *   *

눈을 뜨자 보인 것은 여러 개의 주름살이었다. 어느 부위에 생긴, 누구의 주름인지 안 것은 한동안 눈을 깜빡인 뒤였다. 바로 곽연의 노안(老眼)이었다.

"가주, 소 공자께서 정신이 드셨습니다."

'내가 정신이 들어?

소운평은 자리를 박차고 일어났다. 무슨 일이 벌어졌는지 묻기도 전에, 재생(?)의 기쁨을 만끽하기도 전에 그는 곽연에게 손을 잡힌 채 끌려갔다.

그곳에 위청후가 있었다. 석등(石燈)에 등을 기댄 채 반쯤 누워 있었다. 독은 이미 해독된 듯했지만 또 다른 죽음의 그림자가 엄습하고 있었다.

위청후는 퀭한 눈을 들어 소운평을 보았다.

"이런 몰골이라 흉보지 말게. 누가 뭐래도 난 엄연히 자네 손위 처남이 아닌가?"

입매가 약간 일그러졌다. 목소리와 함께 대하지 않았다면 절대 미소라 여기는 일은 없었을 것이다.

'청후 형……!'

소운평은 코끝이 시큰해졌다.

독을 당해 쓰러진 것까지는 기억이 생생했다.

한데 깨어나니 자신은 멀쩡히 살아 있다. 상황은 이미 끝나 있고 위청후는 죽어간다. 앞뒤 정황으로 본다면 모든 것을 위청후가 처리한 것으로 여기는 것은 당연했다.

그로 인해 험난한 여정으로 들어서기는 했지만 돌이켜보면 어찌 됐든 그는 은인이었다. 마지막이란 생각에 소운평은 진심으로 그를 염려했다.

하지만 예상외로 분전(?)한 사람이 자신이라는 것을 안다면 과연 소운평의 반응은 어땠을까?

"운평, 그런 얼굴 말게. 짧은 시간이었지만 난 자네를 만나 진심으로 좋았네."

이윽고 위청후는 힘겹게 고개를 돌렸다. 그곳에는 여전히 무표정한 얼굴의 위청란이 있었다.

"전혀 관심을 보이지 않던 네가 갑작스레 혼인을 고집한 이유가 무엇이었을까? 당시부터 나는 이유를 알고 있었다. 그럼에도 불구하고 억지 혼인을 허락한 것은 네가 운평과 제법 잘 어울린다고 생각했기 때문이었다. 그 생각은 지금까지도 변함이 없다."

흠칫 그녀의 어깨가 떨렸다.

"운평은 그 나이가 되도록 아는 글자가 열 개를 넘지 못할 정도로 무식하지. 또한 아는 거라곤 잔재주뿐이다. 하지만 그는 절대 악한 사람은 아니지."

'이거 칭찬이야 욕이야?'

소운평은 은근히 입을 삐죽거렸다.

"더 이상 말하지 않겠다. 넌 총명한 아이니까 무슨 뜻인지 잘 알 게다. 그렇지?"

"……."

"못난 오라비의 마지막 부탁이라 여겨다오. 두 사람이 있어 위기는 더욱……."

위청후의 눈이 급격하게 흐려졌다. 그는 떨리는 손을 들어 소운평과 위정란의 손을 나눠 삽았다.

"부디 행복하기를……."

나직이 읊조리며 위청후는 두 사람의 손을 포개 자신의 가슴에 묻었다. 그것이 마지막이었다. 조용히 고개를 떨구는 위청후의 입가에는 이제껏 볼 수 없었던 부드러운 미소가 어려 있었다.

소운평은 숙연하다 못해 비장하기까지 한 안색이었다.

위청란이 말없이 일어나 오라비의 장포를 찾아 덮어줄 때만 해도 그랬고, 곽연과 이환이 눈시울을 적시고, 딴전을 피우는 척 안도가 코를 풀어낼 때만 해도 그랬다. 그때까지는 분명히 그랬다. 단지 그때까지는……

손에 묻은 비릿한 액체를 땅바닥에 문지르고 나서 몸을 일으키는 소운평은 언제 그랬냐는 듯 달라져 있었다.

그는 위치를 미리 파악해 두었던 약병을 향해 슬금슬금 다가갔다. 행여 누가 볼세라 먼 산을 바라보는 시늉까지 곁들여가며 잽싸게 약병을 챙겼다.

'에구, 요 귀여운 놈!'

둘러댈 것도 없이 떠나면 그만이었다. 벌써부터 황홀한 미래가 보이는 듯했다. 소운평은 눈치를 살피며 슬슬 뒷걸음질을 쳤다.

누구도 제지하는 이는 없었다. 이환과 곽연은 사후 처리와 위청후의 장례 절차를 논의하느라 정신이 없었고, 기진맥진한 안도는 아예 땅바닥에 누워 있었다. 위청란 역시 고개를 떨군 채 오라비의 시신을 지키고 있었다.

'이제 저곳까지만 가면……!'

소운평은 잔뜩 긴장했다. 중문까지는 삼 장 남짓한 거리였지만 방심은 금물이었다.

곽연이 누군가! 위청후의 말이라면 펄펄 끓는 기름 가마 속이라도 주저없이 들어갈 사람이 그였다. 행여 유언이 어쩌네 하며 물고 늘어지는 날엔 꼼짝없이 코를 꿰여야 하는 상황이 벌어질 수도 있는 것이다.

살얼음판을 걷듯 조심스럽게 움직인 덕에 소운평은 무사히 중문 근처에 도착했다.

'난 이제 떠나니까 모두들 잘 있으려구!'

생전 안 하던 작별 인사까지 건넨 후 소운평은 중문 안쪽으로 뛰어들었다. 아니, 뛰어들려고 잔뜩 무릎을 굽힌 자세 그대로 굳어졌다.

멀리 정문을 통해 관병(官兵)들이 들어오고 있었다. 어찌나 수가 많은지 꾸역꾸역 밀려드는 끝자락이 보이지 않을 지경이었다. 소주부에 속한 모든 관병이 한자리에 모인 것이 아닌가 하는 생각이 들 정도였다.

검(劍), 도(刀), 창(槍), 궁(弓), 손에 든 무기별로 일사불란(一絲不亂) 대오를 갖추는 관병들의 모습은 곧 전쟁이라도 치를 자들처럼 기세등등했다.

그들 앞에 서서 한 사내가 일장연설을 하고 있었는데, 소운평은 어쩐지 낯익은 뒷모습이라 생각했다.

'컥! 저놈은?'

등을 돌린 사내와 눈이 마주친 순간 소운평은 자지러질듯 놀랐다. 사내는 다름 아닌 관승원이었던 것이다.

"이놈, 소운평! 벌써 제 마누라가 된 여인을 이용해서 나를 농락해? 뭣 하느냐! 어서 쏴라!"

얼마나 화가 치밀었으면 '잡아라!' 도 아니고 대뜸 '쏴라!' 를 외쳤을까?

소운평은 부리나케 반대쪽, 위청란 등이 모여 있는 곳으로 달려갔다. 그들을 지나쳐 후문으로 나서려는 생각이었건만 그쪽도 황당하기는 마찬가지였다.

한 떼의 관병들이 청풍각 전체를 에워싸고 있었다. 게다가 담 위까지 강궁(强弓)을 든 관병들 천지였다. 분위기로 미루어 포위망은 한 겹이 아닌 듯싶었다. 독 안에 든 쥐새끼 신세와 다름없었다.

'나 하나 잡으려고 소주부의 관병을 모조리 동원하다니… 무서운 놈!'

어이가 없다 못해 기가 막힐 지경이었다.

약간 미안한 마음은 없지 않았다. 내용이야 어찌 됐든 그녀는 자신과 혼인을 한 사람이니 길길이 날뛰는 것도 이해는 할 수 있었다.

하지만 미안하다고 목숨을 내줄 수는 없지 않은가?

그사이 관승원은 중문을 지나 지척에 이르고 있었다. 그의 뒤를 따라 수백에 달하는 관병들이 달려왔다.

소운평은 재빨리 곽연에게 다가갔다. 사색으로 변한 그의 입에선 실로 엉뚱한 소리가 튀어나왔다.

"곽 어른, 저 자식이 미련을 못 버리더니 결국엔 강제로 제 안식구를 빼앗으려드는군요!"

"관가 애송이 놈이 감히!"

위청후의 일로 가뜩이나 상심에 잠겨 있던 곽연이다. 치미는 분노도 분노지만 괴로움을 달래줄 탈출구가 생겨난 것이나 마찬가지였다.

"관승원! 지부대인의 아들이면 모든 게 다 통할 줄 아느냐? 내 뜨거운 맛을 보여주마!"

곽연은 이를 부드득 갈며 걸음을 옮기기 시작했다. 당장이라도 요절을 내겠다는 듯 무서운 눈빛으로 관승원을 쏘아보면서.

멀리서도 관승원의 눈이 사발만큼 커지는 것이 똑똑히 보였다. 나 몰라라 했다가는 당장에 시체 한 구가 늘어나리라는 것은 뻔했다.

'에휴, 일이 점점 꼬여가는구나!'

이 자리에서 곽연과 관승원을 동시에 침묵하게 만들 사람은 꼭 한 사람밖에 없었다. 내키지 않는 일이었지만 더 큰일을 당하지 않기 위해서는 어쩔 수 없었다.

소운평은 재빨리 위청란에게 뛰어갔다.

"좀 도와주시죠. 네?"

"……."

위청란은 대꾸는커녕 본 척도 하지 않았다. 그녀 성격이야 원래부터 그랬으니 특별한 일도 아니었다.

"이렇게 부탁드릴게요."

소운평이 고개를 숙여가며 거듭 부탁하자 그녀는 고개를 돌려 빤히 바라보았다.

무표정하던 얼굴에 조금씩 변화가 일었다. 입술을 오므리고 콧등을 약간 찡그린 모양새가 우는 것 같기도 했고 억지로 하품을 참는 것 같기도 했다.

소운평은 그것이 웃음이라 생각했다. '나는 네가 벌인 짓을 다 알고 있어!' 라는 뜻을 담은 것으로 여겨졌다.

'젠장……!'

소운평은 눈앞이 아득해졌다.

그렇게 피하려 애를 썼건만… 언제까지라고 단정 짓기는 어려운 일이지만 당분간 그녀에게서 벗어날 수 없을 것 같다는 불길한 예감이 뇌리를 스쳤다.

그 정신없는 와중에도 그는 곽연이 관승원을 해치기 전에 그녀가 나서주기를 간절히 빌고 또 빌었다. 이제 겨우 안정을 찾았나 싶었는데 관인을 해친 공범(?)으로 몰려 쫓겨다닐 수는 없는 일이니까.

그사이에도 곽연의 걸음은 계속 이어져 관승원의 코앞에 도착해 있었다.

"이러다 정말 일 나겠네. 제발 좀 말려줘요. 네?"

남은 속이 바짝바짝 타 들어가는데 정작 위청란은 무표정한 얼굴로 오후의 태양을 올려다보고만 있다. 소운평은 결국 전면 항복을 부르짖어야 했다.

"알았어요! 다신 이상한 짓 안 벌일 테니 빨리 저 싸움이나 말려줘요!"

순간, 위청란의 입가에 보일 듯 말 듯 미소가 스쳤다. 그녀는 천천히 걸음을 옮겼다.

하늘 꼭대기… 정점에 이른 태양이 소주부 외곽에 위치한 대풍방을 비추고 있었다. 유난히 따사로운 오후, 계절은 어느새 봄이었다.

·終·

후기 (後記)

길고 길었던 항해가 드디어 끝이 났군요. 서문을 쓰던 때가 엊그제 같았는데 벌써(?) 후기라……

예전에 선배 한 분이 이런 말씀을 하시더군요. '종(終)'자를 쓰고 마침표를 찍고 나면 뭔가 느껴지는 게 있을 거라고 말입니다.

'더 잘할 수 있었을 텐데…' 하는 생각이 앞서는 것은 여전히 미진한 구석이 많다는 얘기겠지요?

아무튼 『소운평전기』는 막을 내렸습니다. '전기'라는 말에 어울리게 이후에 이어질 얘기가 더 많지만 당분간은 손대지 않을 작정입니다. 좀 더 다양한 내용을 접하면서 여러 가지를 구할 생각이지요.

눈치가 빠른 분들이라면 다음 작품은 내용과 분위기가 상당히 달라질 것임을 짐작하시겠지요?

벌써부터 '이번 작품은 더 나아야 할 텐데…' 하는 중압감에 시달리고 있습니다.

힘! 골치 아픈 작품 얘기는 이 정도로 마치고, 작은 변화 한 가지를 언급해야겠군요.

두 달쯤 전에 서울에다 새롭게 둥지를 틀었습니다. '매미의 숲'이란 작가들의 모임인데 대괴수(?)로 불리는 김욱님을 구심점으로 열 명 남짓한 젊은 작가들이 밤을 낮 삼아 자판을 두드리는 곳이지요.

이곳에서 대괴수님의 『다크 에덴』, 남궁창인님의 『위룡공자』, 이원님의 『크로스』, 안현일님의 『페나인의 상인들』, 정덕현님의 『파운검수록』이 이미 탄생되었고, 임휘하님의 『천도만검』, 이영호님의 『센츄어리』, 이민정님의 『아카르디아』 등이 준비되고 있습니다.

항상 노력하는 작가들의 모임이니만큼 모쪼록 따뜻한 시선으로 '매미의 숲'을 지켜봐 주시기 바랍니다.

2002년 내내 복 많이 받으시고 항상 건강하시기를……

2002. 2. 13.

임대규 배상(拜上).